榎田尤利 文
Yuuri Eda

賢《けん》者《じゃ》と寵《ちょう》愛《あい》の翼《つばさ》

Illustration: Yayoi Monzen
文善やよひ 画

この物語はフィクションであり、
実際の人物・団体・事件等とは、いっさい関係ありません。

賢者と寵愛の翼

アカーシャで暮らす人々

神鳥《カルラ》の伝説を持つ
美しい土地、アカーシャ。
ここで生きる人々とは――。

アーレ……長寿、高身長、美貌という特徴を持ち、アカーシャの統治と聖職の役割を果たす。崇めるのは唯一神・ニウライ。聖職者はソモンと呼ばれている。

ジュノ……アーレの導きのもと、労働を担っている。小柄で短命だが、アーレより多くの子供を持つ。

森の民……かつては『アラズ』と呼ばれていた。森の中で氏族ごとでまとまって暮らしており、アカーシャの町に暮らす人々を憎んでいる。

岩山の民（**空の民**）……半分山の高地に暮らし、翼竜を友とすることのできる人々。寒い季節は森に下りて過ごすので、森の民とは交流がある。

秩序《ちつじょ》

ソモンの中で一番若く、天使にも喩えられる可憐な容貌をしている。ほかのソモンたちの動向に目を光らせるのが職務なため、作り笑顔を張りつかせ、礼儀正しいがよそよそしい。配下たちは顔がわからないように、仮面をつけている。ニウライへの信仰は篤く、ニウライのためならば極端な行動にも出る。

明晰《めいせき》

ユーエンの幼馴染みであり、最も気心の知れた友人。よく乾いた藁色の髪と、水色の瞳を持つソモン。アーレとしては小柄なほうだが、態度は誰より大きく、行儀が悪く、口も悪い。だがその名のとおり明晰さを持つソモンで、広い視野で物事を捉える。

癒《いや》し

明晰同様、ユーエンの長年の友。人が纏っている気（アウラ）に敏感で、その調律が出来る天恵を持つソモン。アーレの中でもひときわ背の高い偉丈夫だが、いつも穏やかな微笑みで民に接する。アウラの調律は体力を消耗するので、甘い菓子を好む。

タオ

ユーエンの屋敷で働くジュノの少年。生き物の世話や、お茶の支度などをこなし、よく気の回る働き者。ルドゥラにも最初から親切に接し、よき友となる。

ルドゥラ

手負いで森に迷い、ジュノの家からパンや軟膏を盗んで捕らえられ、殺されそうなところをユーエンに助けられた。始めは『アラズ』と呼ばれる森の忌み者と思われていたが、実は岩山に暮らす『空の民』。紅玉髄（カーネリアン）にも似た色の瞳を持ち、背中の皮膚は青緑に輝く鱗にも似ている。翼竜を翔ることのできる戦士であり、岩山の若長でもある。ユーエンを自らの『半身』として愛し、また深く愛されている。

ユーエン・ファルコナー（賢者）

アーレ屈指の名家に生まれ、銀の髪、銀の睫毛、灰青の瞳の類い希な美貌を持つ。大気の変化を敏感に察知する【風読みのソモン】を経て、現在は聖職者の最高位である賢者。ニウライに授けられた智慧により、アカーシャの悲劇的な未来を知ってしまう。かつては感情を表すことをほとんどしなかったが、ルドゥラとの出会いで愛を知り変化していく。珍しい生き物を好み、屋敷の広い庭で飼育している。幼い頃からの友は自由闊達な『明晰』と、真面目で優しい『癒し』。

賢者と寵愛の翼

prologue

タオの主《あるじ》は頭痛持ちである。

尊く、徳高く、高貴な方だが、頭痛持ちだ。そのせいで白く美しい額に皺《しわ》が刻まれていることがしばしばある。感情の起伏を顔に出すことはあまりない方なのだが、頭痛ばかりは耐えがたいのだろう。タオは今までもたびたび、頭痛に効く薬草茶《ハーブ》を主に供してきた。薬草の調合《ブレンド》を変えてみたり、抽出時間を長くしてみたりと工夫をこらしてもみた。一定の効き目はあるようだが、それも時間と共に弱まり、主の眉間にはまた皺が現れてしまう。

だからこそ、タオは今日ここに来たのだ。

「すごい……エルバの樹がこんなに!」

興奮のあまり、独り言が零れ出た。

数年前までは、町の薬草園にもエルバはあったと聞いている。だが土との相性がよくなかったのか、すべて枯れてしまったのだ。けれどここには……『赤の丘』と呼ばれているこの地には、多くのエルバが自生し、ちょっとした森のようになっていた。どれもよく育ち、風が吹けば梢《こずえ》はさわさわと歌う。

遠出した甲斐《かい》があったと、タオは嬉しくなって空を仰いだ。よく晴れて美しい青が広がっている。薄い雲が遠くにあるが、雨を降らせるものではないだろう。タオの主は空模様から先の天候を予測できる方で、時々、タオにも雲の見分け方を教えてくれるのだ。

目線を下げると、麦畑が金色に揺れている。今年の実りは上々だと両親が話していた。何日かはタオも畑に出て収穫を手伝わなければならない。

アカーシャの民たちが収穫に追われる今頃は、『黄金《こがね》の月』と呼ばれている。

あとひと月ばかりすれば収穫祭があり、みなそれを楽しみにしているのだ。

タオはエルバを一本ずつ見て回った。

エルバ茶は身体を壮健にするのだが、頭痛にもよく効くと知ったのは最近のことだ。なんとかして入手できないかとあちこちに聞いて回ると、赤の丘に自生しているという話を耳にした。このあたりの土は町やほかの農地とも違って赤っぽいのだが、それがエルバにはいいのかもしれない。

やがてよく葉を繁らせている樹を見つけ、タオはその根本で立ち止まる。

そして身を屈《かが》めると、乾いた赤土の上に膝をついた。さらに、両手と額をコツンと幹に当てて、気持ちを集中させる。

「エルバに宿る精霊よ、僕の名はタオ。アカーシャに住む、ジュノのタオです。頭痛に悩む主のために、少し葉っぱを分けてもらいたいんです。取りすぎないようにするので、どうか許してください」

自生している樹から初めて葉や実をもらう時は、こうして挨拶《あいさつ》するものだよ……そう教えてくれたのは祖母だ。もう亡くなってしまっているが、幼かったタオにたくさんのことを教えてくれた。

心を込めて挨拶し、改めて樹を見上げてみると、梢から陽の光がキラキラと零《こぼ》れ、光の雨のようだった。樹から「いいよ」と言ってもらえた気がして、タオは微笑んで立ち上がる。

枝を傷《いた》めないように気をつけながら、丁寧に葉を摘《つ》み取っていく。この葉をよく乾燥させてから煮出した茶で、きっと主の頭痛も和《やわ》らぐはずだ。眉間の皺も薄くなるといい。そうなりますようにと祈りながら、持参した籠《かご》に半分まで葉を入れた時、

「なにをしておる」

やや離れた背後から声がして、慌てて振り返った。

タオを睨《にら》むように立っているのはひとりの老人だ。かなり高齢だが背が高く、贅沢に布を使ったローブを纏《まと》っている。すぐにアーレだとわかった。

「失礼しました」

タオはアーレの老人に向き直り、頭を低くする。

「薬草茶を作るため、エルバの葉を少しいただいていたのです」

「ふん。なにが『いただいていた』じゃ。図々しいジュノめ。小僧だから許されると思うでないぞ。ここは誰の土地で、誰のエルバと思うておる」

老人は不快と苛立《いらだ》ちを露《あらわ》にしていた。タオは困惑し、籠を抱える手にギュッと力を入れる。ジュノを見下すアーレがいるのは事実だが、ここまで露骨な蔑《さげす》みを向けられることは滅多にない。主は無愛想だがタオを大切にしてくれるし、その御友人たちも同様だ。この居《い》丈高《たけだか》な老人にどう対処したらいいのかわからず、ただ戸惑うばかりだった。

「よく聞け、小僧。この地を管理するはアーレの中でも屈指の名家、エリクソン家であるぞ。葉の一枚、小枝の一本であろうと、ジュノが持ち帰ってよいはずがなかろう」

「あの……どうかお許しくださいませんか。僕の主はアーレの御方《おかた》です。頭痛に悩む主のため、エルバの葉が必要なのです」

「ならばその主が、先んじてエリクソン家に挨拶を入れるのが筋であろう。ジュノの小僧にコソコソとエルバを盗ませるなど、礼儀知らずも甚《はなは》だしい」

タオは目線を上げた。

盗ませる、という言葉に強い抵抗を感じたのだ。

タオは決して盗みなどしないし、それ以上に、主は家僕《かぼく》にそんな真似をさせる方ではない。

「なんじゃ、儂《わし》を睨むとは」

「た、たとえジュノでも、アーレの使いであれば、このエルバを摘んでも咎められないと聞きました。そう教えてくださったのはアーレの方です。だから僕は、盗みなど……」

「生意気な。主の躾《しつけ》がなっておらぬようじゃな。いったい誰の命でここに来た!」

強い口調で問われ、口籠《くちごも》ってしまう。

命じられて来たわけではないのだ。

エルバを探すのはタオが勝手にしていることであり、相談したアーレはいるがそれは主ではなく、ならばその方の名前を出すべきではないだろう。かといって、事情を知らない主の名を出すのもためらわれる。

「どうした。主の名を言わんか」

赤土を踏んで、老人が近づく。途中で落ちていた枝を拾い上げたかと思うと、にたりと薄ら笑いを浮かべ、ビュンッとそれを振り鳴らした。

「言えばその主に責任を問い、謝罪させよう。言わなければおまえに罰を与える。……ほれ、いい塩梅《あんばい》の枝があった」

まさか、あの枝で打つというのか？

大人の腕ほどの長さがあり、乾燥しきって硬く、棘《とげ》にも似たささくれがたくさんできている……あの枝で？　タオは驚き、身を竦《すく》める。タオのよく知るアーレたちはみな穏やかで優しく、子供を痛めつけるなどあり得ない……ああ、でも違うアーレもいた。

その時はタオではなく、友人がひどい目に遭《あ》っていた。アーレだろうとジュノだろうと、善い人も悪い人もいるのだ。

「さあ、主は誰だ。ふん、誰であろうと、我がエリクソン家より格上なはずもない。我らは最も高貴な『根《ね》の家格』であるぞ。格下のアーレには、たっぷりと説教してやらんとな」

老人は顔を歪めて嗤《わら》う。『根の家格』という言葉は聞いたことがあった。アーレはジュノを自分たちより下に扱うが、アーレたちの中にも上下はあるのだ。だが、この老人がタオの主より格上ということはないはずで、なぜならタオの主はどんなアーレより……。

どうしよう。

いっそ、主の名を告げたほうがいいのか。

命じられたわけでなくとも、主のために来たのは確かだ。それでこの事態が解決するのならば……いいや、だが主は以前こんなふうに言っていた。

——なるべく、私の名は出さぬように。

主の静かな声と、輝く銀の髪を思い出す。

――どこで働いているか聞かれたら、『ちょっと気難しいアーレの屋敷』くらいに答えておきなさい。

タオは決心がつかない。

どうしよう、やはり告げないほうがいいのか。主に迷惑が及ぶだろうか。けれどエルバの葉は持って帰りたい。頭痛を楽にしてあげたい。

「う、打ってください」

とうとう、震える声でタオは答えた。

「主の名は言えません。ですから僕を罰してください。そのかわり……打たれたあとは、この葉を持ち帰るのをお許しください」

「呆《あき》れたものじゃ。どこまで図々しいのか」

「お願いいたします、どうか……どうか」

タオはその場で跪《ひざまず》き、必死に嘆願した。老人は忌々《いまいま》しげにタオを見下ろすと、ヒュッとまた枝を鳴らす。

「まだ小僧ゆえ、二、三発で勘弁してやるつもりであったが……そんなに罰して欲しいならば、よかろう、背に十振りだ。それを耐えればエルバの葉をやる。その粗末な服が破れ、皮膚は裂け、血が流れるだろうがよいのだな？」

いいわけがない。どれほど痛いのか、想像するのも恐ろしい。タオはほとんど泣きそうだった。

それでもやっぱり、エルバを持って帰りたい。

もともと頭痛持ちの主だったが、今や想像を絶するほどの重責を負う立場にある。日々の言動は相変わらず淡々としているものの、目の下の隈《くま》は隠せない。眠る時間すら削り、思案し、采配し、祈りを捧げ……それはすべてアカーシャの民のためなのだ。

「さあ、打ちやすいように伏せるのだ」

老人の声は生き生きと弾んでいた。他者をいたぶることが、なぜそんなに楽しいのか、タオにはまったく理解できなかった。もっと大人になれば、わかるようになるのだろうか。

エルバの入った籠を抱き締めるようにうずくまると、額が赤土の地についた。

背中を丸くして、目をギュッとつむる。

ふいに、薄手のチュニックの上、母が鳩の刺繍《ししゅう》を入れてくれたチョッキを着ているのを思い出す。チョッキが破れたら母は悲しむだろう。脱いでおきたいと思い「あの」と顔を上げかけると、すぐそこまで迫っていた老人の足がタオの頭を踏みつけた。

「頭をもっと下げよ。顔に枝を食らいたいか」

アーレしか履かない染め革の靴、その裏で頭をグイグイと押された。

地面に這いつくばり、タオは歯を食いしばる。踏まれる頭の痛みより、軋《きし》む心のほうがつらかった。だがこのあと、もっと大きな痛みが背中に訪れる。せめて老人が非力であることを祈ったが、どれほど力が弱かろうと、あの鋭い枝はタオを苦しめるに違いない。

「では、愚かなジュノに罰を与えよう」

頭が軽くなった。老人が足をどけたからだ。

何発目でチョッキは破れるだろう。何発目で、血が流れるのだろう。


怖くてたまらない。

だって自分は弱いから。

ああ、彼のように……強ければ。

タオは勇気を振り絞るため、その顔を思い浮かべた。強靱《きょうじん》で、しなやかで、自由な彼。タオよりずっと強く、タオより年上なのに、決して偉ぶらない。彼は以前、今のタオよりひどい状況にあった。檻に閉じ込められ、傷だらけで、放っておけば死にかねない状態……それでも、瞳には炎が宿っていたそうだ。

けれどタオの濃茶の瞳ときたら、炎どころか、今にも涙が溢《あふ》れそうだ。もう十二歳になるのに、恥ずかしい。弱いタオのことを、彼はどう思うだろうか。呆れるだろうか。あるいは憐《あわ》れむのか。

ザリ、と土を踏み締める音と振動が伝わる。老人が枝を振り上げたのだろう。

痛みを覚悟したタオが、無意識に息を詰めた時――

その風は起きた。

あまりに唐突な、そしてあまりに強い風だ。

同時にバサリと鳥が羽ばたくような、だが鳥にしては大きすぎる音がして……影に包まれた。

おかしい。

よく晴れているのだから、影などできるはずはない──かなり大きななにかが、頭上の空を通過しない限りは。

ケケッ、カッ、ケーン……。

鼓膜に響く独特の音。猛禽《もうきん》の警戒音をもっと増幅させ、うんと高い位置から放ったような……。

タオはゆっくり顔を上げた。エルバの枝葉が揺れ、赤土は舞い上がり、その土埃《つちぼこり》に老人が噎《む》せている。目を擦りながら空を見た。太陽が眩《まぶ》しかったけれど、なにかが旋回しているのがわかった。信じられないほど大きく、力強く、神々しいそれは……。

「よ、翼竜だと……ッ?」

同じものを見つけたのだろう、へたり込んでいる老人が声を上擦《うわず》らせた。

翼を持つ竜が下降を始めた。

ゆったりと大きく旋回しながら、地に近づいてくる。さっきはたぶん、もっと高いところから一気に下降してきたのだろう。そのまま降りると衝撃が強すぎるため、一度地面近くで羽ばたき、速度をあえて緩める必要があったのだ。

またしても舞い上がる土埃の中、翼竜から一本の綱が下りてきて……その先端に誰かが摑まっていた。綱の先には小さな輪がついているらしく、そこに片足を引っかけ、悠々と姿勢を保持したままで、風と遊んでいる。地に近づいたとはいえ、それはあくまで翼竜にとってだ。綱の先にいる者から地上まで、もし落ちれば全身の骨が砕けそうな高さがある。

それでも、彼は。

太陽の光を受けて、眩しくて、はっきりとは見えない彼は──輪から足を外した。

落ちてしまう、とタオの心臓が止まりかけた時、今度は両手でしっかりとその輪を摑み、ぶらさがる姿勢になる。

そのあいだにも翼竜はさらに高度を下げ、やがてエルバの樹々よりもいくらか高いという位置まで達すると、彼は綱から手を離した。不安定に揺れる綱の勢いを巧みに利用し、落ちたというより飛んだかのようだ。そして着地の勢いのまま身体を回転させ、衝撃を和らげ、やがて止まると――、

なんでもなかったかのように、スイッと立つ。

軽く頭を振ると乱れた髪を直し、下衣についた赤土をパンパンと軽く払い、こちらを見た。鋭い視線だ。

「俺の友になにをしている」

アーレの老人に向かって、そう言い放つ。

老人は答えられない。

いまだ目を剝《む》いたまま座り込んでいた。腰が抜けてしまったのかもしれない。

タオもまた、呆然《ぼうぜん》としていた。

彼がいる。さっきまで、タオの心の中にいた彼が。

ジュノではなく、アーレでもない者。

険峻《けんしゅん》な岩山を居《きょ》とする民たちの、若長《わかおさ》。

しなやかな身体と、複雑に結《ゆ》い上げた髪。いくつもの飾り玉が黒髪を美しく彩《いろど》る。ゆったりとした下衣はジュノたちの衣類に似ているが、上半身は一枚の布を巻き付けていて、風の影響を受けにくい巻き方が工夫されていた。美しい細工の首飾りが連なり、その中には、小鳥を象《かたど》った意匠もあることをタオは知っている。

若長の名はルドゥラだ。

その意味は『暴れ風』。

美しく、猛々しく、空を翔《かけ》る者。

「聞こえんのか、爺様《じさま》。その枝で俺の友になにをしようというのだ」

ルドゥラが凜々《りり》しい眉を吊り上げた。丹色《にいろ》の瞳の輝きは美しいが、明らかに怒りを宿している。一方で翼竜は空高く戻り、降り立つつもりはないらしい。

「じ、爺様だと？　れ、れ、礼儀を知らぬアラズめが……ッ」

「俺はアラズではない」

きっぱりと言い返した。

「森の者ではなく、岩山に住む者だからな。それに、岩山では男の年寄りはみな爺様と呼ばれる。……もしや、婆様《ばさま》なのか？　なら失敬した」

「違うッ」

老人はいきり立った。

「と、とにかく邪魔をするなっ。そ……その小僧は……アーレの財産を、貴重な薬草を盗もうとした。だから罰するのじゃ……！」

いまだに尻餅のまま、声も震えてはいるが、それでも言い返すのはアーレの矜持《きょうじ》だろうか。タオは「盗みなどしていない」とルドゥラに説明したかったが、それより早く、

「くだらん。タオが盗みなどするものか」

ごくあっさりと、あくまで当然のことのように、そう断言された。

嬉しさのあまり、タオは泣けてきそうだった。ルドゥラは年下のタオを友と呼び、強い信頼を寄せてくれている。

「そもそも、大地に立つ樹々が誰かのモノなはずもない。爺様が苗木から育てたならば多少の権利はあろうが、ここらの樹は自生しているもんだろ」

「なにを言う。この地は代々、アーレ名家である我々の一族が管理しておる。それを勝手にジュノが……」

「アーレだのジュノだの、そんなことは知らん。岩山の者である俺にはどうでもいいことだ。とにかくタオは俺の友だ。獣や鳥の世話を丁寧にする、心根の優しい友だ。俺があの屋敷に行くたび、温かい茶とうまい菓子を支度してくれるしな。その友を枝で打ち据えるつもりなら、覚悟が必要だぞ。俺は年寄りを敬《うやま》うが、それは相手が真っ当な者の時だけだ」

「な、な……っ、儂を真っ当ではないと申すか！」

よたよたと、老人はようやく立ち上がった。タオを打つための枝はすでに手放し、両の拳《こぶし》を握り締めるようにし、やや腰の引けた立ち姿となる。驚きと怒りですっかり興奮し、皺だらけの顔は真っ赤だった。

「ま、真っ当ではないのは、この小僧の主であろうっ。

その誰ぞが最初から儂に礼節を尽くし、エルバを採る許可を求めていれば……」

逆上する老人を見て、ルドゥラは「なんだ、知らないのか」と肩透かしを食らったような顔になる。

「タオの主を知らないで打とうとしていたわけか？」

「知るわけなかろう、その小僧が言わな……」

老人の言葉がふいに止まった。

瞬きもせずにしばし固まり、そのあとでズリッと一歩後ずさる。まさか、とその顔に書いてあった。

「気づいたな？　そう、そのまさかだぞ」

ルドゥラが含み笑いをする。

「アカーシャに何人のアーレがいるのか俺は知らんが、翼竜で翔る者……つまり、この俺が、岩山の若長が訪ねる屋敷はひとつしかない。このタオは、そこで大切にされている家僕だ」

「……そ……それは、け、けっ……」

老人がゴクリとつばを飲み込んだ。喉がカラカラになってしまい、続きを言うことができなかったらしい。

そんな老人を一瞥すると、ルドゥラはまだ座り込んでいたタオに歩み寄り、手を差し伸べてくれた。泣くのはなんとか我慢したけれど、きっと目が真っ赤になっている。恥ずかしかったけれど、それよりもルドゥラが来てくれた嬉しさのほうがずっと大きい。

友の手を取って立ち上がり、チュニックの汚れを払った。そして老人に向き直る。

目を逸《そ》らすことはしなかった。すぐそばにルドゥラがいてくれるのは、なんと心強いことだろう。老人も気づいてしまったのだし、もはや主の名を言うしかない。正しくは名ではないのだが……そう、タオの主ほど高位の御方であれば、名を呼ぶのは不敬とされ、立場の名称が呼びかけに使われる。

どうせ告げるなら、堂々としたい。だから小さな身体で、精一杯胸を張った。

「僕の主は、誰よりも尊く、徳高く、高貴な方」

口の中に入り込んだ赤土がジャリッとしたけれど、構わず続ける。

「空翔るこの友を、アカーシャに連れてきてくださった方」

　タオの言葉に、ルドゥラがニッと笑ってくれた。心を許した者にだけ見せる、ちょっといたずらめいたこの笑顔がタオは大好きだ。

「以前は聖なる役割《アディカ》を持つ聖職者《ソモン》、銀の風読み様。そして今やニウライの智慧《ちえ》を授けられ、アーレを、ジュノを、アカーシャに生きるすべての者を導く存在となられた方——そう、賢者様です」

　老人がぐらりとよろける。

　もはや言葉もなく、さっきまで赤かった顔がどんどん青くなっていき、倒れてしまわないかと心配になるほどだった。

「なるほど、このエルバ茶はそういった経緯で手に入ったわけか」

茶杯を手にし、【明晰《めいせき》のソモン】は言った。

ひと口飲んでみると、渋みはほとんどなく、すっきりと心地よい味わいだ。

「はい。あの時ルドゥラが来てくれなかったら、今頃僕の背中は傷だらけだったたと思います」

そう答えながら、タオが干し杏《あんず》の砂糖がらめを出してくれる。明晰の好物をちゃんと覚えているのだ。つるんと可愛い顔をし、確かまだ十一、二だったと思うのだが、とてもしっかりした子である。

タオに限らず、ジュノの子は十を過ぎると大人と変わらぬほどに働くようになる。その労働力が、アカーシャという楽園を……いつまで楽園で在《あ》り続けられるかはさておき……支えているのだ。

明晰は賢者の屋敷を訪れていた。

賢者とはすなわち、聖職者の最高位である。

歴代の賢者はその受令とともに、アーレの丘に聳《そび》える塔に居を移すのが常だった。ところが現在の賢者は、以前からの屋敷と塔を行き来しており、これは前例のないことだ。

「俺が『赤の丘』のことを話したせいで、かえって危ない目に遭わせてしまった。すまない」

明晰が詫びると、タオは「とんでもない」と目を見開いて首を横に振る。

「こうしてエルバ茶を淹《い》れられるのは、明晰様のおかげなんです。謝ったりなさらないでください」

「俺としたことが、あの爺さんの偏屈さを忘れてて な……ルドゥラが来てくれて本当によかったよ」

タオは思い出すような表情になり、「本当にかっこよかったんです」とうっとりした。この子にとっては、まさしく空から現れた英雄だったことだろう。

「俺も見たかったよ。……だが、実際のところ、ルドウラが助けたのはタオだけではないぞ。命拾いしたのはエリクソンの御老体のほうかもしれん。たかだか木の葉を摘んだだけで、賢者の家僕を打つなど、大問題になる」

「えっ、ではエリクソン様も叱られてしまうところだったんですか？」

叱られるどころではすまないさ……と思った明晰だが、口にはしないでおく。タオの心労を増やす必要はないだろう。

賢者。

アカーシャを統《す》べる聖職者、その頂点に立つ者。

真名《まな》はユーエン・ファルコナーという。

明晰の幼馴染みであり、長年の友だ。一番気負わずにいられる間柄……親友と言っていいだろう。

ただし、性格や気質はだいぶ違う。

ユーエンは基本的に穏やかな人物である。穏やかというより、理性的で淡々としている、が正しいかもしれない。いや、正直なところ、淡々としているを通り越し、怜悧《れいり》で無機的という表現すらできた。銀の髪に灰青の瞳と、姿は神話譚の主人公ばりの美麗さなのだが、とにかく感情表現に乏しく、『美しき彫像』などという通り名まであったほどだ。

だが、最近は変わった。

いやというほど長いつきあいである明晰から見ても、驚くべき変化だ。

たとえば、もしタオがエリクソンに打たれていたら、と考えてみよう。以前のユーエンならば、タオにできる限りの手当てをし、そののちエリクソンの御老体に「今後、当家の家僕に懲罰は無用にございます」と申し出たはずだ。言うべきことは言うが、礼儀を欠くことはなかっただろう。

では、今の彼なら？

口には出さないものの、とても大切に思っている家僕の少年を、痛めつける者がいたら？

おそらく、事情を把握した次の瞬間に立ち上がり、エリクソンの屋敷に乗り込んだのではないか。

立場上、かつ性格的にも、怒鳴り散らしたりはしない。威嚇《いかく》が必要なら、大鴉《おおがらす》のクロウを連れていけばいい。そして凍るような冷ややかさで御老体を睨みつけ、膝をつかせ、二度としないと誓約書を書かせ、血判を押させる――それくらいはしそうである。ちょっと楽しそうだなと思いかけ、いやいや、と明晰は考え直した。タオに怪我がないのが一番だ。

「明晰様、お茶のおかわりはいかがです？」

「ああ、もらおう。これはいいな。薬草茶とは思えないほど飲みやすい」

「日常的に飲んでもいい薬草茶なんですよ。本当は一年寝かせて熟成させると効能が増すのですが……今回はあまり摘んでこられなくて……」

タオは少し残念そうに言う。

「そのうち、エリクソン家から献上品としてどっさり届くさ」

「でも僕、失礼をしてしまい……」

「失礼をしたのは御老体のほうだぞ。タオはなにも悪くない」

タオは小さく頷《うなず》いたものの、表情にはまだ曇りがあった。今をときめく賢者の家僕なのだから、報復の懸念など無用だぞ――明晰がそう告げようとした時、

「お身体が心配です」とタオが言う。

「とても興奮してらして……赤くなったり、青くなったり……心の臓に負担が大きかったのではと……」

「ん？　もしや御老体の心配をしているのか？」

「はい。アーレの皆様は長生きされるとはいえ……かなりご高齢に見えました」

「……タオ……おまえときたら……」

なんて心優しい子なのだろう。

感動した明晰は思わず椅子から立ち上がり、がばりとタオを抱き締めてしまった。

ユーエンほどではないが、明晰もタオよりはだいぶ背が高い。タオはほとんど明晰に埋まるようになって「むぎゅう」と声を立てた。

「……明晰。なにをしてる」

ふいに聞こえてきた声の主はすぐにわかった。明晰はそちらを見ることはせず、タオを抱き締めたまま「うちの子にしたい！」と声を張った。

「だめだ。おまえにもよい家僕がいるだろうが」

「家僕ではなく養子に迎えたい。どうだタオ、俺はソモンだから妻は迎えんし、財もそこそこあるぞ」

「むぐぅ」

タオはいまだ抱き締められたまま、両手をパタパタさせている。おっと、苦しかったかと慌てて腕を緩めると、ぷはぁと息をついたのち、

「身に余るお言葉ですが、僕は両親といたいので」

と予想通りの答えが返ってきた。勢いで言った感はあったものの、まったくの冗談というわけでもなかったので少しがっかりする明晰である。

「そうだよな、こんなにいい息子を手放すはずがない。残念極まりないが、諦めるさ。それはさておき賢者殿、待たせすぎだろうが。もう午《ひる》をずいぶん回ってる。俺がいつ来たと思って………」

明晰の言葉が止まる。タオから離れ、部屋に入ってきたユーエンをようやく視界に入れ、その姿に呆気にとられたのだ。

「寝過ごした。許せ」

「おま……そ……」

「タオ、寝室に蜂蜜水を持っていってほしい」

「はい、すぐに」

「ユ……いや、賢者、おまえその格好……」

「ルドゥラはまだ眠っているから、寝台横の小机に」

「かしこまりました」

「驚いたな……おまえが夜羽織《ガウン》一枚で客の前に出るとは……おい、髪に櫛《くし》も入れてないのか？『寝癖の賢者』って異名がつくぞ？」

「その異名が広まったら、咎人《とがびと》はおまえだな」

明晰を見もせずにユーエンは言うと、水差しに入っていた檸檬水《レモンすい》を杯に注《つ》ぎ、ゴクゴクと飲み干し、もう一度注ぎ足してまた飲み干し、短く息を吐いてようやく長椅子に腰掛けた。

そして出窓から入る光に、灰青の目を細める。

銀の髪に手櫛を入れ、面倒そうに整えだした。白いガウンは一級品の絹だろう。均整の取れた身体をなめらかに包んでいる。

「……人の顔に穴を空《あ》ける気か」

明晰がじろじろ見ていることはとうに気づいていたらしい。やっと明晰に視線を向けそんなふうに言う。

「穴くらい空けさせろ。どれだけ待たせるんだ」

「だから悪かった。朝一度目が覚めたのだが……」

「はいはい、わかってるとも」

わざとらしく肩を竦め、明晰は言葉を続ける。

「昨日、キラナがこのあたりを飛んでるのを見たからな。つまりルドゥラが来たわけだ。久しぶりの逢瀬《おうせ》だったはずで、ならば昨晩は眠る暇もなかっただろう、ってのもわかる。明け方にようやく寝たものの、朝になったらまた横に想い人がいるわけで、そしたらまあ、そうなるだろうよ。で、そうなったあと、少なくともおまえは俺との約束があるから起きなきゃいけなかったわけだが……ま、うっかり眠っちまったわけだろ。なにしろだいぶ励んだんだろうし、疲れもする。俺も経験があるからわかるさ」

もちろん、友をからかうつもりの長台詞《ながぜりふ》だった。だが賢者は「ふむ」と銀色の睫毛《まつげ》を瞬かせ、少し首を傾げると、

「おまえの経験とは違うと思うが」

しれっとした顔でそんなことを言い出す。

「は？　どういう意味だよ」

「疲れは感じていない。充足感から二度寝してしまっただけだ。……ルドゥラは誰より素晴らしいのでな」

おまえが今まで閨《ねや》をともにしたどんな相手より、我が恋人は優っている——と言いたいらしい。しかもやに下がっているわけではなく、真顔なのだ。

世界の真理を見つけたかのような顔の、恋人自慢だ。これがかつては『美しき彫像』と呼ばれた者の台詞だろうか……いやそれ以前に、本来はすべての執着を捨てるべきであるソモンの言い草だろうか。

「……呆れてものも言えんな……とにかく着替えてこい。もっと賢者らしい格好に」

「ここで話すのだからいいだろう。時間が惜しい。問題は山積して……」

「だめですよ。着替えてきてください」

賢者の言葉を遮った人物は、庭に繋がる露台《テラス》から現れた。やはり旧友である【癒し《いや》しのソモン】だ。

庭を経由して来られるのは、放し飼いにされている獣たちが癒しに心を許している証《あかし》だ。

「癒し、遅いじゃないか」

「どうせ待たされるのがわかってましたからね。ちょうどいい頃合いだったようですが……ああ、もう……我が友ユーエンよ、当代の賢者よ！　なんという色の気《アウラ》を放っているのですか……！」

目も当てられないとばかりに、癒しは視線を外しながら言う。アウラとは命あるものから自然と放たれている光や色なのだが、普通の者には見えない。それを感じ取れる能力を持つのが癒しのソモンだ。また、アウラの乱れを整えることで、その者の心身の不調を癒す能力もある。

「ほらな、やっぱり。癒し、どんな色だ？」

「まさしく春の花々ですよ……明るい光のもと、噎せ返るほどに香り、咲き乱れています。賢者、今更あなたにソモンの戒を説く気などありませんが、なんというか、その、もう少しアウラを抑えてください。こっちがあてられてしまう……」

癒しは手のひらで、パタパタと自分を扇ぐ。賢者はさすがにやや気まずそうに「それほどにか？」と明晰に聞いた。

「俺にはアウラは見えんが、しどけない寝起きの賢者ならよく見える」

「……しばし待て」

賢者は立ち上がると、夜羽織の裾をはためかせて応接の間を出ていった。ほどなく、パリッと糊《のり》のきいたソモン衣になって戻ってくる。銀髪ももうはねてはおらず、後ろで緩く括《くく》っていた。ほのかに感じられる香油は薄荷《はっか》と薫衣草《ラベンダー》だ。

「よかった。アウラもだいぶ整いました」

癒しの言葉に、賢者は「失敬した」と淡々と返し、ふたりの友の前に腰掛ける。

「本当に失敬だぞ。俺たちは独り身だというのに」

明晰の嫌味に「ソモンなのだから当然だろう」とでも返すかと思えば、わざわざ視線を合わせて、

「すまないと思っている」

などと謝られ、なんだか頭をはたいてやりたい心持ちになった。が、親友に訪れたあまりに遅い春なのだから大目に見てやることにしよう。タオが部屋に戻ってきて、「ルドゥラはまだぐっすりです」と報告する。ユーエンは優雅に頷き、それからタオに簡単な使いを頼んだ。

急ぎの用ではなく、しばらくの間タオを屋敷から遠ざけるためだ。これから始まる会話をタオの耳に入れたくないのである。タオは屋敷で見聞きしたことを他言するような子ではないが、それでもなお用心しなければならない。知ってしまえば、タオが危険に巻き込まれる可能性もあるのだ。

「さて、と」

タオがいなくなり、明晰が口火を切った。

「ではあまり楽しくない話を始めるとするか。我らが楽園、このアカーシャの先々についてだ。俺は賢者からその悲劇的前途を聞き、大まかなところを癒しに伝えてある。とはいえ三人が集《つど》って話すのは初めてだから、改めて情報を共有するところからだな。……一応、秘匿《ひとく》の誓いを立てておくか？」

秘匿の誓いとは、ソモンの儀式のひとつだ。その場で語られたことを決して他言しない——そう誓うため、互いの大切なものを交換する。貴重な玉を使った念珠《ねんじゅ》や、かつての賢者が記した教典などである。

賢者、明晰、癒しはそれぞれ顔を見合わせた。

三人とも高位の聖職者なのでもちろん貴重な念珠や経典は所有している。が、実のところ、それらをさほど『貴重』と考えてはいないのが、この旧友たちの共通点だ。そうなると、交換そのものに意味がなくなってしまう。

「必要ないと思うが」

ユーエンが静かに言い、明晰も「だな」と同意した。癒しも頷いている。もう長いつきあいだが、互いの秘密や、暴かれれば不利益になるであろう過去を、他者に語ったことなどない。だからこそ百年を超える友情が続いているのだ。

「じゃ、本題だ。いつものごとく喋《しゃべ》るのは俺の担当だから、なにか間違っていたらその場で教えてくれ。いいな、賢者？」

「よい」

その答を聞き、明晰はまず深い呼吸をひとつした。いささかの心の準備が必要だったからだ。

庭でさえずる小鳥の声がよく聞こえる。アカーシャは美しい秋を迎え、小鳥たちの餌となる木の実はたわわに枝を揺らしている。だがこの盛んなさえずりも話が進むにつれ耳に入らなくなってくるだろう。

「賢者はニウライから知慧を授かった」

明晰は語り出す。

「その知慧とは、つまりかつてのアカーシャと、これからのアカーシャだ。過去世と未来世……過去もだいぶ謎めいて興味を引かれるが、まずは未来の話だ。残念ながら明るい未来じゃないようだからな。ニウライによれば、我々は滅亡するらしい」

滅亡……口にしても、実感が湧かない。けれどユーエンはそれを見たと語った。

「まずはアーレが死に絶え、次にジュノ。遙か遠い未来の話ではなく、かといって俺たちが生きているあいだでもなく……何世代か先におきる悲劇のようだ。数百年から千年後ってところか？」

賢者に問うと「なんとも言えぬ」と答えた。

癒しは両手の指を固く組んだまま「私など、いまだ信じられぬ思いです」と呟《つぶや》いた。

「俺も同感だ。が、アカーシャの現状を考えるとその可能性が皆無とは言えない。クローバー村のことを覚えているだろう？」

癒しが頷く。郊外の農村で、乳飲み子が罹《かか》る病が発生したのだ。おそらくは水の汚染が関係していると考えられる。この村に限らず、アカーシャでは水が原因と考えられる病がじわじわと増えていた。

「私が改めて調べてみたところ、水の病の罹患《りかん》数は十年前の三倍にもなっていました。体力のある大人はほとんど回復するので、この問題を見過ごしていたようです。夏場によくある水あたりとは原因が別のようで、このまま病が広まれば……」

その先を考えるとゾッとする――癒しの表情がそう語っている。

「アカーシャの水は今後も汚染が進む……ニウライはそう仰《おっしゃ》ったんだな？」

明晰の問いに、ユーエンは「そうだ」と返した。

「地の深くに、巨大な濾過《ろか》の設《しつら》え……浄水設備があると。そして、その装置がうまく機能していないため、水の病は増えていくと」

「なぜそんな設備が必要なのです？　地下水をそのまま使えばよいのに」

「地下水そのものが、かなりの広域で汚染されているようだ。つまり、土壌そのものの汚染……我々よりずっと以前この地に生きた者たちが土を穢《けが》した……ニウライはそう仰《おお》せだった」

癒しは「我々よりずっと以前……？」と考え込んでしまった。想像することが難しいのだろう。ソモンの学ぶ教典には、この地はアーレが見つけたと記されており、すべてはそこから始まっているのだ。それ以前を考える機会はまずないし、そんなことを考える酔《すい》狂《きょう》は明晰くらいなものだ。

「土壌が汚染されている……けれど、農作物はきちんと育っていますよね」

「俺が思うに、表面の土は汚染されていないんだろう。大地の下は、こう……層状になっているんだ。癒し、おまえの好きな薄い生地を重ねた菓子があるだろ。あいだにクリームを挟んだ」

「ええ、ミルフィユですね。大変美味です」

「あんな感じで層になっている。で、下のほうには、水を貯めている層があるらしい。古い文献で読んだのだが、その層の土が汚れていれば、水も汚れてしまうわけだ」

「なるほど……その汚れを取る設備とやらが、地中深くに埋まっていて、壊れつつあると……では、修理すればいいのでは？」

癒しの言葉に、明晰は「無理だろうな」と返す。

「そもそも、その設備のありかがわからない。俺は見てみたいが、どこをどこまで掘ればいいのかわからないんだから非現実的だ」

「確かに……」

それに、と明晰は続けた。


「俺たちが想像できるような仕組みとはまったく違うものだろう。大昔この地にどんな人間たちが住んでいたのかは知らないが……もし【塔】を作った者たちならば、アカーシャを遙かに凌ぐ技術力を持っていたはずだ。いまだに俺たちは、あの塔がどうやって建てられたのかわからない。建材も謎だし、広大な地下空間も謎だ。『ニウライの聖なる力』ってことで思考停止し続けているが……」

建造したのは人間のはずなのだ。

明晰らと同じ人間で、だが知識と経験は桁違いの者たち。そういう者たちの存在を感じられる文献を、明晰はいくつか知っている。記録というよりは、物語のように綴《つづ》られた古い書物で、使われている文字もまた古い。読み解くことができるのは、ソモンでも数えるほどだろう。

「とにかく、地中のどこにあるかもわからない浄水設備を探すより、新しい水脈を見つけるほうが得策だと我らが賢者は考えたわけだ。汚染されていない水源で、すべてのアカーシャの民が生きられる量を……となれば、半分山《はんぶんやま》の麓《ふもと》に広がる森しかない」

「やはり、あの森ですか……」

癒しの声がやや弱くなる。

禁足の森。

異形《いぎょう》の獣たちがうごめく深い森。

そして、アラズたちが生きる森――。

ニウライが庇護する楽園、アカーシャには二種類の人間が存在する。

まず、体格に優れ、長寿でもある支配層のアーレ。聖職者はごく一部を除き、アーレで成り立っている。そして短命だが多産であり、労働を担うのはジュノたちだ。アーレとジュノは、ともにニウライを信仰し、平和的に共存している。アーレが統治し、ジュノが従うという形だ。中にはエリクソンのようにジュノを無下に扱うアーレもいるのだが、程度がひどければソモンによって罰が与えられる。アーレとジュノはもう長いあいだ絶妙な均衡《きんこう》を保っているのだ。

だが、アカーシャの周囲に広がる広大な森に目を向ければ、アーレとジュノ以外の者たちもいる。

彼らはもともとアカーシャの民だったらしいが、罪を犯して森に追いやられたと伝えられており『アラズ』と呼ばれていた。その名の由来は『人に非《あら》ず』なのだからひどいものだ。罪人だったというのが事実だとしても、その子孫たちまでが罪を背負う必要はなく……だが明晰もまた、この後ろめたい事実にずっと目をつむってきた。

「森の水脈を探し、それを利用しようと思うなら――そこに暮らすアラズたちとの和解が必要ということですね」

癒しの言葉に頷きつつも、ユーエンは「アラズという呼び名は改めたい」と言った。

「よい意味ではないからな。……ルドゥラは『森の者』と呼んでいた」

「ならば『森の民《たみ》』でどうだ。民、という語には『同じ世界で生きる者』という感触がある」

「おお賢者よ。明晰が珍しくよいことを言いました」

「なにを言うか。俺はいいことしか言わん」

友たちのやりとりに、ユーエンの頬が少し緩む。そんなふうに少しは雰囲気を軽くする必要があるほど、深刻な話し合いだった。

「広い空の下で生きていると考えれば……確かに同じ民ですね。ですが今のところ、アーレもジュノも、森の民をひどく恐れています」

「向こうだって俺たちを憎み、恨んでいるさ。賢者、これは容易ではないぞ」

「……すぐに和解できるとは思っていない。だがやり方によっては、世代が変わっていくにしたがい、歩み寄っていけると思う」

「賢者は長い目で見ているのですね」

「そのようだ。ジュノは俺たちより世代交代が早いしな。……とはいえ、俺たちからは見ることすらできない浄水設備だからな。いつ全壊するかわからない。新しい水源を確保することは急務だ。そこから水を引き、各町内に分配する工事となると、何年……いや、十年以上かかるかもしれん」

「明晰の言う通りだ。水源を見つけるには、まず森の深くまで探索する必要があり、森の民との和解を待つ時間がない。だが交渉の余地はあるだろう」

「そうそう。お互いを嫌いなままでも、それなりの利益があれば人間は近づくもんだからな。その利益ってのがつまり、アカーシャの民にとっては安全な水であり……」

「森の民たちにとっては、万能薬『アーレの奇跡』というわけですか」

癒しはそう受けたあと、「その実《じつ》、万能薬など存在しませんがね」と溜息交じりにつけ足した。

「まあな。とはいえ、破傷風《はしょうふう》には大きな効果があるだろ。森での暮らしは外傷が多いだろうから、大きな益になるはずだ」

「ですが、アーレの奇跡は今でも数が足りていないほどです。ここから森の民に分け与えるとなると……」

「アーレもジュノも納得しないだろうな。暴動が起きても不思議じゃない」

「かといって、このまま水の汚染が進めば、取り返しのつかない事態になってしまいます。そこをみなに話し、説得を試みるべきでは」

生真面目な癒しらしい提案だったが、明晰は首を横に振った。

「だめだ。アカーシャの水源が危険だと知れば、みな恐慌状態に陥る。最悪、森の民を殺してでも水源を確保するべきだという流れにすらなりえる」

癒しは「そんな」と言いかけたが、結局は口を噤《つぐ》んだ。ほとんどのジュノは頑健《タフ》な働き者で、気は優しい。そんな民ですら、水の問題となれば冷静ではいられないだろう。水は命そのものだ。麦を育てるため、牛を飼うため、そして我が子を生かすためならば……人は他者を傷つけもする。

明晰はユーエンを見た。どうするつもりなのだ、と言葉ではなく目で問いかける。

「森の民にも『アーレの奇跡』は提供する」

ユーエンは静かに言った。

「が、その数は限定せざるを得ない。族長やその跡継ぎなど、集落にとっての重要人物が病に倒れた場合のみと想定している」

「それで森の民が納得するか？」

「納得してもらうしかない。『アーレの奇跡』以外にも、我々はよい薬を持っている。薬草に関する体系的な知識もある。それらだけでも、森の民の病や怪我に役立つはずだ」

「ええ、確かに。それならば、癒しのソモンである私とその配下が役に立てます。ジュノの薬師《くすし》たちも協力してくれれば、もっとよい」

癒しの顔は明るくなったが、明晰は楽観的にはなれなかった。確かに『アーレの奇跡』は万能薬などではない。だが、実際にアカーシャで最も貴重とされている薬なのだし、森の民たちは『なんにでも効く』と思い込んでいるふしがあるのだ。

「長年の確執があるんだぞ。ずっとアカーシャの民に蔑《さげす》まれ、石を投げられ、獣扱いされてきたんだ。自分たちにとって一番貴重なものを差し出さなければ、森の民たちは俺たちを赦《ゆる》さないんじゃないのか？」

「なにを差し出しても、赦してはくれぬだろう」

落ち着いた風情のままユーエンは言った。だがこの結論を出すまでに、どれほど悩み抜いたことだろうか。いつも涼しい顔のこの男がどれほど人間的な情を持っているのか、明晰はよく知っている。

「我々はそれほどのことをしてきたのだ。だが、必要なのは赦しではない。いわば新しい約束だ。たとえ相手を赦していなくとも、そこに自分たちの益が見込めるのなら、新しい約束を結ぶことはできよう」

新しい約束。

ユーエンはそんな言葉を使った。

過去のすべてを水に流すわけではなく、嫌悪や憎しみを捨てるわけでもなく、それらを抱えたままでとりあえず前を向き、これからのことを考える。

明日のこと、もっと先のこと。

子供たちの、孫たちのこと……そこに益があるのならば、納得がいかずとも妥協してみる。つまり……。

「昔のことは、とりあえず置いておけと？」

明晰のざっくりしたまとめ方に、ユーエンは少し眉を寄せて「おまえが言うと、あまりに軽い」などと文句を言った。

「でもそういうことだろ。過去は過去として、これからの得を考えてくれと、そう説得するんだろ」

「まあ、そうだ。交渉する」

「難易度の高い交渉だな……」

「期待している」

しれっと言われ、明晰は目を剝いた。

「それは俺の担当なのか？」

「さっき自分で言っていただろう。喋るのが役割だと。無論私も同席するが、たいして役には立てぬ」

「賢者はそれでいいのです。そこにいらっしゃることが大切なのです」

もっともらしく言うのは癒しだ。

「明晰は脇侍《わきじ》としてよき働きをすることでしょう」

微笑みを向けられ、明晰は「気楽に言ってくれるな」と頭を抱えたくなった。

「そりゃ、喋るのは得意だ。喋りまくって相手を煙に巻くのもな。だがそれは最初に場があってのことだ。そもそも、森の民は小規模な集団であちこちに散らばっていると聞く。あの広い森にいくつの集団があり、それぞれがどこで暮らしているか俺たちは知らないんだぞ？　仮に時間をかけて調べ、それが把握できたとしても、『お話があるから集まってくださーい』と言って、すんなり来てくれると思うか？　向こうからしてみれば、殺されかねないと思うだろうよ！」

「あるいは、殺してやろうと思うかもな」

剣呑《けんのん》な言葉は、若々しく張りのある声によって発せられた。明晰たちよりもだいぶ高く、いまだ少年の雰囲気を残す音域だ。

「ルドゥラ。なにか羽織りなさい」

ユーエンが珍しく、早口になる。

ルドゥラはゆったりとした下衣で脚を包んでいたが、上は裸体のままだ。アーレたちよりは濃い、健康的な肌色がしっとり輝いて見えるのは、昨晩たっぷりと受けた情愛のせいだろうか。癒しは何度か瞬きながらルドゥラを見たあと、それとなく目を逸らす。いったいどんなアウラの色が見えたのだろうか。

「べつに寒くない。それより腹が減った」

「寒くなくとも、人前では……ああ、とにかく、ここにおいで。マドレーヌがある」

ユーエンが卓の上の菓子鉢を示すと、ルドゥラは目を輝かせてやってきた。ユーエンの言った「ここ」とは自分の隣の空間を示していたようだが……、

「お、茶葉入りマドレーヌがあるじゃないか。この形はマキの店のかな」

上機嫌のルドゥラがストンと座ったのはユーエンの膝の上だった。さすがのユーエンも一瞬固まり、明晰と癒しをチラリと見て、決まりが悪そうな顔をする。

それでもルドゥラに退《ど》いてもらうという選択肢はないらしい。

愛しい相手が座りやすいように体勢を調整し、ルドゥラのほうはあぐらをかいてマドレーヌに手を伸ばす。体格差があるので、ユーエンという居心地のよい椅子にすっぽりと収まっている。もぐもぐと食べ始めたルドゥラの肌を隠すように、ユーエンがソモン衣のゆったりとした袖で覆った。

「……くっ……大変な寵愛《ちょうあい》だな」

笑いを堪《こら》えきれずに明晰が言うと「寵愛とはなんだ？」とルドゥラに聞かれる。岩山では使わない言葉なのだろう。

「とても愛され、大切にされているということだ。古い言葉では、『家の中に龍を入れる』という意味の文字を使うらしいぞ」

「龍？　翼竜のようなものなのか？　なら、家に入る大きさではないだろ」

素朴なルドゥラの質問に明晰は微笑む。

「そう、無理なんだよ。そんな無理をするほどの愛されよう……ということだ」

「ああ、喩《たと》えってわけか」

「賢者の膝で菓子を食う者など、今まで見たこともない。さすが岩山の若長だ」

半分は本気で感心していたし、残り半分はユーエンへの軽いからかいだった。予想通りユーエンは聞こえないふりで、「若長かどうかは関係ない」と返したのはルドゥラである。

「アルダの膝に座るのは、普通のことだろ。岩山ではみんなするぞ？　俺が乗っけてやってもいいが、ユーエンはでかすぎる」

「確かにそうだ。アルダの意味は、恋人……いや、伴侶だったか？」

「半分、だ。俺たちはずっと昔はひとつだった。それがあまりに完全で幸福だったので、翼神《よくしん》が嫉妬《しっと》して、嘴《くちばし》で半分に裂いてしまった」

「痛そうだな」

明晰は言いながら、ルドゥラにもうひとつマドレーヌを渡した。あっという間に食べてしまうのだ。この菓子が好物だったため、少し前までは『マドレーヌ』が彼の呼び名に使われていたほどである。

「引き裂かれた者たちは嘆き悲しみ、目が潰れるまで涙を流し、見えなくなってなお、自分の半分を探し続けている……というのが岩山の伝説だ。俺はこうして見つけたけど、まさかアーレの中にいるとは思っていな……ユーエン、擽《くすぐ》ったい」

ルドゥラが軽く身を捩《よじ》ったのは、ユーエンの手がその胸のあたりを軽く摩っているからだ。

「おまえの身体がマドレーヌの屑だらけなのだ」

「あとで取るから……くふっ……」

擽ったさを我慢できなかったのだろう、ルドゥラが肩を竦めて声を立てた時、癒しが、

「ところで！」

とやたら大きな声を出した。明晰と違って生真面目なソモンなので、いたたまれなくなってきたようだ。

ルドゥラは唐突な大声にびっくりしたらしく、目を丸くして身を竦める。その顔を見ていると、なるほどこれは可愛くてたまらないだろうなと、ユーエンの心持ちを察する明晰だった。もっとも、余計な誤解を招きたくないので口にはしない。

コホン、と咳払いをして癒しが続けた。

「ところで、岩山の若長よ。先ほどのはどういう意味なのですか？　殺してやろうと思うかも、というのは……」

「あれか。言葉のままだ」

喉が渇いたらしいルドゥラは、賢者の使っていた茶杯に手を伸ばしながら言った。茶がほとんど残っていなかったので、癒しが注いでやる。

「アカーシャの者たちが森の者を嫌ってたように……いや、それ以上に、向こうもおまえたちが大嫌いだ。なにしろ長いあいだ人間扱いされていなかったんだからな。町のジュノに森の者が捕まってひどい目に遭わされたこともある。以前俺がそうされたみたいに」

「……すまなかった」

後悔の強く滲《にじ》む謝罪を口にしたのはユーエンだ。ルドゥラはひょいと顎《あご》を上げ、自分を抱きかかえる者を見て「おまえがしたわけじゃないだろ」と告げる。

「そのことはもういいんだ。俺はもう過去にした」

「過去にした？　赦した、という意味か？」

明晰が聞くと「赦したわけではない」と答える。

「だが、もう過ぎたことに時間は割《さ》かない。報復も考えず、時が怒りを薄めるに任せる」

「岩山では、それを【過去にした】と言うわけか。赦すのとどこが違うんだ？」

「んー……言葉で説明するのは難しい……。【赦す】はできなくても、【過去にする】ならできる……そんな感じになるかな……」

興味深い考え方だと明晰は思った。先ほど賢者が語っていた『新しい約束』と似通ったものを感じる。過去よりも未来への思考を優先させるという点が共通しているのだ。

「森の民たちも、我々への憎しみを【過去にした】と言ってくれるといいのですが……今までのことを考えれば、容易ではありませんね……」

「話し合おうにも、会ってもらえなければどうしようもないからな」

癒しと明晰が同時に溜息を零した時、

「だから俺がいるんじゃないか」

ルドゥラが屈託のない声で言い、「な？」とユーエンを振り返った。ユーエンは微笑み、ルドゥラの唇についたマドレームをそっと取ってやりながら、

「そう。我々には岩山の若長がいてくれる」

信頼に満ちた声でそう言った。

「賢者？　どういうことだ？」

「なんだ、明晰も癒しも戸惑い顔をして。ユーエンからまだ聞いてなかったのか」

「え？　なにをです？」

「俺が集めてやる。森の民たちを」

するり、とルドゥラはユーエンの膝から降りる。

菓子屑がたくさんついた両手に気づき、パタパタと払い、マドレーヌのかけらが床に散った。

「そんなことが可能なのか？」

「明晰。俺を誰だと思ってるんだ」

ちらりと明晰を見たあと、ルドゥラは軽やかな指笛を吹いた。

バサバサバサ……風を通すために開けておいた露台のほうから、羽音が聞こえてくる。入ってきたのは、何羽もの鳩たちだ。もともとユーエンが飼っている伝え鳩なので人を恐れることはないが、だからといって誰のいうことでも聞くわけではない。

鳩たちは、床のマドレーヌを啄《ついば》みだした。

「俺は翼《ガルト》を翔《か》る者、岩山の若長だぞ」

小柄な白い鳩がルドゥラの肩に止まり、クルルと鳴いた。マドレーヌよりあなたが好き、と言っているかのようだ。

「森の者たちは、俺たちに逆らえない。もちろん、だからといって俺たちが無茶な要求をすることはない。冬のあいだは森の者たちの世話になるのだし、岩山には森の者の血を引く子供も珍しくはない。持ちつ持たれつ、というやつだ。とはいえ、もしも戦いになったなら、力の差は圧倒的だ」

「つまり、岩山の集落は戦士が多いのですか？」

「いや、違うはずだ」

明晰は言った。そう、頭数の問題ではない。たとえ岩山の戦士が少なくとも、彼らは圧倒的に優位なのだ。なぜならば……。

「空から攻められるから、だな？」

明晰の言葉に、ルドゥラがニッと笑みを見せる。負け知らずの戦士の表情だった。

「そうだ。ガルトで翔け、空から射《い》ることができる」

「けれど……森のほとんどは樹々で覆われています。その上から狙いをつけるのは難しいのでは？　しかも翼竜に乗っている状態では……」

「岩山の戦士は翔《と》びながら射る訓練を積んでいる。とはいえ、癒しの言うように樹々に阻《はば》まれるのは事実だ。

集落はある程度切り拓かれているが、少し走ればすぐ樹々が密生してる。だがべつに、人を射る必要はないからな」

「……火矢、か」

明晰が言い、ルドゥラは「そういうことだ」と返した。上空から火矢を放たれ、集落を囲う樹々が燃えだしたら……あるいは、人々の家屋を燃やしたら？　森の民たちは石材や煉瓦より、樹々に頼った生活をしている。火の手はすぐに広まるだろう。

「なるほど。まさしく圧倒的な強さだな。煙に追われ命を落とす者も多いだろう」

明晰は感情をまじえず客観的に言ったが、「それは……あまりに……残酷な……」と、癒しの声は不安定に揺れた。

煙の中で苦しむ人々を、火傷を負って泣く子供を、その痛みを、ありありと頭に思い浮かべてしまったのだろう。この強い共感性こそが【癒しのソモン】の特徴なのだ。


「戦いとはそういうものだ」

ルドゥラはきっぱりと言い切る。

明晰が賢者を窺《うかが》うと、ひとくち茶を啜《すす》っただけだった。とくに口を挟むつもりはないらしい。

「俺は岩山の若長で、戦士だ。だから戦いを厭《いと》わない。集落と仲間たちを守ることを一番に考える。そのために必要なら、時には人を殺す」

「ええ、わかります……すみません、責めているわけではないのです。ただ私はどうしても……」

「いい。べつに怒っていない。癒しは、弱い者と心を合わせやすいんだろ。だから戦いが嫌なんだな。悪いことじゃないし、そういう人間も必要だ。ユーエンもどっちかといえば、そっちだろ？　あんまり顔には出ないだけで」

ユーエンは愛しい者を見つめると、穏やかな声で「その通りだ」と同意した。さすがにこの賢者のことをよく理解している。否、だからこそルドゥラはユーエンの半分《アルダ》なのだろう。

「けど、明晰は違うな」

「え？　俺？」

「俺と同じで、ためらいなく戦える」

「ちょっと待て。俺だって民への慈愛はたっぷりある。こう見えて聖職者なんだぞ、しかも高位の」

「位なんか関係ない。慈愛がないとも言わないさ。だが必要なら悩まず戦うだろ」

「……そう……かもしれないが……」

「しかもおまえは勝ち戦しかしないクチだ。勝算が大きい時は勇んで動くが、負け戦になりそうなら、義務も名誉もかなぐり捨てて全力で逃げる」

「ああ、わかります」

「うむ、わかるな」

　親友ふたりが同時に頷くのを見て「ひどくないか？」と明晰は顔をしかめた。もっと文句を言いたいところだが、ルドゥラの言《げん》は当たっていなくもない……というか、だいぶ心当たりがある。紅玉髄《カーネリアン》の瞳は明晰の性格を正しく見抜いていた。


「どっちがいい、ということもない。それぞれの役割があるだけだ。俺は戦士だから戦う。そして最も優れた戦士は、戦う前に勝つ」

「戦う前に？　どういう意味だ？」

　聞いたのは明晰だったが、ルドゥラは癒しを見ながら「俺はまだ、森の者の集落を燃やしたことはない」と言った。その言葉に、癒しの肩からふわりと力が抜けるのがわかる。

「放った火は風に連れられて広がる。どこまで焼けるかわからないのに、そうそう火矢など放てるものか。森の恵みはなににも代えがたいし、焼けた土地が再び森になるまでは何十年もかかる」

　話しながら、ルドゥラはゆっくりと部屋を歩いた。彼が裸足で歩いていると、ほとんど足音がしない。なるほど戦士なのだなと感心してしまう。

「そう……ですよね！　ああ、よかった……」

　安堵を言葉にした癒しに「かと言って、絶対にやらないわけではないぞ」とつけ足した。

「たとえ森の樹々を犠牲にしようと、そうすべき時が来れば、俺は火矢を射る。彼らの集落は燃え、大勢の犠牲が出るだろう。森の連中もそれはわかっている。岩山の若長を怒らせたら怖い、と知っている。だからこそ――」

ユーエンの座す椅子の後ろにルドゥラは立った。

露台から入る風が銀の髪を靡《なび》かせ、それをルドゥラが指に絡める。このままで『賢者と戦士』という名の名画のようだなと明晰は思った。

「そうだ。だからこそ、交渉が成り立つ」

ルドゥラの言を完成させたのは賢者だった。

森の民にとって、圧倒的な強者である岩山の……否、空の者たち。確かに、ルドゥラたちの言葉があれば、広い森のあちこちに散っている各氏族に招集をかけることは可能だろう。むしろ、彼らにしかできないと言ったほうが正しい。

「……参ったな。我らが賢者はなんと得難《え》いアルダを見つけたのか」

「まったくです……」

感心するしかない明晰と癒しの顔を見て、ユーエンがどことなく得意げな表情になったのは気のせいだろうか。いや一瞬だが、確かにそんな顔をした。明晰の観察眼に間違いはない。

「ま、その前に、ユーエンには『アルダの試練』が待ってるけどな」

背後からその首に抱きつき、ルドゥラが言った。ユーエンのほうはやや苦笑いだ。アルダの試練……？ また初めて聞く言葉が出てきて、明晰は「それはなんだ？」と聞いた。

「ユーエンは岩山の者ではない。若長のアルダとして相応しいかどうか、試練を受けなければならない」

「そう。私は試されるのだ」

鷹揚《おうよう》に頷くユーエンだったが、明晰と癒しは顔を見合わせて困惑した。

「ちょっと待ってくれルドゥラ。つまり、賢者が岩山に行くってことか？」

「そうだ」

当然のように返されて、明晰は「聞いていない」とユーエンを見た。だが親友は素知らぬ顔で、明晰と目を合わせようとしない。もちろん、反対されないようあえて黙っていたに決まっている。

「森の者をアルダに迎える奴はたまにいるし、ジュノも何十年かに一度はあるらしい。だが、アーレの者が試練を受けるのは初めてだ。まあ、今までアーレを岩山に連れてきた奴などいないからなあ」

「ル、ルドゥラ……ただのアーレではないのですよ……ソモンで、しかも賢者なのですが……」

「それでも試練は受けなきゃだめなのか……？」

明晰と癒しが聞くと「あたりまえだろ」と返されてしまった。賢者の特権など、岩山では意味を成さないのだから、ルドゥラからすれば当然なわけだ。そんな状況でなにが起きるのか、まったく想像がつかない。普段は楽観的な明晰ですら、不安を覚えずにはいられなかった。

「そんなに心配するな。アルダの試練で死んだりすることはない」

「死……、つまり、怪我ならするのか？　あのなルドゥラ、賢者はこう見えてかなりの歳でな……」

アーレは長寿なので、明晰たち三人はすでに百齢を越えているのだ。ルドゥラもそれは知っている。やや首を傾げてしばし考えていたが、

「……昨夜、俺はほとんど眠らせてもらえなかったんだぞ？　あれで年寄りだと主張はできない」

とごもっともな反論を食らってしまった。

明晰は黙るしかなかったし、癒しは顔を赤くしていた。そして当の賢者はといえば、珍しく「ふ」と吐息程度の音を漏らして笑ったのだった。

第二章　岩山へ

「この寝間着は肌触りがよくて、賢者様が毎晩お使いになるから……」

「だめ」

「こっちのノゥエは？　冬に向けて仕立てたんだ。厚地で実用的……」

「だめだ」

「じゃあ、せめて果物の甘煮を！　賢者様を慕うジュノたちが、せっかく用意してくれたんだよ……？」

「悪いが、だめだ。……タオ。そんな顔をしないでくれ。言っただろ、荷物はほとんど持っていけない。キラナには人間ふたりを乗せるだけでも負担なんだよ。ユーエンは結構重いしな」

重い、と言われてしまったユーエンである。

寝返りを打つ時には気をつけようと内心で思いながらも、涼しい顔を心がける。もっとも、成人しているアーレは大概重い。痩身《そうしん》ではあるが、背丈のぶん体重が嵩《かさ》むからだ。ユーエンも四ハスタ《約一九〇㎝》弱あるので、隣にいるルドゥラのつむじがよく見える。

「すまぬな、タオ」

しょげた顔の家僕に、ユーエンは声を掛けた。

「色々と用意してくれたのはありがたい。だが、ルドゥラの言うように、キラナに乗るためには最低限の荷物でなければ」

「いいえ、いいえ賢者様……。僕こそ考えが足りずに申し訳なかったです。荷物は減らすようにと言われていたのに……岩山は寒いはずだとか、食べ物がここは違うだろうとか、考えてるうちに心配になってきてしまって……」

「タオは優しいからなあ」

自分よりさらに小柄なタオの頭をポンポンと優しく撫で、ルドゥラが言う。

ふたりは兄と弟のように仲が良く、信頼し合っており、それはユーエンにとっても喜ばしいことだった。

結局、タオは荷物を包み直すことにした。敷物代わりにもなる綿布の中身は、肌着、数種の丸薬と軟膏、薬草茶の葉が少しだけになる。寒さ対策は、プティの毛で織った真っ白な外套を羽織っていくこととなった。アカーシャでは真冬用の外套だが、岩山はここより気温が低い。

出発の朝である。

アカーシャの賢者であり、ルドゥラのアルダでもあるユーエン・ファルコナーは、これから岩山の集落へと赴《おもむ》く。屋敷の前庭にはジュノが使う簡素な馬車が一台用意されていた。目立たないためには、これが一番なのだ。賢者が岩山に向かうことをアカーシャの民は知らない。ジュノはもちろん、アーレにも知らされておらず、高位ソモンのごく一部が知るのみだ。

賢者とルドゥラの絆《きずな》が、アカーシャの未来を左右する——その事実を周知させるにはまだ早い。すべての用意が調ってからでなければ、民を不安にさせるだけだ。それまでは静かにことを進める必要がある。馬車の手綱《たづな》を握るのは明晰が紹介してくれたジュノで、信頼に値する男だと言っていた。

信頼。

その言葉の意味を、ユーエンは考える。

信じて頼ること……アカーシャの民のほとんどは賢者を信頼している。賢者の言葉を信じ、その導きに頼っている。なぜならば、賢者は民を守るからだ。とくにジュノを手厚く守る。一般のアーレにはジュノを差別的に扱う者もいるが、聖職者であるソモンはそれをしない。高位になるほど、ジュノに心を砕く。『愛《いと》し子《ご》の館《やかた》』など、福祉施設を運営しているのも高位のソモンたちだ。

——誰が考えたか知らないが、うまくできてるもんだ。根性悪のアーレばかりではジュノの不満は募り、暴動すら起こりうる。でもそいつらより偉いアーレ……つまり俺たち聖職者はジュノに親切で、彼らを助ける。絶妙な匙《さじ》加減ってやつだ。

明晰はそんなふうに言っていた。

癒しは「意地悪な見方ですねえ」と苦笑していたが、ユーエンは内心で深く頷いていた。その仕組みが意図的なものかはさておき……ジュノたちはソモンを、そして賢者を敬ってくれている。少なくとも、現時点ではそうなっている。

では、その聖職者たちはなにを信じているのか。

ニウライである。

アカーシャにおける唯一の信仰対象だ。

信仰は、信頼とは違う。信頼を得るためには、理に適《かな》った行いをしなければならない。民に信頼してほしければ、ものごとの筋道を示し、民を納得させなければならない。

ところが、信仰は筋道や理《ことわり》というものを超える。

ニウライを信仰するのに『理由』はいらない。

すべての者が生まれた時からニウライは存在しており、親が、祖父母が、周囲がみなニウライを信じ、仰ぎ、生きてきた。教典を紐解けば『信仰すべき理由』はいくらでも見つかる。だがそれらはあくまで後づけであり、そもそもジュノたちは教典など読まない。

疑うことなく信じるから、信仰なのだ。

無垢な心で仰ぎ見るから、信仰なのだ。

人はニウライの言葉に従うべきであり、身も心も委《ゆだ》ねるべきなのだ。ニウライは我々を救うために存在している。我々に慈悲をくださる。ニウライの存在そのものが奇跡なのだ。その智慧を、言葉を授かった賢者は、すべて受け入れ従えばいいのだ。

自力で考えてはならないのだ。

解決しようと足掻《あが》いては、ならないのだ。

——そなたには、それができないのですね。

塔の地下、光の中で揺れるニウライは言った。

昨日、ユーエンはニウライに拝謁《はいえつ》した。岩山へ向かうという報告のためである。

民には伏せておくべきことでも、ニウライに隠しはしない。ニウライを欺《あざむ》けば、ユーエンは賢者ではなくなってしまう。

――ニウライよ、私が帰依《きえ》する聖なる方よ。私はあなたから智慧を授けていただきました。利剣《りけん》にて、あまりに酷《むご》い未来世を見ました。それを受け入れられないことをお赦しください……。

頭を深く垂れ、ユーエンは謝罪した。その日のニウライは亡き父の姿をしていた。相手の心深くに住む者の姿を借り、ニウライは顕現することが多い。

――賢者よ、赦します。

ニウライの声はあくまで優しい。

父の声に似ているような気もするし、違うようにも思える。父が亡くなったのはずいぶん昔なので、はっきり覚えていないのだ。

――憐れで愛しき我が子よ。私を信じながら、それでも揺らぐ者よ。よいのです。揺らぎながら進みなさい。私はそれを赦します。私の慈悲に包まれたまま、苦難の道を進みなさい。

けれど、とニウライは続けた。

――どうか忘れないでおくれ。そなたは我が子である。なにがあろうとそれは変わらぬ。己の選択が間違いだと気づいたならば……いつでもここに戻るがよい。そして私の裾で涙を拭き、正しき道を選び、委ねることこそ真理と知り、安寧を得るのです。私はただそれを待ちましょう……。

慈悲深い言葉が、ユーエンの心を震わせた。

自分は大切なものに背を向けているのではないかと……そんな心持ちになる。それでも、ニウライの言う『安寧』を受け入れることはできなかった。ゆっくりと、慈悲に包まれて死んでいくというアカーシャの未来を、ただ傍観《ぼうかん》しているなど、到底無理だった。

一度は心が折れかけた。

七夜《しちや》の衣鉢《いはつ》。アカーシャの滅亡を、折り重なる民の死体を――目に焼きつけられるようなあの儀式の中で、ユーエンの心は死にかけた。

ニウライの示す道を受け入れれば、終わりは穏やかにやってくる。民の苦しみは一番小さくて済む。少しずつの絶望、緩やかな破滅……それでいいではないかと、思いかけた瞬間があった。自分がそれほど強くないと、ユーエンは知っている。

それでも……。

「ユーエン、見ろ。今日の空はなんと青いことか」

馬車の窓から身を乗り出して、ルドゥラが言う。とうに町を抜けた田舎道なので、誰かに見られる心配はほとんどない。

ユーエンも窓の外を見た。

喉を反らし、空を、そして雲を見た。

「……ああ、本当に青い。美しい空だ」

「少しだけ雲がある。あれはどんな雲だ？」

「鱗雲《うろこぐも》だ。もう消えかかっているから、このまま晴れが続くだろう」

「ならばおまえは、この青の中を飛べる」

ルドゥラが笑みを湛《たた》えて言った。

明るい光がきれいな額を、そして丹色の瞳を輝かせる。そう、ユーエンは強くはない。ひとりでできることなどたかが知れている。

それでも、彼がいれば――ルドゥラがいてくれるならば、空を翔《かけ》る岩山の若長が一緒ならば、できる気がするのだ。

「……聞いておくれ、ルドゥラ。私は、おまえを大変なことに巻き込もうとしている」

ユーエンは真剣な声を出したのだが、ルドゥラのほうは軽い調子で「そのようだな」と返し、キャリッジの椅子に身を戻した。そして籠の中のマドレーヌに手を伸ばす。タオが持たせてくれた森までのおやつだ。

「おそらく、おまえの想像より事態は複雑で、危険で……命に関わるものだ」

ユーエンは七夜の衣鉢で見たすべてを、ルドゥラに打ち明けたわけではない。

アカーシャの水源に問題があること、放置しておけば大勢が死ぬこと……その程度だった。

ルドゥラも詳しいことを知りたがりはせず、ただ「俺にできることは？」と聞いてくれた。

「正直、私自身ですら、この先どうなっていくのか予想がつかない。自分の選択を悔やむことになるかもしれないのだ」

「ユーエン、なにが言いたい。やめるならまだ間に合うとでも？　ひとりで岩山に戻ってもいい、責めたりしない、そう言いたいのか？」

ルドゥラの口調が荒々しくなった。マドレーヌに齧《かじ》りつきながら眉を吊り上げている。怒っている顔ですら美しいと思いながら、ユーエンは「逆だ」と心情を告白した。

「どうかそばにいてくれ」

「え？」

「たとえ身体が離れていても心はそばにいて、私の志《こころざし》を支えてほしい。ひとりでは無理なのだ」

ルドゥラは口元を曲げ、まだ怒った顔のままで「あ、あたりまえだろ」と返した。

そして残っていたマドレーヌを口に突っ込むと、むぐむぐと食べながらもう一度「あたりまえじゃないか」と視線を逸らす。耳が赤くなっている。

「俺はおまえのアルダなんだから……俺たちはふたりでひとつなんだから」

「そうか。そうだな」

「俺だけじゃない。明晰や癒し、タオだって……」

「その通りだ。みながいてくれる。だが私を変えたのは、ルドゥラ、おまえだから」

腕を広げながら言うと、向かいに座っていたルドゥラが膝の上に来る。翼竜には負担となる大きさの身体だが、愛しい者を抱えるにはちょうどよい。

「おまえはそんなに変わったのか？」

「生まれ変わったかのようだ」

「ふうん。まあ、アルダに出会って運命が変わるのは珍しくない。そう気負うな」

小柄だが器は大きなルドゥラに言われ、ユーエンは「そう言われてもな」と苦笑いを零した。

「気負ってしまう。とくに今日は……なにしろ我がアルダの故郷へ赴き、認めてもらわなければならないのだ。正直、賢者になった披露目の日より、気持ちが浮わついて落ち着かない」

「はは、緊張しているのか。大丈夫だ、問題ない。岩山に着く頃にはその緊張はすっかり消えているさ」

自信たっぷりにルドゥラは言った。

なるほど、今日のような青く美しい空を悠々とキラナで飛べば、どれほど胸がすくだろう。きっと自分が鳥になったように感じるはずだ。確かに緊張も解れるだろうな……そう思ったユーエンだったが、ほどなく、これが誤解だったことを思い知る羽目になる。

馬車はもう、森の入り口にさしかかっていた。


「賢者?」

「これがァ、賢者じゃと?」

「このボロボロのが? いっとう偉い賢者?」

独特の抑揚がある言葉で、口々になにか言われている。耳鳴りのせいでよく聞き取れないが、おそらく褒められてはいない。覗《のぞ》き込まれ、観察され、好き放題に言われているのだが……その様子を見て確認することは難しかった。なぜなら、まだユーエンは目を開けられる状態ではないからだ。

「ほらほら、爺様に婆様、どいてくれ。賢者に薬をやらないと」

ああ、ルドゥラの声だ……そう思って安堵した。

それでもまだ頭を上げる気にならない。現在ユーエンは、羽織ってきた白い外套を抱えたまま横たわり、じっと目を閉じていた。目を開けると世界がぐるぐる回転してしまうのである。

「髪はきれいじゃゃ」

「月の色じゃの」

「図体はでかすぎじゃ」

いまだやまない声が、少し遠ざかる。

それからルドゥラの匂いが近づいてきて「ユーエン、少し頭を起こすぞ」と言った。後頭部が支えられるのがわかり、その手に従う。目眩《めまい》が怖くてまだ目が開けられない。

「空酔いだ。初めて翔んだ子供もよくなる」

ルドゥラの声は少し笑っていて、ユーエンは醜態《しゅうたい》を見せている自分がほとほと情けない。

「初めてではない……」

「前は酔う余裕もないほど必死だったろ。それに、たいした距離は飛んでいないし、上昇もほとんどしてない。今日のキラナは結構荒っぽく上昇したからな。ちょっと不機嫌だったんだ」

「……不機嫌……」

「乗り手にアルダができると、翼《ガルト》は機嫌を悪くする。妬《や》くんだろう。そのうち認めてくれるさ。ほら、酔い止めを飲め。酸っぱいぞ」

唇に触れたのは木の器だろうか。ゆっくりと口の中に入ってきた液体には確かに強い酸味があったが、嫌な味ではない。果実の汁のように思えた。

「あとはしばらく休めば大丈夫だ」

そう言って、ルドゥラの気配が遠ざかる。それを引き留めることすらできない。

どれくらい経《た》っただろうか。

吐き気がだいぶ収まったのを感じ、恐る恐る目を開けた。鈍い頭痛と、多少ゆらゆらした感じはあるものの、もう世界は回転していない。

「お。目ェ開けた」

「変わった色の目じゃ」

「灰がかった青じゃのぅ」

多くの顔が自分を覗き込んでいたが、皺の深い老人ばかりでルドゥラはいなかった。改めて周囲を確認すると、どうやら岩穴の中である。

かなり広い空間で、居住場所のようだ。

ユーエンはゆっくりと動いた。大丈夫そうだ。

まずはきちんと、姿勢を正して座る。そして周囲にいる老人たちに一礼しようと試みたのだが、頭を下げた途端《とたん》にまたクラリときてしまった。恐る恐る頭を上げてから、聞いてみる。

「ルドゥラは……若長はどこに」

ひとりが「おらんじゃ」と答えた。いない、という意味だろう。

「おめさまの試練はァ、もう始まっとる」

「そしたらアルダは、ともにゃおられんじゃ」

「ひとりでけっぱらにゃならん」

訛《なま》りが強いが、だいたいの意味はわかった。もうおまえの試練は始まっているから、アルダは一緒にいられない、ひとりでなんとかしなければならない……そんな感じだろうか。

「ほいほい、爺様婆様、通してくれ。はぁ、あんたが賢者かい。たいそう偉いアーレだと聞いてるが……役に立つのかねえ?」

座り込んでユーエンを眺める老人たちの間を縫い、のしのしと歩いてきたのはひとりの中年女だ。

がっちりとした身体つきは、力仕事をしているジュノのおかみさんに近い。言葉は老人たちほど訛ってはいなかった。

「立てるかい」

「……おそらく」

ユーエンは静かに立ち上がった。まだ目眩が少し残っていて、ゆらりと身体が傾いでしまい、岩壁に手をついて支える。ユーエンの背の高さに驚いたのだろう、老人たちが「ふおぅ」と声をあげた。中年女もユーエンを見上げたが驚いた素振りはなく、むしろ呆れたように「でかいねえ」と言う。

「でかいだけじゃなくて、役に立つといいが」

「……私もそう願う」

「若長が言うには、あんたはなんだってできると」

「努力しよう」

「若長の怪我を治して助けてくれたそうじゃないか。それに関しては礼を言うよ。それにしたって……」

ここで一度、大きな溜息が挟まった。

「はーあ……アーレを連れてくるとはねえ。やれやれ、昔からなにをしでかすかわからない子だったが……ま、とにかく最初の試練だ」

「最初の？」

「聞いてないのかい？　試練は三つあるんだよ。まずはここ、『安寧《あんねい》の窟《いわや》』で働いてもらう。岩山じゃ、年を取るとこの窟に集まって暮らすんだ。お互いに助け合い、それでも足らない部分はあたしのような『護《まも》り』が手を貸す」

なるほど、とユーエンは頷いた。アカーシャでは年寄りの世話は家族によって担われるが、ここでは共同生活になるらしい。

「私はどんなことをすれば？」

「案内しながら説明するよ。ついてきな」

窟の奥へと歩き出しながら、女はまず「あたしはタ一ラ」と名乗った。

「タ一ラ。よろしく頼む」

ユーエンはすぐ後ろからついて行く。窟の天井は高く、ユーエンの背丈でも頭をぶつけることにはならなかった。奥行きもかなりありそうだ。

「あんた賢者なんだろ」

「そうだ」

「一番偉いんだって？」

「偉くはない。聖職者としての位が高いだけだ」

へえ、と木で鼻でくくったような相槌《あいづち》のあと「けど喋り方は偉そうだね」と言われてしまう。

「……そういうつもりはないのだが、ほかの喋り方に慣れていない」

「わかってんのかね？　あんたは今、試されてる立場なんだよ？　賢者とやらだって、丁寧に喋ることもあんだろ？」

「敬い言葉はあるが……信仰の場でしか使わぬ」

はっ、と呆れたような息をつき、タ一ラはチラリとユーエンを振り返った。

「言っとくけど、あたしはアーレが大嫌いだ」

そう宣言されてしまう。歓迎されないのは予想していたので驚きはしない。もしユーエンが彼らの立場だったら同じことを言うだろう。こういった状況でも明晰であれば気の利いた返しを思いつくのだろうが、もとより口数の少ないユーエンにそんなことができるはずもなかった。ただぼそりと、

「残念だ」

と応《こた》えるだけだ。

「あたしだけでなく、岩山の者のほとんどはアーレが嫌いだ。森の連中は、嫌うどころか憎んでる」

「…………」

「が、あんたは若長を助けてくれたし、アーレの中にもまともな奴がいることは一応知ってる。あたしらは時々アカーシャの町に降りることもあるからな」

「以前、若長にもそう聞いたことがあるが……あなた方は町でなにをするのか？」

「町でなければ手に入らない物を調達する。塩、小麦、薬……玉鋼《たまはがね》も。……まあ、色々だ」

まだなにかありそうな口ぶりだったが、部外者には話したくないのかもしれない。ユーエンはそれ以上聞くことは控える。

「とにかく、あたしはアーレが嫌いだし、若長のアルダがあんただと知り、正直がっかりしたよ。若長のアルダとなって、強く勇敢な子を産みたいって娘は、わんさといるのにさあ」

「……そうか。やはりアルダが同性だと、歓迎されぬのだな」

「いや、それはどうでもいい」

ターラはこともなげに否定する。

「男同士女同士のアルダは別に珍しくないさ。子供はよそで作ってもいいんだしな」

「……よそで？」

「そうだ。自分のアルダが許せば、ほかの相手と子を作ってもいい。ま、若長はそれを許す性格じゃないけどね。自分と血の近い者がアルダの場合なんかは、むしろそうすべきとされている」

これは意外だった。ルドゥラの口ぶりでは、アルダは唯一無二の相手であり、精神的にも肉体的にも互いの不貞は赦されないのだろうと思っていた。

「若長は、アルダ以外と口づけてはならないと」

「そりゃあたりまえだろ」

「髪も触らせないと」

「当然だ」

「……でも、子は為してよいと？」

「そうだよ。何度同じことを言わせるんだ。賢者ってのは頭の巡りがあんまりよくないのかい？　アルダの赦しがあれば、違う相手とでも子は作れる。子供は集落の宝なんだから、多いほどいいだろうが」

　つまり、人口を増やすことがそれほど優先されているのだ。その事情はアカーシャも同様だった。とくにアーレの少子化は深刻であり、婚外子であっても大切に育てられるし、未婚で子を産むことを責められることもない。公《おおやけ》にはされないが、子を持つ聖職者もいるほどなのだ。

　もしや、とユーエンは不吉なことを思う。

　子供が少ないという現象は……アカーシャだけではなく、岩山や、あるいは森にも生じている問題なのだろうか。

　七夜の衣鉢を思い出す。アカーシャを危機に追い込む原因はひとつではなかった。水の汚染、干害、麦の病、そして子供が減ること——。

「おい、ぼんやり歩いてると転ぶよ」

　ターラの声が現実に引き戻してくれる。

　窟は途中で分かれ道になっていた。ユーエンの予想以上に入り組んでいるようだ。

「ここから三つの道に分かれてる。真っ直ぐ行けば倉庫部屋。右は婆様たちの寝部屋、左が爺様たちの。あんたの仕事は、要するに年寄りの世話だ」

「承《うけたまわ》った」

　ユーエンは淡々と答えた。弱き者を護るのは、聖職者としてアカーシャでもしていることだ。場所が変わっただけと考えればいい。

「ほとんどがヨボヨボで、足取りも覚束ない。日が暮れると、外の共同厠《かわや》まで行くのも危ない」

ユーエンは「なるほど」と再び頷いた。ターラがくるりと身体ごと振り返り、ニヤリとユーエンを見上げる。初めて見せた笑みにはかなりの含みがあった。

「ってことで、杉入《すぎい》れがある」

杉入れ……初めて聞く言葉だった。ターラは顎をクイッと動かし、右へとさらに歩みを進める。

簡素な寝台が十ほど並ぶ部屋に入った。低めの脚のついた板を敷き、その上に獣の皮、さらに藁筵《わらむしろ》が置かれ、一番上が毛布だった。先ほど説明された老人たちの寝室だろう。今は誰もいない。

「日中は、さっきまであんたが倒れてた窟の入り口近辺でみんな過ごす。光を浴びたり、食事をしたり、筵を編みながらお喋りをしたり……。で、夜はここで眠る。ほら、寝台の脇にあるのが杉入れだ」

説明されるより早くユーエンの視線はその箱を捉えていた。

木製で、蓋がついており……おそらく中に杉の葉が入っているのだろう。この岩山は別名『半分山』である。山の下半分は木々に覆われ、上はほとんど岩肌なのでそんな名前がついた。ということは、山をいくらか下れば針葉樹を手に入れられる。そして、なぜこの木箱に杉の葉が入っているのかといえば……。

「中になにが入るのかは説明しなくてもいいよな？同じようなもんは町にだってあるだろ？」

「……ある。アーレでは陶椅子《チャンバー》と言い……」

ジュノたちは『おまる』と呼ぶ。つまるところ、携帯便器だ。杉の葉は消臭効果があるので中に入れているのだろう。陶椅子の場合、藁と乾燥ハーブを入れることが多い。もっとも、多くのジュノは共同厠を使うし、アーレなら屋敷に専用の個室があるので、携帯便器を使うことはそう多くない。

「私にこれを片づけろと……」

「そうだ。あんたの大事な仕事だ」

「…………」

「あとで肥溜《こえだ》めに案内するから、中身をそこにあけて、それから丁寧に洗って戻す。いいか、丁寧にだぞ。でないと寝部屋が臭くてたまらん」

「…………」

「もちろん仕事はそれだけじゃない。弱ってる年寄りの身体を拭き、食事させ、話し相手になる。その合間に洗濯と掃除、そうこうしてるうちにまた杉入れが溜まる。昼間でも、面倒がって共同厠に行かない年寄りもいるからな。どうだ？　できそうかい、賢者様」

「……なるほど……これは困った」

杉入れを見つめたまま、ユーエンは呟く。

「やれやれ、困るのが早いね。まだなにもしてないじゃないか。あんたがクソを運ぶのはこれからだ。おっと、言い忘れていたが、ここらに井戸はない。沢まで半時ほど歩き、水を汲《く》んで洗うんだ。間違っても沢に杉入れを浸けるなよ。飲み水にも使う大事な沢だ」

「…………」

「どうやら言葉もないようだね」

ターラはユーエンを眺め、嘲笑《あざわら》うように言う。

ユーエンは無言のまま、軽く上を見上げる。なにか思案する時に空が見たくなるのはユーエンの癖だったが、今見えるのは岩の天井ばかりだ。けれど思案はすぐに終わる。今自分がすべきことは単純であり、多少の準備が必要なだけと理解できたからだ。

「このまま帰るならそれでもいいんだよ？　賢者様ってのは、なにからなにまで下僕が世話してくれるんだろ？　自分じゃ髪すら編まないそうじゃないか。鞋《くつ》に足を入れるのも小姓だと聞いた時は笑っちまったよ。まるで赤ん坊だね。だがまあ、それだけ尊い御仁《ごじん》ってことだ。町の連中にとってはね。あたしらにゃ関係ないし、ここにいてもらう必要もない。あんたが逃げ帰れば若長も気がつくだろうよ、自分が勘違いしてたってことに。ま、たまにはあるのさ、アルダを間違えるってことも……」

「ターラ」

静かに名前を呼び、ユーエンはターラを見た。

そして自分の長い髪に手を入れ、サラリと指に通す。暗い横穴の中、所々に置かれた燈《あか》りがその銀色を光らせた。ターラは「な、なに」とユーエンを見上げる。

「髪を括る紐を貸してほしい」

「え？」

「それから、もっと動きやすい衣を……そう、ここの者たちが着ている、裾を絞った下衣も必要だ。大きさが問題だな……私に合いそうなものはあるだろうか」

「え。あんた、やるつもりなのかい？」

「うむ。この髪と格好では仕事がしにくい」

「あたしの説明聞いてたか？　クソしょんべんを運ぶんだよ？」

「わかっている。髪に糞便《ふんべん》がつくのは困るので、括りたいのだ。この袴《クン》が汚れるのは構わないが、足を取られて動きにくい」

ターラはしばらく目を丸くしてユーエンを見上げていたが、やがて再び顔にキッと不機嫌の色を浮かべ「でかい衣なんか、ボロしかない」と言い放った。

「三年前に死んだあたしの連れ合いが、岩山の者にしてはかなり背が高かった。そいつは働き者だったからね。衣はボロボロなんだよ」

「その働き者の衣を貸してもらえぬか」

ターラは腕組みをし、不機嫌に「べつにいいけど」と言った。そして、

「いつまで続くか見ものだね」

と口を歪めて続けたのだった。


「確かに見ものだ」

風にはためく敷布の後ろから声がする。

「あんな格好の賢者は、町では絶対にお目にかかれないからな。賢者を敬愛するジュノの民たちが見たら、卒倒しちまうかも」

パンッと、これから干す敷布を広げながら、ターラは無言でその声を聞いていた。

「あーあ、ほんとにひどいものだ。アルダの俺ですら、初めて見た時は目を疑ったぞ。継ぎだらけの古い、しかも寸足らずのチュリダルを穿《は》いて、上衣の巻き布もほつれがひどいじゃないか。長鞋《くつ》は自前だからいい革を使ってるのに、泥まみれで元の色もわからない。銀の髪をまとめたはいいが……俺のアルダはわりと不器用だからな。頭にでかい団子でも載せてるみたいだ。……その団子に刺さってるのはなんだ？　簪《かんざし》じゃないよな？　まさか匙か？」

「あの匙はあたしんじゃない」

黙り込むのも限界だった。ターラは棹《さお》にかけた敷布の端を引っ張りながら、ようやく口を開く。

「賢者が髪をまとめるのに苦労してたら、ピッタ婆が自分の匙を渡したんだよ。簪にしろと」

軋む腰を摩りつつ、そう説明した。

洗濯して水を吸った布は重く、かなりの力仕事だ。今日は晴れているからよく乾くだろう。秋の岩山は次第に風が冷たくなってきたものの、日中はまだ外套なしで過ごせる。

「ピッタ婆の匙？」

ルドゥラの声は相変わらず敷布の向こうからなので、顔は見えない。若長が隠れるようにしているのは、少し離れた場所で年寄りたちの世話をしている賢者に見つからないためだ。試練の間、若長は賢者に会ってはならないことになっている。だが心配でならないらしく、しょっちゅう覗き見に来るわけだ。

「柄《え》のところに鳥の彫刻があるやつか？　すごく大事にしていたのに」

「そう。息子の形見だ」

「それを賢者に？」

「そう」

「へーえ。あの、図体ばかりでかくて、偉そうに喋り、まったく役立たずに見える、すっかり汚くなった賢者に、大事な匙を？」

含みのある口調でチクチクと言われ、ターラは「ああ、もう！」と、降参するように両手を上げた。

「わかったってば、謝るよ！　あんたのアルダを悪く言ってすまなかったってば！」

敷布が強い風にはためき、その向こうで若長がニヤリと笑ったのが一瞬だけ見える。紅玉髄色の瞳は、今日も生き生きと輝き美しかった。岩山に暮らす者たちの瞳はたいてい黒や濃茶で、若長のような瞳の者は滅多にいない。

「正直なとこ驚いたさ」

溜息交じりに、ターラは告白した。

「まったく、アーレとは思えないほどよく働く人だよ。杉入れの始末なんてできるはずないと思ったが、顔色ひとつ変えずにこなしてる。なんならあたしより丁寧に洗ってるくらいだ。背丈があるのでちょいと邪魔くさいが、力仕事もたいしたもんだね。一番しんどい水汲みをやってくれるから、すごく助かってる」

「あいつは細身だが力は強い」

「年寄りの話を聞くのもうまい。ただ黙って聞いて、時々頷くだけなんだがな。相手の目をちゃんと見てるから、爺様も婆様も嬉しいようだ」

「そうだろうな。あの灰青の瞳は、いつも真っ直ぐにこっちを見るんだ」

若長の声が弾む。

やれやれ嬉しそうだね、とターラはこっそり微笑んだ。この若長を赤ん坊の時から知っているが、【季節《ルトゥ》】の頃になっても決まった相手が現れず、「俺にはキラナだけいればいい」などと言っていたので、いささか心配だったのだ。

だからアルダが見つかったと聞いて一度は喜んだものの——相手を知って仰天《ぎょうてん》した。

「岩山の者のほとんどがそうだろうが……あたしもね、認めたくなかったんだよ。我が若長のアルダが、アーレだなんて」

「だろうな。俺だって自分でびっくりした」

「とはいえアルダは運命、翼神がお決めになることだ。

他人が口を挟んでも意味はない。それにしたって、この集落に連れてくる必要はないだろうと思ったよ。そしたら試練なんぞ受けないですんだのに」

「俺のアルダをみなに知ってもらう必要があった」

そう返す若長の声には迷いがなかった。

「善良で、賢く、理性的だが情が深い……信頼できるし、信頼を得たいと強く思っている」

「褒めまくりだね」

「事実だ。そういう奴でなければ、ひとりでここまで来やしない」

その点は、若長の言う通りだろう。

アカーシャという地がどう統治されているか……だいたいのところは岩山も把握している。暮らしに必要なものを手に入れるため、ジュノのふりをして町に出る者が一定数いるからだ。その時に、情報も持ち帰ってくることができる。

賢者といえば、アーレで最も権力を持つ聖職者の中でも、最高位だと聞いていた。

そんな立場にある者が、この岩山に……今まで存在すら知らなかった部族の本拠地に赴くなど、無謀もいいところだ。普通では考えられない。もし岩山の者たちが、若長と異なる考えを——つまりアーレに与《くみ》するつもりなどないと考えているなら、拒絶、追放、幽閉……最悪殺されることもあり得る。岩山の者たちは決して手ぬるくはない。

それを承知で、銀の髪の賢者はやってきたのだ。

「俺たちは変わらなければならない。それはターラも思ってるだろ」

敷布の端をピンッと引っ張りながら、ターラは黙っていた。確かに岩山の暮らしには限界が見えてきている。変化は必要だろう。そう思ってはいるが、口に出すにはまだためらいがあった。

「どっちにしろ、もうアカーシャの民たちは翼《ガルト》を見てしまった。時は戻せず、進むしかない。だから俺は賢者をここに連れてきた。俺がいちいち説明するより、実際に会うのが一番だ。会って、話して、試せばいい。

信じられる相手かどうか」

「あんたは、賢者が試練を乗り越えると信じているんだね」

「もちろんだ。俺のアルダだぞ？」

自信満々な声が少し移動した。干した敷布の端まで行き、賢者のいる方向を覗き込んでいる。

「ほら、見ろよターラ。あいつ、重たいエンゾ爺を軽々と担《かつ》ぎ上げたぞ。厠に連れて行くのかな。担がれてるほうも楽しそうだ……普段より元気なぐらいじゃないか？」

「実際、元気になってる年寄りが多いんだよ。昨日の夜にしても……ほら、結構冷えただろ？　あの賢者は年寄りたちの足を揉んで回ってた。足が冷えると寝つけないからと言ってな」

「そういう奴だ」

「口下手だが、物語はたくさん知っているようだ。寝る前にそれを聞くのを、みんな楽しみにしてる。結末を聞くまでは死ねないと言い出す始末だよ」


「え。俺は物語など聞いたことがないぞ」

少し悔しそうな若長に、ターラは「閨でそんなヒマがあるのかい？」とからかってやった。すると若長は少し覗かせていた顔を、サッと敷布の向こうに引っ込めてしまう。

「そんなことを言うな。ここに戻ってから、顔を合わすこともできないのに……」

「試練が全部すんだら、自分の窟に呼べるんだろう？　あんたも敷布を洗濯しておいたらどうだい」

「……もう洗濯してある」

ぼそりと、答が聞こえる。

ターラは笑い出しそうになったが、なんとか堪えた。この若長は誰より勇敢な戦士だが、色事にはまだまだ疎《うと》い。ルトゥが遅かった上に、季節外れだったせいもあるだろう。あまりからかっては可哀想だ。

「だが洗濯は早すぎたかもしれない。俺の窟に来るのはいつになるのか……まだ一つ目の試練も終わってないんだからな」

「なに、ここの試練はもう終わるだろうよ。あたしはずっと水汲みをしててほしいが。それより、二つ目の試練を心配すべきなんじゃないのか？」

いささかの意地悪含みで聞いたのだが、若長は「問題ない」とすぐに答え、ややあって「……たぶん」とつけ足した。

「それより、三つ目の試練が気になる。あいつら、俺にちゃんと教えてくれないんだ」

「ああ、新しい試練があるそうだな。あたしらも詳しいことは聞いてないんだよ。でもまあ、キンシュカが許可したんだから……ああ、ほら、来た」

岩山の長、キンシュカがこちらに向かう姿が見える。きっと、最初の試練を終わらせるために来たのだ。

年寄りたちに囲まれた賢者に声を掛けたようだ。屈んでいた賢者が立ち上がる。何度も思ったが、本当に背が高く、すらりとした立ち姿は像のようでつい見入ってしまう。

「ターラ、行ってくれ」

若長が言い、その場を離れた。

自分はまた別の目立たない場所から見守るつもりのようだ。健気《けなげ》だねえ……という言葉をターラは飲み込んだ。歳の離れた弟のような子だが、若長として敬う心もちゃんとある。

ターラは頷き、洗濯桶《おけ》を抱えて歩き出した。

「銀の髪の賢者」

声を掛けられて、ユーエンは振り返った。

浅黒い肌をした、がっちりした身体つきの壮年の男が立っている。眼差《まなざ》しは穏やかで敵意は感じられない。動きやすく簡素な服装はみなとさして変わりないが、身につけている装飾品が……とくに編み込んだ髪の飾りが多かった。

責任ある立場の者ほど、この飾りが多いのではないかとユーエンは推察している。

「長のキンシュカだ。挨拶が遅くなってすまない」

老人たちと語りやすいように腰を下ろしていたユーエンは、ゆっくりと立ち上がった。キンシュカは、集落の中ならば身体が大きいほうだろう。それでもユーエンが立ち上がれば、どうしても見下ろす格好になってしまう。

「キンシュカの来訪を感謝する。私はアカーシャより参じたソモンであり、賢者であり、岩山の若長に命を救われた者であり……彼のアルダだ」

礼を欠かないよう、丁寧に頭を下げた。

キンシュカは明るく張りのある声で「若長から話を聞いた時は、みな驚いた」と応える。

「我らが若長がアルダを迎えたとあれば、祝いの儀式で迎えるべきなのだが……よそからの者を迎えるには、試練を課すのが決まりでな。受け入れてくれたことに長として感謝する」

「感謝を申し上げるのはこちらのほうだ」

ユーエンは合掌《がっしょう》して応えた。

「我々の今までを考えれば、この試練ですら岩山にとっては大きな譲歩であったはず……」

「確かに多少揉《も》めはしたな。だが岩山の者は、森の者ほどアカーシャに敵意はないのだ。むしろアカーシャの民は怒るだろうよ。敬愛すべき賢者に……こんな格好をさせ、年寄りの世話をさせていると知ったら」

「驚くかもしれぬが、怒る必要はない。弱き者を助けるのは賢者である以前に、人としてすべき行い――民は理解してくれると信じている」

ユーエンが返すと、長は「下《しも》の世話であろうと？」と幾分の苦笑いで問いを重ねた。

「私も赤子の頃にはしてもらっていた。それが巡るだけのこと」

「ふむ、言うは易《やす》しだが、綺麗事ではない重き労だ。だが報告によると、銀の髪の賢者はすべての仕事を丁寧に為し、しかもすぐに手際がよく……おおターラ、来たか。このターラから聞いていたのだ」

敷布を洗濯していたターラがやってきて、

「慣れるのに半日かからなかったよ」

と答えた。いまだに笑顔はないが、どうやら彼女はもともと愛想のいい性質ではないらしい。その点は、ユーエンも人のことは言えない。

「聖職者なんてのは、民に説教したり、難しい教典を読んでばかりだと思っていたんだがね」

「それもするが、そればかりでもない」

「汚れてはいるが、やつれた感じはないな。ジュノをこき使って暮らしを成り立たせているアーレに、岩山暮らしはきついだろうと思っていたが」

確かに環境はだいぶ違う。

夜はかなり冷え込むし、編み筵の寝台は硬い。出される食事は硬いパンに、肉と塩のスープ、時々はチーズ、あるいは乾燥した果物がつけばよいほうだ。とくにチーズは貴重らしく、ターラは自分は食べずに老人たちに分けていた。ユーエンにも一切れくれたので、ユーエンはその半分をターラに返した。

生きていくには、厳しい環境である。

けれどその中で、彼らは分け合い、支え合っている。家族を、同胞を、大事に思って生きている。

そう理解できた時、ユーエンの中にあった緊張感は解けた。自然体で過ごせるようになり、夜もよく眠れた。日中の労働が多いので、身体がほどよく疲れているのもある。アカーシャでは隠している天恵……筋力の特別な強さも、ここではいくらか発揮している。水運びは重労働だ。

「キンシュカ、この賢者はあたしらと似たとこがある。おととい、『昼過ぎから年寄りたちの節々が痛むかもしれない』とか言い出してさ、せっせと膏薬《こうやく》の準備を始めたんだよ。あたしも空模様を見て同じことを考えてたから、驚いた」

「ほう、賢者も空を読むのか」

「賢者になる前、私は『風読《かぜよ》みのソモン』だった。だが山の風は変化が大きく、まだ読み慣れぬ」

「ここらでは、風が急に変わるから厄介なのだ。集落の者はみな、ある程度風と空の変化を感じ取れるが、ガルトに乗る戦士たちはとりわけ敏感だな。なるほど、若長と賢者はともに空を読む者であったか」

長にそう言われると、喜ばしい気持ちがじんわり湧いてくる。

ルドゥラは集落にいるはずだが、到着した時以来姿を見ていない。試練が終わるまで会えない決まりらしい。アルダが手を貸しては試練にならないので、それは仕方ないことだろう。納得してはいたが……時折、無性にあの瞳を見たくなる。

「よく効く膏薬を作った話も聞いた。賢者には医術の心得もあるのか？」

「ソモンはみな、人体の作りや機能について基本的なことは学ぶ。薬草の知識なども。だが岩山の薬草はほとんどわからなかったので、ターラが教えてくれた。あの膏薬はターラがいなければできなかった」

「……そうだけど……もう、あんたって奴は！」

本当のことを告げただけだったのに、ターラになぜかバンバンと背中を叩かれてしまった。けれど怒っているわけでもなさそうだ。

そういえば、岩山では他者との接触が多い。

アカーシャではユーエンに触れる者はほとんどいなかった。聖職者に触れることは不敬とされているので当然だし、自分でもそれが普通だと思っていた。肩や背中を無遠慮に叩くのは明晰くらいであり、それとて頻度が高いわけではない。ハツユキやプティのような獣、そしてごく幼い子供を除き、他者にまともに触れたのは……ルドゥラが何十年ぶりだった。

一瞬、あのしなやかで美しい身体を抱き締める感触が蘇《よみがえ》った。ユーエンは何度か瞬きすることでそれを追い出す。もったいないとも思ったが、昼間の人前で回想するのはまずい。

とにかく、ソモンとしてのユーエンは他者との身体的な接触が少なかったわけだが、岩山に来てからはまったく違う。

年寄りたちを助けるため当然身体に触ることになるし、日に何度も抱えて運ぶし、老人たちのほうもユーエンによく触る。「銀の髪じゃ」「白い顔じゃ」「なんとまあ、背ェの高い……」など、珍しそうにペタペタと触れてくる。それを不快とも思わないし、触れてきた手が冷たければ、温かい薬草茶を飲んでもらう目安にもなる。

「さあ、それでは最初の試練を終わらせねば。ターラ、みんなを集めてくれ」

キンシュカはそう言ったものの、すでにほとんどの老人は窟の前に集まり、興味津々の顔つきをしていた。ターラが窟に残っていた数人を連れ出してきて、陽当たりのよい場所に座ってもらう。

キンシュカはみなの前に立ち、ユーエンはその隣に静かに佇《たたず》んだ。

「婆様に爺様、元気そうでなによりだ」

長の挨拶に、誰かが「元気なもんかァ、死にかけじゃあ」と答えてみなを笑わせた。

「そしたら、元気に死にかけとるみなに聞こう。俺の隣に立つ賢者だが……どうだ？　我らが若長のアルダとして相応しいか？　信頼に値《あたい》するか？」

ユーエンの表情筋は怠《なま》けがちなので、はたからはいつもと同じ顔に見えただろう。

明晰いわく、スンと澄ました、なにを考えているのかわかりにくい顔だそうだ。今こうして、年寄りたちを見回しながら実は内心で汗を掻いているなど、伝わってはいまい。

年寄りたちは、お互いを窺うように見合っていた。まだ口を開く者はいない。どうしたものかなという表情をしている者ばかりだ。

ユーエンの汗が、内心どころか実際の背中にじわりと浮かんだ頃……ひとりが「わしらが決めることでもないじゃろ」としゃがれ声を出す。

「働くでもなく、ここで安穏としとる老いぼれじゃもの。若い連中で決めたらいいんじゃ」

「だなァ。口を出す気はねえよ」

「だなァ」

口々に同意の言葉が聞こえる中、ほとんど埋もれそうだった小さな声が、

「ええ子じゃ」

と言った。

すると、周囲の声がぴたりとやむ。

「……ええ子じゃよぅ。わしがシモを失敗してしまっても、怒らん。文句も言わん。冷えるから、早く着替えましょうて」

一番小柄で物静かだった老婦人だ。その隣に寄り添っていた老人も「だなァ」と頷いた。

「わしゃ、杉入れに用足すのがきらいでの……晩には三度も厠に行く。賢者はいつもついてきてくれた。暗いから、危ない言うて……あれじゃ、ろくに眠れんだろうに」

「だなァ」

「だなァ」

「信頼できるかはわからん。けど、ええ子じゃ」

「膏薬でかぶれた言うたら、自分の荷から軟膏を出して塗ってくれた」

「緑目グモ《ミドリメ》がわんさと出た時……わしゃ、あれが大嫌いでの。賢者を呼んだら退治してくれた」

「岩棘トカゲ《イワトゲ》を手に乗せて、嬉しそうに遊んどった。変な子じゃよ。けど、優しい」

「だなァ」

「だなァ」

「若長に相応しいかわからんけど、わしのアルダにしてもええ」

その声にはみながどっと笑って「それはええ」「ずうずうしい」「いや、わしのほうが」など、すっかり雑談の場になってしまう。

キンシュカは笑いながら「やれやれ」とユーエンを見た。

「ええ子、だそうだ。好かれているな賢者」

「…………たぶん、私のほうが年上……」

「え？」

「いや、なんでも。……好かれているのだとしたら、嬉しいことだ」

「ずいぶん年寄りの世話に慣れていたようだが？」

「親友のひとりは『癒しのソモン』だ。若い頃、彼を手伝って病人の世話をすることはままあった。その中には年寄りも多く……私は両親を早く亡くしたので、彼らに手を貸せるのは嬉しかったのだ」

なるほど、とキンシュカは頷く。

「では結論を出そう。賢者は安寧の窟にて最初の試練――『隠居老《いんきょろう》の試練』を乗り越えたと、俺はそう判断した。爺様、婆様、それでよいか？」

みながコクコクと頷いていた。途中が「ふがッ」と声がしたので少し驚いたが、居眠りしていた老人が目を覚ましただけだった。

どうやらユーエンは、老人たちには認めてもらえたようだ。安堵すると同時に、最初の判断を弱い立場の者に委ねることに、集落の精神性を見た気がした。強さと慈愛を両立させる人々なのだ。

「異を唱《とな》える者がいなければ、銀の髪の賢者は次の試練へと……」

キンシュカが話をまとめようとした時、「それは困るね！」と大きな声がする。老人たちの中からではない。キンシュカの少し後ろ……振り返ったユーエンが確認すれば、やはりターラだった。

「ターラ？　反対なのか？」

キンシュカが聞くと、ターラは「まったく、冗談じゃないよ。明日から誰が水汲みをするのさ」と怒った調子で言い、ユーエンを睨みつける。その様子に戸惑っていると、

「あははははは、困った顔になった！」

と今度は身体を仰け反らせて笑い出す。初めてターラが大笑いするのを見たので、ユーエンはいささか驚いてしまう。どうやら戯《ざ》れ言だったらしい。

「長、悪かったね。反対なんかしないさ。お偉い賢者様をちょっとからかってみたくなっただけだ」

「……時間があればまた水汲みを」

ユーエンが言うと、にやりとする。

「そうかい、ぜひ頼むよ。まあ、あんたがいつまで岩山にいられるのかわからないが……次の試練は簡単じゃないと思うけど」

意味ありげにそう言われ、ユーエンはキンシュカを見た。この長もまた、次の試練について知っているはずだ。キンシュカは「うーむ」と腕組みして思案顔を見せる。

「試練は三つあるのだ。ターラの言うように、次が一番厄介かもしれん」

「力があればいいってもんじゃないしね」

「うむ」

「賢いからどうこうでもない」

「そうだな」

「優しいだの親切だのも、あんまり関係ないねえ」

「ないな」

いったいどんな試練なのか……ふたりの会話から読み取れる情報は皆無だ。


とはいえ、ユーエンはさほど不安になることはなかった。もとより覚悟を決めて来たのだ。ただ粛々《しゅくしゅく》と、試練を受け続けるだけである。

だが、

「なにより、次の試練で失敗したら……若長はさぞ嘆くだろうな。しっかりしなよ、賢者」

そんなターラの言葉に、自分の眉尻がピクリと動くのを止めることはできなかった。

第三章

水と油

うんざりだ。

明晰はうんざりだった。

自分で言い出したことではあるが、それでもうんざりする。過去に戻れる魔術を知っていたら、なにより先にあの瞬間に戻って自分の口を塞いでしまいたい。

──相談役はふたりにしろ。

なぜ、あんなことを言ったのか。

新賢者を民に披露する祝行の日、馬車の上での会話だった。金襴《きんらん》のノウエを纏ったユーエンからアカーシャの絶望的な行く末を聞かされ、それを回避するための協力を求められたのだ。

無茶で無謀で信じがたい話だったが、明晰は無茶で無謀で信じがたい話は好物である。断るはずもない。

その時、ユーエンは『相談役』なる役職を設《もう》けたいと語った。

賢者に最も近い位置で、諸問題の相談に乗り、かつ補佐する役割だ。その影響力はかなり大きくなるだろう。ユーエンはその相談役に明晰を任じた。そして明晰は「相談役はふたりにしろ」と言い……まったく、思い出すと自分を殴りたくなる。

「秩序《ちつじょ》」

呼びかけたが、応えはない。

「おい。秩序。秩序のソモン」

すぐそこ、ほとんど目の前にいるというのに、聞こえないふりを決め込んでいる。明晰はわざと大きな咳払いをしてみせたが、それでも無視だ。本当に、なぜ、よりによって秩序のソモンを指名したのか。自分と秩序で相談役を担うなどと言ってしまったのか。

無論、真っ当な理由はある。

秩序は新賢者であるユーエンを疎んでいる。もっとはっきり言えば、嫌っている。その嫌悪感はもともと、羨望《せんぼう》と嫉妬が入り交じった感情だったはずだ。

秩序がニウライへ寄せる信仰は、行きすぎる部分がある。信仰とは人の幸せのためにあると明晰は考えるし、ソモンの多くも同じだろう。教典の解釈は様々だが、現実的な捉え方だ。

だが秩序は違う。信仰のためならば……ニウライのためならば、なにをしてもいい……そう考えるほど、ニウライの存在は、秩序という人間の核になっている。だからこそ、ニウライに最も近い賢者という立場に焦《こ》がれ、だが自分はその器でないことも理解している。資質、才能、家柄、すべて揃っているユーエンが賢者になったことも納得しているだろうが、妬《ねた》ましいという感情が消えるわけではない。

問題はここからだ。

賢者になったにもかかわらず、ユーエンはニウライの導きを拒もうとしている。

かつてそのような賢者は存在しなかった。ニウライの言葉は絶対であり、賢者はそれを伝達する者にすぎない。要するに賢者に思考は必要ない。だからこそ、ほとんどの賢者は長い時を眠って過ごしたのだ。

けれどユーエンはその道を選ばなかった。

ニウライの示した滅亡を、受け入れられぬと拒んだのだ。まったくもってあり得ない判断であり——我が親友らしいと明晰は思う。

ニウライはソモンや民を罰することはない。どこまでも赦す存在だ。したがって、ニウライに逆らった新賢者であっても赦す。

だが、秩序は赦すだろうか？

要するに、秩序は賢者の敵となり得るのだ。ならば敵は近くに置くべきである。

現時点で秩序がどこまで賢者の思惑に気づいているかはわからない。だが、ニウライの御座《ござ》す聖なる地下空間に、秩序が赴いたという情報は入っていた。

やはり油断はならず、継続的な監視が必要なのだ。

となれば、明晰自身が監視するのが手っ取り早く、その口実として、ともに相談役をするというのはしごく合理的な判断だったはずだ。

が、自分の性格のことを忘れていた。

まったく忍耐強くなく、場の空気を読んだり、相手に合わせたりするのが大嫌い……そういう性格を考慮することを、忘れていたのだ。

「おいって」

三度目の呼びかけも無視である。

アーレの丘、聖廟《せいびょう》のそばに、ソモンのために作られた茶話室がある。並木の向こうから零れ入る秋の陽が、向かいに腰掛けている秩序の髪に光の粉をまぶしていた。蜂蜜色の金髪だ。

永遠に無視されていては、呼び出した意味がない。明晰は卓についていた頬杖を外し、やれやれと思いながら居住まいを正した。そして、

「ニウライに帰依する者、和協すべき朋輩《ほうばい》、秩序のソモンよ。いいかげんこっちを向け」

だいぶ棒読みではあったが、目下のソモンに対して最も丁寧な呼びかけを試みる。するとようやく、秩序が目線だけを明晰に向けた。

「なんだ、先達を睨むのか？」

「……まったく、賢者のお考えは理解に苦しみます」

ようやく秩序が口を開く。

「水と油が交わらぬよう、なにごとにも相性というのがあるというのに……あなただって内心、私と組むなど勘弁とお思いなのでは？」

「内心どころか、大声で勘弁と叫びたい。だが賢者の命であり、アカーシャの益となるならば従うさ。確かに俺とおまえでは水と油だが、違うからこそ補い合えるものもある。賢者もきっとそこを……」

「まさか。私を見張っておきたいだけでしょう。賢者のもたらす変革に、私は否定的ですので。目を離すべきではないと……ああ、実際のところ、あなたが進言なさったのでは？」

ご明察である。

単に頑《かたく》ななだけではなく、非常に敏《さと》い男なのでます
ます扱いが面倒くさい。考えてみれば、秩序は天恵を
持たぬ血筋ながらも、若いうちに高位ソモンの地位を
得たのだ。ソモン学舎でも飛び抜けた明敏さだったと
聞いたこともある。
「変革は必要だ」
「ニウライはそう仰っていません」
にべもない返事だった。せっかくの明敏さを、極端
な信仰心が曇らせている。だが信仰心とは本来そうい
うものなのかもしれず、明晰のように信仰と理性を両
立させる者のほうが珍しいのだろう。若干、信仰心が
負けそうになる瞬間すらある。
「だがニウライは、賢者を罰していない。選んだ道を
見守っておられる」
「寛容と慈悲ゆえです。それに甘えるのは、ソモンと
してあってはならぬこと。ニウライの導きに逆らうな
ど、私は考えたこともありません。無垢な心ですべて
を委ねるべきなのに……賢者ともあろう御方が」
「賢者だからだろうよ」
明晰がそう答えると、ようやく秩序はまともにこち
らを見た。
「俺の親友はニウライより智慧を授かり、賢者となっ
た。それが変革のきっかけならば、これもまたニウラ
イの導きのはず」
「私に詭弁《きべん》をふるっても無駄です」
「だろうな。まあ、茶でも飲め」
うんざりな相手だが、懐柔《かいじゅう》しなければならない。
明晰は秩序に茶を勧め、自分も杯を手にした。すっか
り冷めてしまったが、よい茶なのでそれでも美味だ。
「詭弁はやめ、話を大きくしすぎるのもやめよう。今
相談したいのは、もっと単純で現実的なことだ。賢者
は水の心配をしている。近い将来、アカーシャの水源
に問題が生じるからだ」
「なぜ先のことがわかるのです？　賢者となり、ニウ
ライから予知の力を授かったとでも？」
小馬鹿にしたような口調だった。

秩序としては嫌味のつもりで言ったのだろう。だが実のところ、当たらずとも遠からずだったので明晰はひやりとしたほどだ。もちろん顔に出すことはなく、かわりに「やれやれ」と呆れ声を作った。

「賢者を信じないと？　ニウライに最も近き者の言葉を疑っているのか？　それはソモンとして正しい姿勢なのか？」

「信じないわけでは……」

「だいたい、賢者を信じようと信じまいと、水が原因と思える病は実際に増えている。民を護るソモンとして、それを解決することは義務だろうが」

「ですが私は秩序のソモンであり、私の役目はソモンたちが秩序を乱さぬよう……」

「いいかげんにしろ！」

明晰はつい声を張ってしまった。

すると、茶話室の隅に控えていたふたりの仮面《かめん》がすぐさまこちらに身体を向ける。秩序の配下である仮面たちはジュノの民で構成されているはずだ。よって、ひとりは比較的小柄だが、いまひとりはアーレと並ぶほどの背丈の上に、がっちりと筋肉を纏った身体つきだった。あるいは明晰よりも大きいかもしれず、ずいぶん威圧感がある。

「大きな声を出さないでください。仮面たちがあなたを脅威と見なしますよ」

「脅威はあっちじゃないか。俺は口は立つが腕はからっきしなんだぞ。だいたい、ソモンがふたり茶話室にいるだけなのに、なぜ護衛を連れてくる？」

「私は一部のソモンから疎まれていますので」

「だとしても、俺はおまえに危害を加えたりしない」

「疎まれている、のところは否定しないのですね？」

「ほら、そういうところが疎まれるんだ。『秩序のソモン』は役割柄、どうしても同輩から距離を置かれがちだがな、おまえの場合、性格にも問題がある。なんかこう、閉ざしてるんだよ。いつも作り笑顔を張りつかせ、礼儀正しいがよそよそしい。あ、礼儀正しいのところは、俺以外には、をつけ足さないとな」

「あなたから性格の問題を指摘されるとは」

「なんでそんな顔をする。俺はソモンいち、性格のいい男……いや、癒しにはちょっと負けるかも……とにかく、仮面たちを帰せ。ここには必要ない」

「あなたが私に害を為さない確証はありません」

「同じソモンを信じないのか」

「はい。あなたが私を信じていないように」

お互いの視線がかっちりと合う。明晰は片眉を上げ、秩序は作り笑いを浮かべ、睨み合った。なるほどこれは水掛け論だ。どちらも譲らない以上、当面は仮面の存在を受け入れるしかない。

「……話を戻す。水だ」

「はい」

「賢者の相談役として、俺たちはこの問題の解決策を探らなくてはならない。地質そのものの調査は『礎《いしずえ》のソモン』に頼んである。だが、結果が出るのにかなり時間がかかるだろう。賢者は、すぐにできることから手をつけてほしいと仰せだ」

「すぐにできることとは？」

やっとまともな質問をしてくれた。

明晰はまず茶杯をどかし、それから懐《ふところ》から紙片を取り出す。畳んであったそれを卓に広げながら「これだ」と秩序に見せた。秩序は少しだけ身を乗り出し、その紙──図面を見る。

「……濾過桶《ろかおけ》？」

「ああ。まずは今得られる水を、濾過できるようにする。新しい水源が得られるまで、なんとかこれで凌ぐしかない」

アカーシャにおいて濾過桶は珍しいものではない。井戸から汲み上げる水は、基本的には問題なく使えるが、雨の長い季節には濁ることがある。その場合、飲むための水は濾過桶を通すのだ。子供や病人には、さらにそれを沸かし、冷ましてから与える。

秩序はしばらく図面を凝視していたが、やがて寸法表記の部分に細い指先をあて、

「あまりに大きすぎます」

と指摘した。言われるだろうと思っていたので、素直に頷く明晰である。

「俺もそう思う。もう桶という大きさではないので、濾過装置と呼ぶことにした」

「しかも複雑すぎます。容易には作れない」

「そう。でかくて複雑、作るのは一苦労だろう。町でよく見る濾過桶は、砂利と布を層にしてるだけの簡単なものだからな。それとはだいぶ違う。しかも町会ごとに設置したいから結構な数になる」

「正気とは思えませんね」

「まあ、まずはひとつめを作るところからだ。それから作業手順の効率化を考える」

「日々の労働で忙しいジュノたちに、これ以上仕事を増やすと？」

苦々しい口調で言った秩序に、明晰はぱちくりと瞬きをした。

「なんです？」

「いや、ジュノたちを気遣っているんだなと……」

「は？　ソモンの勤めでしょう」

「そりゃそうなんだけどな。ものすごく自然にするりと出た言葉だったから……ああ、おまえは本当にジュノの民を思いやっているのかと……なにしろ今までいい印象がなかったから、正直、意外でな？」

「……あなたはどうして言わなくていいことまで言うんでしょうか。そういうところはまったく明晰ではないのですね」

「全部言わないとすっきりしないんだ。とにかくこの濾過装置については、おまえの言うように、ジュノの民たちにどうしても負担をかけてしまうことになる。本格的に作る段になったら、なにか方法を考えなければならないだろう。たとえばアーレへの奉仕を減らし、そのぶんの労働力を回すだとか……ま、それはおいおいだ。大変だから作らないという選択肢はない。水の汚染が進んでからでは遅すぎる。子供や病人から死んでいくような状況を俺は見たくない」

「………」

秩序の瞳が揺れた。榛《はしばみ》色の不安定な動きが、その迷いを語っている。水の汚染に対策を講じよという賢者の命を、本気で受け取るべきか考えているのかもしれない。もちろん賢者に逆らうことはできないので、表面上は従うだろう。だが献身的に尽くすかどうかはまた別の話である。

「……これはなんですか」

再び図面に目を落とし秩序が質問してきた。

「え？　炭を知らないのか？」

「知ってるに決まってるでしょう。なぜこんなところに炭を入れるのかと聞いているのです。水が真っ黒になるじゃないですか」

「ああ、古い文書で見つけたんだ。炭にはとても小さな穴がたくさんあって、それが臭いや汚れを吸着するから、濾過がうまくいく。硬く焼き締めた炭ならば、水を黒くすることもないらしい。どれぐらいの効果があるか実験してみたくてな」

「焼き締めた炭……？」

「その辺で売ってる炭ではだめなんだ。……というわけで、我々賢者相談役の最初の仕事はこれだ」

「は？」

「だから、炭探し」

「………………」

「北東の牧草地帯の先に、広葉樹の山があってな。その麓が炭焼き村なんだ。そのあたりに硬い炭を作っている者がいるらしい」

「らしい？」

「いささか曖昧《あいまい》な情報だが、今はそれを頼るしかない。時間もないので、直接現地に赴く」

「なるほど。どうぞお気をつけて。では私は所用がありますので……」

スッと立ち上がり、ソモン衣の袖に風をはらませ立ち去ろうとした秩序の、その袖を明晰はギュウと摑んだ。これはだいぶ無礼な振る舞いなので、秩序が怖い顔をし、まだ座ったままの明晰を睨む。

「逃がさないぞ」

またしても、仮面たちが一歩前に出た。けれど明晰もいちいち引いてはいられない。

「おまえにも同行してもらう。抱え上げても、炭焼きの村に行くぞ。秩序を重んじるソモンよ、相談役としての責務を果たしていただこう。俺のためではなく、賢者のためでもなく、アカーシャのためにな」

態度は無礼にしろ、声と顔はいたって真面目に意志を伝えた。秩序は自分の袖を引き、明晰のせいでできた皺をパンッと伸ばす。こちらも態度は嫌味たらしかったが、声音はごく真剣に、

「逃げたりしません」

と答えた。

「相談役の任についた以上、責務は果たしますとも。出立はいつです？」

「早いほうがいい。できれば明朝」

「こちらにも準備というものがあります。明日の午過《ひるす》ぎでぎりぎりです」

いいだろう、と明晰は了解した。

言われた翌日に出るというのだから、秩序もかなり譲歩しているとわかる。性格は徹底して合わないが、ソモンとしての責任感は強い男なのだ。

実際、相談役としてこの男を選んだ理由にはそれもある。近くに置いて見張っておきたいのは事実だが、だからといって実務においてまったく役に立たないのも困る。相談役の仕事が楽なはずもないのは予想していたし、明晰ひとりでは仕事量に限界もあるからだ。

その点、秩序の仕事ぶりには定評があった。逆にいえば、その職務の性質上、熱心だからこそほかのソモンから疎まれがちなわけだ。

「馬車はこちらで用意します。仮面もふたり連れて行きますので、ご理解を」

「やっぱり連れて行くのか」

「旅ならば護衛は必要です」

当然だろうという口調に軽く肩を竦めたものの、明晰はだめだとは言わなかった。自分ならばどこでもひとりで赴くが、そのほうが稀なのは承知だ。

ならば秩序に合わせるべきだろう。

色々と文句を言いたくなる口も、なるべく閉じておくようにしよう……我ながら殊勝な心がけで明晰は立ち上がると、約束の時間を告げてその場から立ち去ったのだった。


「なんだこれは。正気か？」

文句を言いたくなる口もなるべく閉じておく――という昨日の決心はどこへやら、である。明晰は馬車を見るなり、思いきり顔を歪め吐き捨ててしまった。

午すぎ、約束通りの時間。

明晰の屋敷近くにその馬車は待機していた。ちなみに明晰の屋敷は『ちらかし館』とも呼ばれており、その名の通り散らかっている。

出入りしているジュノのおかみさんたちが定期的に片づけてくれなければ、あっという間に寝る場所もなくなることだろう。旧友ふたりはとうに諦め、明晰の屋敷に集まることはまずない。仮に秩序が屋敷の中を見れば悲鳴をあげるかもしれなかった。

……が、現時点で悲鳴をあげたいのは明晰のほうである。

飾り立てた馬、天秤《てんびん》の意匠が目立つ豪奢なキャリッジ、上等な革鞄がどっさり荷台にきっちり積み上げられ、まるで「中身は金目のものでーす」と声高に叫んでいるようだ。

「挨拶より早く文句ですか。つくづく失礼な方ですね。一番よい馬車を支度したというのに」

キャリッジから降りてきた秩序が不機嫌に言う。もう作り笑顔をする気は完全にないらしい。なんの文句があるのか、と言わんばかりの顔つきに、明晰は溜息をついた。

「秩序のソモンは旅をしたことがないのか……？」

「あるに決まってます。遠方のソモンの屋敷を訪れる時などは、半日近く馬車で……」

「それは旅ではなくて、ただの移動だ。つまりその程度なわけか……ならば、あらかじめ説明しなかった俺の失態ってことだな……」

明晰は反省した。迂闊《うかつ》だった。自分にとって『あたりまえ』でも、他者にとってはそうではないと、気づくべきだったのに……。

「確かに旅慣れているとは言いませんが、旅になにが必要かくらい承知しています。不測の事態に備え充分な用意をしてきましたが？」

「あのな、おまえがその知識をどこで得たのか知らないが、なにより大切なことが欠けている。旅はな、とにかく安全が一番なんだ」

「わかっています。だから仮面を連れている」

「わかってない。全然わかってないぞ。いいか、今回は山の麓まで赴くんだ。途中の田舎道では物盗りが出てもおかしくない。こんな馬車は格好の餌食《えじき》だ」

「ですが我々はソモンです。聖職者を襲うなどばち当たりなことをする者が……」

「あのな、天秤の意匠が秩序のソモンの徴《しるし》だと知ってるのは、町とその周辺に住むジュノくらいなんだよ。僻遠《へきえん》に住む者たちはそこまで知らない。それ以前にソモンが襲われにくいのは、金目の物を持ってないはずだからだ。一応俺たちは、物欲から解き放たれた聖職者ってことになってるからな。ところが、だ。この馬車ときたら……」

「……聖職者として恥ずべきものは積んでいません。馬たちの飾りも、馬車そのものも、寄進されたものです。荷も水と食糧と日常品で……」

「馬具飾りだけで結構な金になるぞ。馬車の車輪もピカピカの新品だ」

「……不届き者が出れば、仮面たちが守ります」

「たいていの盗人はな、昼間俺たちを観察してる。で、俺たちが寝ている間に、俺たち以上の人数で来るんだよ。最悪、死体が四つ出る」

「…………」

「やれやれ……さあて、どうするかね。まずは馬具をもっとくたびれたやつにしないとな。荷は減らして、上から収穫袋でも被《かぶ》せて見えないようにするか。キャリッジはなあ……うちのは今、修理に出してるんだ。しょうがないからこのまま、だが泥でもつけて多少汚して……おい、聞いてるか？」

返事も反応もないため、明晰は視線を馬車から秩序へと移した。秩序は旅用の外套を纏っている。体格はほとんど明晰と変わらないので同じ目線になるはずだが、今は深く俯いていた。

「おい？」

その顔を覗き込み、少し驚く。

秩序の顔が真っ赤になっていたのだ。表情のすべてが見えたわけではないが……見るまでもない。明晰はべつに非難したわけではないのだが、そう感じ取ったのだろう。怒りと恥ずかしさで、言葉すら出ないようだ。唇が微《かす》かに震えている。

ああ……面倒くさい。

この矜持。傲慢。優等生特有の、自分の無知を受け入れる能力の低さ。

秩序はアディカを持つソモンの中でひときわ若いわけだが、それでも高位の者として、もう少し自己を鍛《たん》錬《れん》してほしいものである。

特大の溜息を吐きたかったがそれをなんとか我慢した。ここで秩序を必要以上に不機嫌にさせれば、先がもっと面倒になそうだ。正直、ひとりでさっさと行ってしまいたい気分だったが、そうなってはますます関係性は悪化するだろう。

「誰にでも、初めてはある」

明晰としては最大限自分を抑えて言った。

「初めてなら間違いや勘違いも仕方ない。そこからどう正すかが問題だ。俺たちの仕事は『馬車の支度』ではなく、『炭焼き村に行くこと』なのだから、最終的にそれが達成されればいい。……ということで、秩序、おまえは仮面たちに馬具を外させろ」

「…………」

「俺は我が家の使い込んだ馬具を持ってくる」

「……わかりました」

顔は上げなかったが、掠《かす》れ気味の返事はあった。なんとか出立できそうだ。

そこから先は慌ただしく、泥だの土だのを使って馬車の汚し支度《ダウングレード》だ。

全体的には目立ちにくくなったものの、馬車そのものが高級な造りなのはどうしようもない。御者台《ぎょしゃ》で手綱を握るのはふたりの仮面だ。例のかなり大柄な男がひとり、いまひとりは若そうだった。彼らがつけている不気味な仮面もまた目立ちすぎる。外させて、頭巾《ずきん》付きの外套を着せ、口から下は布で覆い隠すことになった。目の周囲は露出してしまうため秩序は渋ったが、明晰が「頭巾をするか、連れて行かないか。どちらか選べ」と言うと、ようやく承諾した。

だいぶもたついたせいで、出立時間はすっかり遅れてしまった。


明晰はお喋りではあるが、誰かと揉めるのが好きなわけではない。しかも相手が秩序であり、怒らせて終わりではなく、そこから説得しなければならないとなれば——正直、もうくたくただった。だが疲れたのは秩序も同じだろう。相性の悪さは、こうして互いを疲《ひ》弊《へい》させる。

「…………」

「…………」

馬車の中、ふたりは押し黙ったまま座っていた。

四人乗りのキャリッジなので、斜め向かいで座している。それぞれ、引き窓を開けてぼんやりと外を眺め、のどかに続く畑の光景を眺める。町からはだいぶ離れたものの、目的地はまだまだ先だ。明晰の心づもりでは、この先にある小さな村で一宿させてもらうはずだった。よほどのことがない限り、どこの村でもソモンは受け入れられる。明晰の顔見知りがいれば歓待されるし、そうでない場合も聖職者を粗雑に扱うことはまずない。

だが、出立が遅れたせいで日暮れまでに村に辿り着くことは無理そうだった。町からほとんど出ない秩序に野宿させるのは避けたかったが、どうしようもない。夜道を馬車でノタノタ進むのは野宿より危険だし、馬だって休みたいだろう。

明晰は窓から「おい」と仮面をつけていない仮面に声を掛けた。ひとりが少し振り返る。頭巾で顔はほとんどわからなかったが、緑がかった瞳が見える。

「この先が二手に分かれてる。右に進むと小さな森があって、泉も湧いている。そこでひと晩過ごすぞ」

仮面はなにも答えず、だが顔を正面に戻すこともなかった。やや戸惑っている感が伝わってくる。だが秩序が覇気のない声で「それでいい」と馬車の中から言うのを聞いて、ようやくコクリと頷いた。明晰だけの命ならば、従えないということだ。徹底しているなと、呆れ笑いになった明晰である。

再び沈黙が訪れる。

日は西へと傾き、馬車は森に入った。


アカーシャでは一般的に『森は恐ろしい場所』と考える向きがある。半分山の麓に広がる森はあまりに深く、異形の獣も多く、さらには森の民との衝突を避けるために禁足地とされているが、普通に入れる森もある。野宿の場に森を選んだのは、水場があるのと、馬車を隠したかったからだ。無論、深く立ち入れば肉食の獣が出る危険性はある。明晰は、森の入り口近い場所で馬車を停めさせた。

危険がなさそうか、周囲を確認する。

あちこちの村へ顔を出す明晰だが、泊まる場所に困ることは少ないので、野宿経験が豊富なわけではない。樹の上を見たのは蛇が気になったからだ。

ルドゥラ……あの頃はまだマドレーヌと呼ばれていた彼がここにいてくれたら、どんなに心強いだろう。だがルドゥラは岩山に戻っており、そこでは賢者がまさしく試練を受けているところだ。

どんな試練か想像もつかないが、生ぬるいものを試練とは呼ぶまい。

そしてどんな試練だろうと、あの男は眉ひとつ動かさずに淡々と挑むのだろう。ならば俺も頑張るしかないよなあ、と明晰は座るのによさそうな場所をせっせと踏んで、均《なら》していく。

「泉はあの先、少し下った場所だ。まず馬に水を」

明晰が仮面に言い、仮面は秩序を見る。そして秩序が「そうしろ」と言う。

「すぐ日が落ちるぞ。火を熾《おこ》す。枯れ枝を集めてくれ、よく乾いているのを」

「……そうしろ」

「馬車の荷物から、飼い葉を」

「そうしろ」

「あと毛布。薬罐《やかん》と茶葉、杯、ビスケットかなんかを出してくれ。腹が減った」

「そうし……薬罐はありません」

せっせと動く仮面を尻目に、ただ突っ立ったままの秩序がぼそりと言った。え、と明晰は秩序を見る。

「薬罐、ないのか？」

「ありません」

「旅の必需品、喉を潤し身体を温めるためのお茶を淹れる必需品、薬罐がない？」

「……野宿は予定になかったので」

明晰は大きく肺を膨《ふく》らませ、空気を取り込んだ。その空気を吐き出すとともに、言うつもりだった。あんな大荷物なのに薬罐ひとつ入ってないのか、じゃあいったいなにが入ってるんだ、お気に入りの枕でも入れたのか、いやいっそ寝台ごと積んできたのか、行楽に来てるんじゃないんだぞ、野宿くらい想定しておけ、その程度でよく高位ソモンになれたな——。

そう心の中で、がなり立てた。

だがかろうじて、口にはしなかった。吸い込んだ息は、細く長く吐き出して逃がす。そして自分に言い聞かせた。なにをそんなに怒ってるんだ。おまえだってよくないぞ。いくらなんでも薬罐は忘れないだろうと、自分の携帯薬罐を持ってきてないんだから。ああ、だからいっそう苛ついたのか？　わがままな奴だ。

まあ落ち着け。大丈夫、薬罐がなくても死なない。一日お茶を飲まないからって死なないだろ？　まあ死ぬほど飲みたいとは思っているが………。

カサッと落ち葉を踏む音が近くでした。

明晰が目を向けると大柄なほうの仮面が、携帯薬罐をぬうと差し出している。

「え。……あ、自分たち用に持ってきてたのか？」

聞くと、コクリと頷いた。緑の目は、思ったより穏やかそうだ。明晰が「すまない。借りる」と受け取ると、もう一度頷いて下がる。仮面たちはジュノなので、アーレよりもよほど旅の心得があるのだ。

かくして、日がすっかり暮れた頃、念願のお茶にありつけた。ちなみに茶の支度をしたのは明晰である。秩序はただ火の前に座り、時々プゥンと近寄ってくる小さな虫を追い払うことしかしない。茶葉はやたら高級なもので、この際ゴクゴク飲んでやるぞと心に誓う明晰だった。

「おまえは馬車で眠れ」

ビスケットとお茶で腹が膨れた頃、焚き火の向こうにいる秩序に語りかける。返事はないが、おそらく向こうもそのつもりだったはずだ。

「足を高くして寝ると疲れが取れる。荷物を重ねて足置きにしろ。俺は火のそばで休む。夜明けと同時に出発するから、そのつもりで」

無言のまま、秩序は立ち上がった。

形ばかりの合掌はしてみせたあたり、この男らしいという気もする。日が落ちて気温が下がってきたが、秩序が馬車に入るのを見て、すぐに仮面のひとりが毛布を持っていったので大丈夫だろう。やれやれ、と明晰は羽織っていた外套の襟を立てた。この外套は薄い鞣し革なので、軽いがとても温かいのだ。腕のいい革職人が明晰のためにと作ってくれた。

自分の荷を背もたれにして、明晰は身体から力を抜く。目を閉じると、闇の中で音がより鮮明になった。

この季節、夜の森は賑《にぎ》やかだ。

秋蟲《あきむし》たちがしきりに鳴いている。

鳴くというか、実際は羽根を擦り合わせて音を出している。求愛の音楽……というと聞こえはいいが、つまり繁殖のため雌を必死に呼んでいるのだ。虫の一生はごく短いのだから、必死になるのも当然だろう。

蟲たちに比べれば人の一生は長く――中でもアーレはとりわけ長い。平均で百五十年だ。これが長すぎるのかどうか、当事者である明晰には判断できなかった。六十過ぎれば死んでいくジュノたちの一生は、短く儚《はかな》いように思えるが……けれど、いまわの際、満足げな顔で永遠の眠りにつくジュノたちを何人も見た。アーレより穏やかに逝く者が多いような気がする。数えていたわけではないので、単なる印象にすぎないのだが。

明晰もかなりの歳だ。

アーレは老化そのものが遅く、見た目が老人になるのはまだしばらく先だ。とはいえ、百年以上の時を過ごした。それでもいまだ繙《ひもと》いていない文献も残っているし、半分山の向こうにどんな世界が広がっているのかも知らない。

おまけに賢者がアカーシャの絶望的未来を回避するという、とんでもない計画を打ち立てたおかげで、のんびりと余生を過ごすわけにもいかなくなった。

だがまあ、悪くない。

親友が塔で死んだように眠って過ごすより、だいぶましだ。その思いに嘘はない。

焚き木の崩れる音がする。

離れたところからボソボソと届くのは、仮面たちの話し声だ。なにを話しているのかはわからない。一日ともに過ごしてみて感じたのだが、彼らは明晰を警戒しているが敵意や嫌悪感があるわけではないらしい。ただし秩序が命じれば、明晰に害を為すことをためらわないだろう。

相性の悪さを再認識するばかりの旅路だが、視点を変えれば秩序という人間を見極める機会でもある。もっとはっきり言えば、鐘楼《しょうろう》に火をつけ、賢者を殺そうと画策したのは、秩序なのか――という見極めだ。

可能性は低くない。

というより、現時点で秩序以外にそこまで過激な行動を取る必要のある者を思いつかないのだ。

ジュノであろうとアーレであろうと、賢者を弑《しい》するなど考えただけで罪深い……それが一般的な感覚だ。

賢者という立場ではなく、ユーエン・ファルコナー個人で考えた場合でも、命を狙われるほどの恨みは買ってはいないはずだ。それはユーエンが誰からも好かれる人気者だから……というわけではない。むしろだいぶ風変わりなところがあるので、思いもよらぬ相手を怒らせていたとしても驚きはしないのだが、そんな相手がいれば情報通である明晰の耳に入らないはずがないからだ。

諸々の状況から判断し、賢者を亡き者にしようと画策しそうなのは、やはり秩序のソモンになる。

賢者以上の絶対的存在……ニウライがそれを望めば、秩序のソモンはそうする。ニウライは寛容であり、自らの導きを拒んだ新しい賢者を罰することはない。また、罰を与えよと誰かに命じたりもしない。

そういった負の圧力を持たないからこそ、聖なる存在なのだ。けれど、我が子同然の賢者が導きを拒めば歎き悲しむだろう。

その歎きを秩序が知ったとすれば……動機としては充分だ。また、秩序ならばジュノたちをうまく使って賢者を追い込むこともできる。

辻褄《つじつま》は合っている。だが同時に、ずっと消えない違和感もまたある。秩序が……まだ若いこのソモンが果たしてそこまでするだろうか？　そんな大それたことを？　若くて未熟だからこそ、極端な行動に走るのか？　この違和感はほとんど勘のようなもので、具体的な裏付けがあるわけではないのだが……。

ぐるぐる考えているうちに眠くなってきた。

明日も長く馬車に揺られなければならない。だがそれは秩序という人間を観察できる時間でもある。もし本当に秩序のソモンが理性を失った狂信者だと確信できたら――その時はどうなるのか。

否、どうすべきなのか。

そこから先を考えるのはあまり楽しい作業ではなさそうだ。明晰は自分の頭に「もう眠れ」と言い聞かせ、瞼を閉じたのだった。

どれくらい眠っただろうか。

その音がするより僅《わず》かに早く、明晰は覚醒した。

町育ちの自分にも、原始的な危険察知能力は残されているらしい。とはいえ、その危機に対処できる時間があったわけではない。目覚めた直後、数人がバキバキと小枝を踏んで移動する足音が聞こえ、ギャッと短い悲鳴、そして月明かりに蠢《うごめ》く影たち——。

「お逃げください！」

鋭い声が言った。仮面のうちのひとりだ。

明晰は跳ね起きて、周囲を確認する。いつの間にか自分の前の焚き火は消えてしまっていた。そのせいで明晰の姿が見えにくかったのかもしれない。とりあえず近くに狼藉者《ろうぜきもの》はいなかった。仮面のひとりが錫杖《カッカラ》でふたりを相手にしているのがぼんやり見える。かなりの手練《てだ》れのようだ。

明晰は馬車へと走った。

本当は森の奥へと走るべきだった。野盗ならば荷が目当てであり、逃げる人間など追いはしない。逆にいえば、荷の積まれた馬車は必ず確認する。つまり馬車はとても危険であり……そこには秩序がいるはずだった。気に食わない若造だが、放置して逃げるわけにもいかない。

馬車の中で、複数人が激しく争う音が聞こえる。扉は開いているが、暗くて様子がわからない。

「秩序！」

呼びかけると、「ひぃ」と声にならない反応があった。それと同時に、

「明晰様！　秩序様を連れてここから離……ぐっ！」

仮面の声がして、馬車から秩序が転がり落ちてきた。仮面に押し出されたか蹴り出されたか……それほど一刻を争う状況なのだ。暗さに慣れてきた明晰が見たのは、大柄なほうの仮面と、その彼に襲いかかる野盗の姿だ。

なにかキラリと光ったのは刃物ではないだろうか。

「だ、だめだ、おまえも逃げ……」

あろうことか馬車に戻ろうとする秩序を、明晰は背後から抱えるように止めた。

「なにしてる！」

「シウが刺された、置いていけない！」

「おまえになにができる！」

叫びながら思う。俺だって役立たずだ、と。

だからこそ今は逃げるしかない。非力で武器も持たないソモンふたり、足手まといになるだけだ。馬車は激しく揺れており、少なくとも仮面はまだ闘い続けているのだ。

「早くお逃げください！」

怒鳴るような声がした。

明晰は秩序をその場から引き剝《は》がすようにして、さらには突き飛ばす勢いで森へと向かせた。それでもまだ馬車に戻ろうとするので、顔を平手で強く叩き、

「おまえを守るために仮面を死なせたいか！」

と怒鳴る。

あとはもう、腕を目一杯の力で摑み、無理やり走らせた。途中、一度だけ振り返った時、カッカラで野盗を倒していた仮面が馬車へと走るのが見えた気がした。呼吸の限界が来るまで走り、もうだめだとよろけた時、木の根に足を取られて転倒した。ずっと引っ張っていた秩序も巻き込まれて転ぶ。

ふたりともその場にひっくり返った。

明晰はあたりの状況を窺おうと耳を澄ませたが、ゼイゼイという自分の呼吸音がうるさくてよくわからない。木々に囲まれているので月明かりもあまり届いておらず、暗い場所だった。

ようやく呼吸が整うと、梢を揺らす風の音がする。

追ってくる足音はない。

自分たち以外に人の気配もしなかった。仮面たちがどうなったのかはわからないが、少なくともすぐに戻るべきではないだろう。

「怪我はないか」

あれだけ走れるのだから重傷はないだろうが、一応聞く。すると「刺された」と返ってきた。

「え？　どこを」

「私ではない。シ……仮面だ」

「シウだろ。おまえ思いきり名前を叫んでたぞ」

「……暗くてよく見えなかったが、腹のあたりだった。血が……あぁ……」

自分の手のひらを明晰に見せる。転んだ時の土汚れと混じっていたが、確かに血だった。シウという仮面の出血は確からしい。

「ふ、深手だったら……」

秩序の声は上擦り、震えていた。

よほど恐ろしかったのだろう、先達ソモンに対して使うべき丁寧な言葉遣いもすっかり忘れている。だが明晰はそれを非礼とは感じず、むしろ話しやすさすら覚えた。

「もうひとりが馬車に向かうのが見えた。きっと助けに入ってる」

「どっちもやられてたらどうする！　自分たちだけ逃げるなんて……」

「秩序のソモン、よく聞け。普通の野盗は顔を見られない限り殺しはしない。目的は盗みだからな。だが、激しい抵抗に遭えば別だ。そして仮面はおまえがあの場にいる限り、抵抗し続ける。お前を守るのが責務だからだ」

「…………」

「たぶん日中から俺たちをつけてたんだろう。目立たないようにしたつもりだったが……それでも農民の荷馬車とは程遠い」

「……………馬車に戻りたい」

「だめだ。もし仮面たちが無事なら、彼らが我々を探す。行き違いになる」

「…………」

秩序は黙り込み、顔を俯けた。

明かりが乏しいのではっきりしないが、かなり憔《しょう》悴《すい》している様子だった。蜂蜜色の金髪もすっかり乱れ、森の中で迷子になった子供のようにも見える。

ふたりとも黙り込み、木菟《みみずく》が低くホゥと鳴く。

どれぐらい経った頃か、明晰の予想通り仮面のひとりがやってきた。若い男のほうだ。仮面も頭巾もつけておらず、素顔を晒している。二十前後のジュノで、整った顔だちはアーレの血を思わせた。混ざり血《ミスラ》なのかもしれない。

「秩序様、明晰様。盗賊たちは逃げました……というか、逃げられました」

「シ、シウは？」

秩序が名前をはっきり口にしたからだろう、男は少し驚いた顔をしたが、すぐに「腕と脇腹を刺されましたが、出血は少なく、意識もはっきりしています」と答える。安堵した秩序の身体から力が抜けていくのが明晰にもはっきりわかった。

「ただ、荷はかなりやられてしまいました。旅支度なのでそう高価な物はありませんでしたが、路銀《ろぎん》袋がまるごと……」

「そんなのはいい。シウの怪我を見なければ」

秩序が立ち上がり、早くも歩き出す。明晰など眼中にないようだ。

「薬箱も持っていかれたか？」

「はい。薬は高く売れますので」

「このへんに血止め草が生えていればいいんだが」

町ならば明晰たちより先を歩くジュノはいないが、今は非常事態だ。一番前を仮面が歩き、先導する。秩序がそれに続き、明晰は最後を歩く。

「ヨモギのことを言ってるなら、春の草だぞ」

最後尾から言うと、秩序が少し振り返り「それくらい知ってる」と棘々しい声を聞かせる。

「だからヨモギのほかに、血の止まる薬草があればと思ったんだ」

「どうだかな。癒しのソモンでもいれば見つけられたかもな」

「明晰の名を冠するソモンだというのに、薬草には詳しくないのか」

「友の得手《えて》ならば、俺に深識《しんしき》は必要あるまい。……が、まあ、乾燥ヨモギなら持ってきているが……」

秩序はピタリと歩みを止め、振り返った。ちょうど木立の切れる場所まで進んでいたので月明かりで顔がよく見える。少女のような顔が眉を吊り上げて「それを早く言え！」と怒っていた。いつもはただ白いばかりの肌だが、今は土や泥に汚れている。

「明晰様、我が同胞のためにそれを分けていただけますでしょうか」

仮面をつけていない仮面に聞かれ「盗まれてなければな」と答えた。続けて、「おまえは早く足首を冷やしたほうがいいぞ」とつけ足す。

「お気づきになりましたか……」

「左をさりげなく庇《かば》ってるだろ。バレたからもう堂々と引きずっていい」

その会話に秩序は「なんで隠し……」と怒りかけたが、途中でグッと言葉を押し殺し「おまえはゆっくり来い」と仮面に命じた。

「ここからは真っ直ぐ進むだけだろう。道はわかるから無理をする必要はない。……明晰のソモン、あなたは急いでもらいます」

「わかってるさ」

「御老体に無理をさせてすみませんが」

ちくりと嫌味までいうあたり、だいぶ元気が出てきたようだ。

「確かに俺のほうが年嵩だが、年寄り扱いされるほどじゃないだろうが」

賢者とルドゥラじゃあるまいし……と思った明晰だったが、そういえば秩序が実際に何歳なのかは知らなかった。

「明晰のソモンは百歳《ももとせ》を越えてらっしゃると聞いています。ならばかなり離れているかと……。もっとも、互いにアディカを持つソモンである以上、歳の差は小さなこと」

「おまえが俺を年寄り扱いしたんだぞ」

「そうでしたか？　だとしたら失礼いたしました」

さっきまでひどく動揺していた若造は、もういつもの取り澄ました顔に戻っていた。言葉遣いも慇懃無礼《いんぎんぶれい》の復活だ。

「秩序のソモン。俺は仮面のひとりの名前を知りもうひとりは顔を見てしまった。これはとてもまずいことなんじゃないのか」

「はい。あってはならぬことです」

「どうする？　俺を脅して口封じするか？」

「あなたの口を封じるのは、夏に雪を降らせるより難しいでしょうね。それに、あなたを脅せるような手立てを私は持っていません。……仮面がその素顔を見られた場合、任を解かれることになっています」

それは気の毒だなと明晰は思った。仮面たちは正式な位は与えられないものの、聖職者に準ずる立場である。一般のジュノではなかなか得られない額の禄《ろく》を与えられているはずなのだ。

「ですが、そうなって困るのはむしろ私です」

「なぜだ？」

「時間をかけて育てた、大切な配下を失うからに決まっているでしょう。この世でなにより得難いのは信頼の置ける配下だとご存じないのですか？」

「単独行動が多いものでな」

「……でしょうね。さあ、もっと急いでください。馬車が見えてきました」

ガサガサと潅木《かんぼく》を掻き分け、秩序は急ぎ足で進む。なるほど馬車は空っぽになっていた。その先の焚き火の前にシウが横たわっており、明晰たちに気がついて身体を起こそうとする。すぐに秩序が「そのままでいい」と止める。

シウもすでに、顔を隠すものはつけていない。明晰と目が合うと、緑の目で苦笑いを見せた。人のよさそうな顔をした男で、四十過ぎというところだろう。逞《たくま》しい身体が、今はさすがにぐったりしていた。

「傷を見せてもらうから、力を抜いていろ。……腕はたいしたことないな。だが脇腹は油断できない。まずはきれいな水でよく洗……」

「水を汲んでくる」

秩序が即座に立ち上がり、泉の方向へと走り出す。かと思うと一度引き返してきて、慌てすぎて忘れていた水汲み桶を手にすると、再び早足で向かう。なんだ、ずいぶん機敏に動けるじゃないかと、明晰が少し驚いたほどだ。

「……主は、我々によくしてくださいます」

明晰の顔つきに気づいたのだろう、シウが言った。

「そのようだな……ふむ、俺は秩序の一部分しか知らなかったらしい。時に、顔を見られたら仮面のソモンを辞めなければならないと聞いたが？」

「はい。もう覚悟はできております」

「やはりかなりの禄を諦めることになるのか？」

「仕方ありません」

「仮面のソモンは危険な仕事だ。ジュノが就ける唯一の聖職ではあるが、顔を隠している以上、その誉《ほま》れを誰かに話せるわけでもない。それでも仮面を選ぶということは――金に困っている者が多いのでは？」


シウは苦笑いを見せ「言葉を飾らぬ御方ですね」と言った。

「すまん。直截《ちょくさい》すぎたか」

「いいえ、ジュノたちに慕われる理由がわかります。そしてご指摘も正しい。ほとんどが家族に病があったり、親に借金のある者ですよ。でも全員ではない。別の理由で仮面をつける者もいるのです」

「その理由を聞いても？」

シウは少しの間、言葉を止めた。答えるべきかどうか考えていたのだろう。泉のほうから、水を入れた重い桶を持ち、よたよたとこちらに向かう秩序が見える。まだ明晰たちの会話が聞こえる距離ではない。

「秩序様のお役に立ちたいのです」

静かな答えがあった。

「ふむ。忠誠心か」

「どんな言葉が適しているのか、無学な私にはわかりませんが……それに近いのかもしれません。あくまで私の場合は、ですが」

それ以上聞くには秩序が近づきすぎていたし、なにか個人的な事情があるかもしれない。明晰は「なるほど」と頷くにとどめた。秩序はようやく水桶とともに辿り着き、はぁはぁと息を切らせている。

ちょうどそこへ、足首を痛めたいまひとりの仮面が追いつき、「僕が」と秩序から桶を受け取る。

「ええと、そっちの若いほうの仮面……」

「ダオンです」

顔を見られて覚悟が決まったのか、若者は自ら名乗る。そして「僕はなにをいたしましょう」と緊張感を持って聞いた。

「俺が手を洗うぶんの水を取り分けろ。それから、この荷袋から乾燥ヨモギと白布を出してくれ」

「はい」

盗賊が明晰の荷物を放置したのは、ボロボロの頭陀《ずだ》袋《ぶくろ》に入れておいたからか、あるいは単に運がよかったのか……とにかくヨモギがあってよかった。明晰は自分の手をきれいにしてから、シウの傷を洗浄する。

見たところ、刃の切れ味はよかったようだ。武器の手入れを怠《おこた》らない盗賊だったらしい。錆《さび》のある刃物で切られるのが一番怖いのだ。手当ての最中、秩序は一切口を挟まなかった。慣れている明晰に任せるのが賢明だとわきまえたのだろう。

「明晰様の手を血で穢し、申し訳ありません」

手当ての最中も痛むだろうに、シウは静かにそんなことを言った。明晰は傷から視線を外さないまま「血など、洗えば落ちる」と返す。

「そもそも穢れとも思わん。俺たちはみな血まみれで生まれてくるんだぞ？　だが、病の中には患者の血に触れるとうつるものもある。それを恐れた昔の人間が『血は穢れ』としたのかもな。……秩序、ヨモギに水を少し足して練《ね》ってくれ」

秩序から返事はなかったが、動きは速《すみ》やかだった。転がっていた杯を乳鉢代わりにし、ヨモギを粗《あら》い糊状にする。傷を満遍《まんべん》なく覆い、効能を高めるためだ。

まだ夜明けまでしばらくあるだろう。

「……森の夜は暗くて困るな」

明晰の言葉に、シウが「え」と戸惑うのが伝わってくる。木立の少ないここには月明かりが届いており、視界は悪くなかったからだ。

「暗いから、俺はなにも見ていない。盗賊の顔もさっぱりだったし、おまえたちの顔もわからない」

傷の手当てを続けながら、顔を上げることなく明晰は言う。そして誰かが言葉を発するより早く、

「こう見えて結構な歳だから、最近は聴こえもいまひとつでなあ。だからおまえたちの名前も知らん」

そう続ける。

シウとダオンは明晰の意を汲んだのだろう、小さく「明晰様……」と呟いた。秩序もすぐそこにいるが、無言のままだ。

「ま、ほかのソモンに……とくに俺に探りを入れる仕事はちょっともうアレとして、ふたりとも腕は立つ。高位ソモンの護衛としては貴重な人材だ。手放す奴がいたら愚かだな」

そこまで言った時、ちょうどシウの傷の手当てがすみ、明晰は顔を上げた。秩序とまともに目が合ったが、逸らしはしない。秩序のほうも挑むように明晰を見ていたが……しばらくすると、先にフイと目線を外した。そして、

「夜が明けたら、馬車に乗せて引き返しなさい」

とシウに告げる。

「いえ、主様、私は休めば動けます」

「だめだ。動けばまた出血するかもしれないし、傷が化膿したら大事になる。その前に町に戻り、薬師にちゃんと診《み》てもらうように」

「けれど」

「これは命《めい》だ」

きっぱり言われ、シウは力ない声で「かしこまりました」と返した。

「大丈夫、僕が主様をちゃんとお守りし……」

「ダオン、おまえも帰るように」

淡々と命じられ、ダオンは驚き顔で秩序を見た。

「シウは馬に乗れる状態ではない。馬車に乗せて連れ帰り、執事に顚末《てんまつ》の報告を」

「しかし、それでは馬車も護衛も……」

「あとは徒《かち》でも行けるし、足を挫《くじ》いている護衛では役に立たない」

冷たく言い放った秩序だったが、その口ぶりにむしろ気遣いが感じられた。だからこそ明晰も「秩序の言う通りにしろ」と言葉を添える。

「明け方に発《た》てば、午後には到着する距離だ。ここから先は民家も増えるし、日中ならば盗賊の心配はまずない。帰りは村の馬を借りるさ」

それでもまだためらいを見せているふたりの仮面に、秩序は「命だ」と繰り返す。主の頑固さはよく承知なのだろう、シウは目線を落とし、ダオンは片膝をついて「かしこまりました」と口にした。

微かな羽ばたきのあと、ホウと木菟の声がする。巣穴に帰ったのだろうか。

じきに夜明けだなと明晰は思った。

第四章

酩酊の罠、試練の崖

『隠居老の試練』をすませると、ユーエンの待遇は突然よくなった。

専用の窟を与えられ、そこには居炉裏《いろり》が設《しつら》えてあり、たっぷりの藁を敷布で包んだ柔らかな寝台もあった。薪《まき》は充分に積み上げられ、大瓶は新鮮な水で満たされ、清拭《せいしき》のための布があり、空気を清浄にする薬草の香り袋もある。驚いたことに、真っ新《さら》な衣類まで用意されていた。

「我々が着るものと同じ形だが、大きく作っておいた。

着替えたら日暮れまでここでゆっくりしてくれ。今夜は歓迎の宴だ」


キンシュカはそう告げると、窟を去る。

確かに着たきりの衣はすっかり汚れていた。こうも長く着替えなかったのは初めてかもしれない。

ユーエンはそれらを脱ぎ、瓶の水を使って身体を隅々まで清めた。だいぶさっぱりした気持ちになり、与えられた衣類に袖を通す。空の民たちはたいていゆったりした下衣を穿き、上半身は身体に布を巻きつけている。年寄りたちの世話をしたので、巻きつけ方は覚えていた。真新しい衣なので張りがある。動きやすく、しっかりした織りは丈夫そうだ。衣に飾りや意匠がほとんどないのは、彼らが首飾りや腕輪足輪を多く身につけるからだろう。

着替えがすむと寝台の上に腰を下ろし、まとめ上げていた髪を解いて櫛を入れた。

アカーシャでは娘たちの憧れらしい銀髪は、だいぶもつれて何度も櫛が引っかかる。解きほぐすのにずいぶん時間がかかった。ようやくまともな手触りになったはいいが、このあとはどうしようかと考える。

空の民の衣を纏っているのだから、髪も彼らのように編んでみたいが、あまりに複雑すぎる。タオがいてくれれば……と溜息をついた時、ふと背後に気配を感じた。

「振り返るな」

「ル……」

「しっ」

黙れの合図に、ユーエンは口を閉ざす。驚きと嬉しさが身体から溢れ出しそうで、動かずにいるのが難しい。それでも振り返るなと言われたので、寝台に座ったまま我慢する。

「黙ってじっとしてろよ？　俺はここにいちゃいけないんだし、いない。今からおまえの髪を編むのは……きっとヤクシニだ。ヤクシニは小さな精霊なんだ。いたずら好きだけど、たまにちょっとしたことも手伝ってくれるから……」

そうか、ヤクシニか。ユーエンは微笑み、自称ヤクシニの指に髪を任せた。

いったい、いつここに入ってきたのか……あるいは、先回りしていたのかもしれない。寝台の向こうで、小さくなって隠れていた？　試練が終わるまで会えないはずなのにと、心がふわふわ浮き立つ。おそらく今までも、どこかから見守ってくれていたのだろう。なんと愛しいヤクシニなのか。

「髪は、ほかの奴に触らせちゃだめなんだからな」

少し拗《す》ねたように念押しするのがたまらなく可愛らしかった。器用に髪を編んでくれる指の動きが擽ったい。そしてこの精霊は——あまりに甘い香りを纏っている。

最初のうちは純粋な喜びに身を浸していたユーエンだが、次第に戸惑いを覚える。

身じろいでやりすごそうとしたが、うまくいかない。落ち着くために深い呼吸を試みれば、むしろまともに甘い香りを吸い込む羽目になる。身体の深くに湧き上がる欲に苛《さいな》まれつつ、自分の節度のなさに呆れる。今はまだ試練の途中だというのに……。

そういえば、あの洞窟で最初に抱き合った時もこんな感覚だった。ソモンという役割すらかなぐり捨てるしかなかった……あの、熱。

「ああ、もう……おまえ、その匂いやめろ……」

背後の声が上擦る。彼もまたユーエンと同じ状況なのだ。互いにアルダなのだから、当然ともいえる。やめろと言われたところで、互いの身体から生ずる芳香は止められない。

振り返りたい。

抱き締めたい。

この腕に閉じ込めて、離したくない。

わかっている。

そんな場合ではないのはわかっている。

ユーエンの中の理性は渋い顔で説教を垂れている。試練は続くのだぞと。アカーシャの未来がかかっているのだぞと。

それは重々承知だ。だからこうしてじっと耐えているのではないか。

今すぐ、食らうように口づけたいのに。

このまま寝台に押し倒したいのに。

戦士であり、時に荒々しいほどの気性の若長を存分に蕩《とろ》かしたい。掠れた甘い歌を聴き、身体を深く繋げ、ひとつになる悦《よろこ》びに耽溺《たんでき》し——。

「くそ、もう無理だ！　あとは適当にしておけ！」

放り投げるような言葉とともに、濃い香りと気配が離れた。

そのまま彼はプイと出ていってしまう。

残念ではあったが、同時に安堵も大きい。あのままではどこまで忍耐が保てたかわからない。いったい、いつからこんなに堪えのきかない身体になったのか。

もう何十年も昔——『春迎《はるむか》え』の頃に明晰や癒しが語っていたことを思い出す。「抑えがたい熱」や「くるおしい情動」というものが、今になってようやく理解できた気がした。

甘すぎる芳香が薄まり、ユーエンはようやく深呼吸できるようになった。

自分の後ろ髪に触れると、何本もの細い三つ編みがあるが、まるで中途半端で完成には遠そうだ。三つ編みと残った銀髪をまとめて括り、なんとか形にする。安寧の窟でピッタ婆がくれた髭は返したのだが、ここには括り紐も簪も用意されていたので困らない。

日が暮れると、キンシュカが迎えに来てくれた。

「おお、我らが衣もなかなか似合う」

世辞かもしれないが、褒められて嬉しかった。キンシュカは続けて「だが、飾りが足りない」と言って、首飾りや腕輪を次々とユーエンに手渡した。それが岩山の流儀ならばと、ユーエンは素直に従う。

案内された宴の場所は、集落の中心、広場となっている場所だった。

いくつもの篝火《かがりび》が揺れ、広場に集まった人々を照らしている。ざっと百名ほどの空の民たちだが、見た限りほとんど女のようだ。幼女から老女まで、世代は様々であり、幼い子の中には男の子もちらほらと混じっている。

「歓迎の宴は女らで行うのだ」

キンシュカはそう言うと「ということで、俺もここまで」と笑いながら去ってしまう。

ユーエンが戸惑っていると、小さな女の子たちが寄ってきて、手を引き身体を押され、宴の上座に案内された。毛織の敷物の上に座るように促され、ユーエンは従う。女たちは老いも若きも、なにか囁き合い、くすくすと笑い、ユーエンを見ていた。その視線に遠慮はないが、敵意も感じられない。みな、興味津々という顔をしている。

「女衆よ、聞くがよい」

ひとりの老女が声を発した。『安寧の窟』では見なかった顔だ。身につけている装身具の多さから、彼女が高い地位にいるとわかる。

「今宵《こよい》迎えるのは銀の髪の賢者じゃ。アカーシャの町、アカーシャの丘で最も尊きこの者は、若長のアルダじゃという。ならばわしらは、この者が若長にふさわしいか見極めねばならん」

嗄《しわが》れ声だというのに、少なくともここに集う者たちには充分届く声量だ。女たちはひそひそ話をやめ、真剣に耳を傾けている。

「最初の試練は上出来と聞く。賢者は、老いた同胞の世話を厭うことなく、親身に尽くしたそうじゃ。ならば我らもそれに礼を尽くし、今宵は賢者をもてなそうではないか。さあ、蜂蜜酒を」

それを合図に立ち上がったのは、見目のよい四人の女だった。

まだ少女の面影を残す若い女、ふっくらと肉付きのいい女、ほっそりしたたおやかな女。

そして最後に立ったのは、青い石の髪飾りをつけたひときわ美しい顔だちの女だった。凜々しい眉の下、輝く強い眼差しを持っている。ユーエンはたちまち四人の美女に囲まれて、杯を勧められる。

「ありがとう。だが私は酒は飲まぬのだ」

静かに断ると、一番若い女が「どうしましょう」と悲しげな顔をした。

「蜂蜜酒を飲んでいただかなければ、おもてなしができたとは言えません」

続いてほかの三人も、困惑した声を出す。

「私たちが作る中で一番貴重な飲み物です。それを分かち合うのが宴というものです」

「少しだけでも口をつけていただけませんか。賢者様がお飲みにならないと、みなも飲めないのです」

「ほら、みなが賢者様を待っております」

その言葉に宴の席を見渡すと、なるほどみな杯を手にし、こちらに注目していた。酒を飲むだけではなく、食べることもできないのだろう。小さな子が、肉の塊《かたまり》を見てゴクリと喉を上下させている。

「ああ、でも、賢者様は聖職者だから……酒を口にするのはよくないことなのでしょうか」

青い石の女にそう問われ、ユーエンは答えた。

「自らを失うほどに飲むのは赦されないが、酒そのものは禁忌《きんき》ではない。ただ、個人的に好まぬだけだ」

酒は時に薬にもなる。

アカーシャでは穀物や果実から作られる発酵酒があり、そのうちの一部は薬としても使われているのだ。癒しのソモンは自ら多くの薬草酒を作っているし、ユーエンの自宅にも常備薬として置いてある。気つけのため、身体を温めるためなど、用途は多い。

「では賢者様の信仰に傷をつけることにはならないのですね」

「それを聞いてほっとしました。ならば少しだけ」

「おもてなしができないと、私たちが叱られてしまいます」

「さあ少しだけ」

そこまで勧められれば、断るのも無礼だろう。ユーエンが杯を受け取ると、なみなみと蜂蜜酒が注がれる。たちのぼる芳香から、かなり強い酒とわかる。

「最初の杯は一気に空けてくださいね」

青い石の髪飾りをつけた女が、微笑んで言う。ユーエンがその通りにすると、女たちはワッと沸き、みなも酒を飲み始めた。

子供たちも満面の笑みでご馳走にかぶりつく。焼いた肉が多く、干した果物や団子のようなものも見える。おそらくは蕎麦団子だろう。岩山では小麦は貴重なのかもしれない。

見たことのない楽器を鳴らす者たち、そしてその楽に合わせての手拍子に歓声……場はたちまち賑々しくなっていき、女たちの歓待は続く。

「お味はいかがでしょう、賢者様」

「……とても甘い酒だ」

「岩蜂《いわばち》の蜜を発酵させた貴重な酒です。身体がよく温まります」

「さあ、おかわりを。それから食べものを」

「楽《がく》の音色はいかがですか。ああ、踊りも始まりました。まずは集落の子供たちから、歓迎の踊りです」

子供たちの踊りは実に可愛らしかった。

それに続いたのは滑稽な動きの芝居仕立ての踊りだ。独特な仮面をつけた舞手の動きに、集落の人々は手を叩いて笑っている。

女と子供だけなので、当然ルドゥラの姿はなく、それが少しだけ残念だ。それでも彼の故郷でこうして和《なご》やかな時を過ごせるのは、なんと嬉しいことだろう。その喜びを噛み締めながら、ユーエンは勧められるままに酒を飲んだ。

「……あの、賢者様。もしかしてお酒にとても強いのでは？」

青い石の女に聞かれ、「おそらく」とユーエンは答えた。

「おそらく……？　酔い潰れたことなどは？」

「ない」

「酒の席での失態などは……」

「ないな。体質的にほとんど酔わないようだ。……友には『酔わないなら飲むな、もったいない』などと言われた」

明晰は今頃どうしているだろうかと思い出しながら語る。青い石の女は少し笑って「ならば酔うまで飲めばいいのです」などと言う。

「それは困る。いまだ試練を受けている身なのでな」

「ではこの酒は試練でございます。さあ」

勧められ、また甘い酒を飲んだ。酔うよりも早く、甘さによる胸焼けがきそうだ。

「みなに挨拶したいのだが、よいだろうか」

ユーエンはふっくらした女に聞いてみた。その振る舞い方から、一番年嵩だろうと判断したのだ。

「みな、とは……宴にいる女たちにですか？」

「うむ。上座からではなく、近くに行って話したい」

「それは……構わないと思いますが……」

意外な申し出だったのだろうか、戸惑いながらも拒絶はされなかった。ユーエンは「では」と立ち上がり、するすると歩き出すと、まずは一番遠くにいた少女たちの一団の中に入っていく。

「きゃあ」

かなり面食らったのだろう、少女たちは目を丸くしてユーエンを見た。ユーエンは名乗りながらみなと同じように茣蓙《ござ》に座り、少女たちの名を聞く。

おずおずではあるが、それぞれ応じてくれた。まだ五歳くらいの子がユーエンの髪に触りたがったので、コユキを思い出しながら「引っ張らないのなら」と答える。すると、とても慎重に銀髪に触れると、うっとりとした溜息をつく。横からその子の姉らしき子が口を尖らせて、

「ほら、もう離して。賢者様の髪に触れていいのは、若長だけなんだから」

と窘《たしな》める。さらに上の姉であろう子が「ほんとは自分も触りたいくせに」と笑っていた。

少女たちの話では、子供のうちは誰に髪を触られても気にしないそうだ。けれどある年齢に達し、複雑な髪を編むようになると、そこに触れていいのは家族とアルダだけになると言う。古くから伝わる編み込みの形には、意味を持つものもあるそうだ。よい風が吹くように、健やかであるように、アルダに出会えるように……など、様々な願いを込めて人々は髪を編むのだと教えてくれた。

そんなふうにして、ユーエンは宴の座のあちこちを訪れた。

若い女たち、赤子を抱いた母親たち、働き盛りの女たち、孫の面倒を見る祖母たち……『安寧の窟』からも老女たちが来ていて「今度はいつ窟に来るんじゃ」と何度も聞かれた。全員とじっくり話せたわけではないが、ひとりひとりの顔を見ることはできた。

好意溢れる笑顔をくれる者、まだ硬い笑みの者、びっくり顔のままの者……疑いの眼差しがなかったわけではないが、それは当然だろう。ユーエンはこの地では、異質な客人《まれびと》なのだ。

何度か同じ質問を受けた。

なぜ若長を選んだのかと。

わからない――ユーエンは正直にそう答えた。

理由はわからない。だが彼でなければならず、誰も代わりにはなれない、それだけははっきりしていると。

それを聞いて女たちは微笑み、多くの者が「つまりそれがアルダだ」と返した。

ようやく上座に戻ってきた時には、結構な時間が経っていた。子供たちは眠る時間なのだろう、宴の人数はやや減ったがまだまだ盛り上がっている。

「挨拶はすみましたか」

ほっそりした女に聞かれ、ユーエンは頷いた。

「あとはここの四人だ。みなのことを聞かせてくれないだろうか。家族のこと、暮らしのこと……岩山のことを教えてほしい」

「うーん、べつに面白い話はないと思いますけど」

小首を傾げたのは、年若い女だ。

「だってもう翼竜は見たんですよね？　若長のキラナはそりゃ素晴らしいけど……あとは岩ばかりの厳しい土地です。アカーシャの町のほうが、面白いもの、美味しいものがたくさん……」

「こらこら」

ふっくらした女が苦笑いで窘めた。

ユーエンは「アカーシャの町に来たことが？」と尋《たず》ねてみた。

「私はないです。でも、若長のおみやげでマドレーヌというのをもらいました」

「ああ、彼の好物だ」

「あの、賢者様はなぜ私たちのことが知りたいのですか？　若長のアルダとして認められたとしても、ここに住むわけではないのでしょう？」

「そうだな。それは難しい。私にはアカーシャで為すべきことがある。……それでもみなのことを知りたい。私の大切なアルダを育《はぐく》んだ故郷なのだから」

蜂蜜酒の効果も多少はあったのか、飾らぬ言葉がすんなりと出た。素直に答えられるというのは、気持ちのよいことだった。若い女は頬を染めて「若長は愛されているのですね」と擽ったそうにしている。ユーエンは頷く代わりに微笑む。自分でも不思議なほど、ごく自然に頬が緩まったのだ。

「えっと、私の仕事は畑と機織《はたお》りです。まあ、畑は集落の者ならば誰でもします。岩だらけの山ですから、開墾《かいこん》は一苦労なんです」

彼女はそう教えてくれた。

続いてふっくらした女が「私は畑のほかは、鍛冶《かじ》を」と言った。女の鍛冶はアカーシャでは聞いたことがないので少し驚く。玉鋼《たまはがね》は貴重でなかなか手に入らないのが悩みの種だそうだ。ほっそりした女は口数が少なく、だが穏やかに「薬師で、占女《せんにょ》の見習いでもあります」と答えた。

最後に青い石の女を見ると、意味ありげな笑みを浮かべてじっとユーエンを見て、

「私の杯を受けてくださったら、答えましょう」

そう言いながら、新しい酒器を掲げた。

「もうずいぶんいただいたが……」

「こちらの酒はとっておきです。蜂蜜酒に花の香りをつけたもの」

「プラディ、それは……」

ふっくらした女がなにか言おうとしたが、プラディと呼ばれた女は「わかってます、これはあまりに貴重な酒」と遮る。

「だからこそ、賢者様に飲んでいただきたいのです。我らが若長に、そしてこの地に心を寄せてくださる御方。貴重な方に貴重な酒を味わっていただけたならば、私も自分のことを心置きなく語れる気がします」

そこまで言われては、飲まないわけにはいかない。幸い、まだ酩酊《めいてい》している感覚はなかった。明晰がよく『おまえに飲まれる酒が可哀想だ』と言っていたのを思い出す。

ユーエンは手にしていた杯を空けてしまうと、それをプラディに差し出す。

プラディが慎重に酒器を傾けた。とろりとした琥珀《こはく》色の酒が注がれ、蜜と花の混じった香りがふわりと広がる。素晴らしい芳香であり、確かに特別な酒だと思った。口当たりはまろやかで、甘みは今までの蜂蜜酒より軽めだ。味わいとしてはこちらのほうがユーエンの好みだった。飲み込むと、喉から鼻へと梔子《くちなし》に似た香りが駆け抜けてゆく。

「実に素晴らしい香りだ」

プラディに言うと、彼女は「特別な酒ですから」とにっこり笑う。そのあとも言葉を交わしたはずなのだが——記憶はない。

不思議なことにふっつりと、そこで記憶が途切れてしまったのだ。

「……説明をしてくれないか？」

再び意識を取り戻した時、ユーエンはそう聞いた。仰臥する自分に馬乗りになっている女に、である。

女は「へえ」とユーエンを見下ろして笑う。彼女の豊かな黒髪はすっかり解かれ、青い飾り石も今はない。その髪がかかる乳房が揺れた。下までは見えないが、少なくとも上半身は裸なのだ。

「驚かないのかい。たいした聖者様だ」

「いや。驚いている。そう見えないかもしれないが、かなり驚いている。だから説明を求めたのだ」

「なら教えてやるよ。あんたは昨晩、花の香りのする酒を飲んだろ。あれを飲めばどんな酒豪だってフラフラになるんだ。酔い潰れるまでなにを喋るかで、そいつの性根がわかる。普段は隠してるとこまで出ちまうから、ばればれ酒って呼ばれてる」

ばればれ酒……。ずいぶんと恐ろしい酒もあったものだと、ユーエンは眉根を寄せた。

「あんたときたら……ふふ、あたいをここに引きずり込んで……」

「フラフラに酔っているのに？」

「……ま、あたいが支える感じだったけど。どっちにしても、あんたとあたいはやっちまったんだ」

「……やっちまった？」

「そうさ。だからあんたも裸なんじゃないか」

言われて気がついたのだが、確かにユーエンもなにも身につけていない。

ここは昨日与えられた窟で、射し込む光から朝なのだと察しはついた。そして寝台の上、裸の女が裸の自分に跨《またが》っているというわけだ。

まったくもって、信じがたい。

「なんて顔だい。しょうがないよ、賢者だってしょせん人だろ？　こんな美女に優しく押し倒されたら逆らえるわけないって。とはいえ、こうしてやっちまった以上、せ……」

「責任を取ってもらわねば」

女を……確か、プラディという名だったはずだ。彼女を見上げたままきっぱり言うと、相手は「は？」と口を開ける。

「なに言ってんの。逆だ。あんたが責任を取るんだ」

「なぜ？」

がばりと上半身を起こし、ユーエンは聞いた。

ユーエンのほうがずっと大きいため、プラディは身体の均衡《バランス》を崩して「わわっ」と慌て、寝台からストンと降りる。

下穿きはつけており、近くにあった自分の上衣を摑んで無造作に羽織ったものの、胸の谷間は露なままだ。裸体を見せることに、あまり頓着がないらしい。

「なぜってなんなんだよ。こういう時は男が責任を取るもんだろ！」

「私はその酒のことを知らないまま飲んだ。つまり策に嵌《は》められた。プラディと……その、『やっちまった』が起きたのだとしても、私の意志ではない。これは大変迷惑なことだ」

「……迷惑？　あんた、今、迷惑っつった？」

気色《けしき》ばむプラディに臆《おく》せず、ユーエンは淡々と「その通り」と肯定する。そして自分も立ち上がり、寝台の上に散らばっていた下穿きを穿く。さらに、毛布代わりにしているプティの毛からできた外套を羽織り、改めてプラディと対峙《たいじ》した。彼女もユーエンから目を逸らすことはなく、気丈な女だとわかる。立ってしまうと身長差がありすぎて話しにくいと気づき、再び寝台に座って真っ直ぐ見据えた。

「プラディ。あなたには責任がある。この失態の原因を、若長にきちんと説明してもらいたい」

毅然《きぜん》と、言い放つ。

「なにそれ。若長に、あんたのアルダを酔わせて押し倒したのはあたいです、と説明しろって？」

「そうだ」

「はっ、それを信じてもらえるとでも？」

「彼は信じる」

「なんで言い切れるわけ？」

「私がそう信じているからだ。そこに理由はいらぬ」

「……っ」

仁王立ちになっていたプラディの言葉が途切れた。視線が揺れて、なにか考えているのがわかる。やがて再びキッとユーエンを睨みつけた。

「じゃ、あたいがあんたに無理やり乗っかったことにしてもいいさ。けど、やっちまったってことは消せない。若長がそれを赦すと思うのか？」

「それは彼が決めることだ」

「ああ見えて、若長はすごく純粋なんだ。あんたの裏切りに激怒するぞ」

「裏切りという言葉は違うと思うが、彼が怒り悲しむのは理解できる」

「そうだよ。どうするわけ！」

「それは私にはどうしようもない」

「は？　なんだい、ずいぶん冷たいじゃないか！」

「……冷たい？」

そう返した刹那《せつな》、プラディがビクリと一歩後ずさった。ほとんど反射的な動きだ。ユーエンにしては珍しく、声に露骨な感情が出たからだろう。出てしまった、というべきか。氷室《ひむろ》から切り出したばかりの氷、その鋭い縁……そんな声になってしまった。賢者として負の感情は隠すべきだが、どうやらそれができない時もあるらしい。

「……あんた、もしかしてすごく怒ってる……？」

「おそらく」

「自分のことなのにわかんないわけ？」

「感情を抑制する教育を受けて育ったのでな。けれど今は、怒っているのだと思う。ひどく不本意な状況で、あなたと不本意な行為をし、それが若長を傷つける。そして私はこの状況に為すすべがない。私が千回謝ろうと、彼の傷が癒えるわけではない。意図的ではないにしろ、私が彼を傷つけるなど………」

あってはならないのに。

なによりしたくないことなのに。

それ以上言葉にするのがつらくなり、ユーエンは黙《もく》した。プラディは表情を曇らせ、おずおずと、

「そんなら……あたいをもっと怒鳴りつけなよ……」

そんなふうに言う。

ユーエンは静かな溜息をついたのち、「命の恩人に怒鳴ったりはしない」と返事をした。

「え」

「子供らの命を救ってくれた。翼竜とともに」

「あんた……気づいてたの？」

「昨夜はわからなかったがな。作り声だったろう？　今朝のプラディは、あの時の声だ」

――すまんが大人は無理だ！　チビふたりなら、いっぺんにいける！

燃える鐘楼《しょうろう》。

ユーエンと子供たちの呼吸を奪おうとする煙。

もうもうとしたそれを裂くように聞こえた、張りのある声。まさしく救いの声だった。

「……礼を言わねばならぬ相手と、こんな状況にあることを……残念に思う。翼《ガルト》に乗る戦士プラディよ、少し時間が欲しい。落ち着いたらきちんと……」

言葉の途中で、ユーエンは足音に気づいた。カツカツという杖の音とともにやってきたのは、宴にもいた老女だ。ほっそりした女を伴っている。

「プラディよ、そのへんにおし」

呆れ声で言い、ユーエンを見てニッと笑う。

「ト、トオヨミ様……」

「銀の髪の賢者様は、おまえの手には余る御方よの」

「そ……」

「やれやれ、岩山の戦士ともあろう者が、客人を騙すとは情けない……」

「騙す？」

ユーエンはプラディを見た。

女戦士はたちまち顔を歪め、しばしユーエンを見つめたが、やがて髪を振り乱して窟を飛び出してしまった。耳が真っ赤になっていたようだ。立ち上がったユーエンが呆然と後ろ姿を見つめているあいだに、トオヨミは「よいこらせ」と寝台に腰掛ける。今までユーエンが腰掛けていた場所だ。

「……今の話は？」

ユーエンが尋ねると「じゃから、騙されていたのよ」と笑う。

「つまり……私と彼女には何もなかった？」

カカッ、とトオヨミは笑う。

「ありませんでした。ご安心を」

そう答えてくれたのは、昨日も会ったほっそりした女だ。確か、薬師で占女見習いと言っていた。

「銀の髪の賢者様、私はアーロカと申します。妹のプラディに代わり、失礼をお詫びいたします。何卒ご容赦ください」

「……責めるつもりはないが……なぜ私は騙されなければならなかったのか知りたい」

「本当にすみません。プラディは……その、なんと言いますか……」

「私を嫌っているのだな。若長のアルダとしてふさわしくないと……」

だからこそ薬酒を飲ませ、関係をでっちあげ、陥《おとしい》れようとしたのではないか。そうすればきっと、ルドゥラもユーエンに愛想を尽かし、ユーエンは岩山から去るしかなくなるわけで——。

「いやいや、逆じゃ」

楽しげなトオヨミを示し、アーロカが「こちらは私の師、尊き占女のトオヨミ様です」と紹介する。

ユーエンはやや身を屈め、トオヨミに合掌した。それから「逆、とは？」と尋ねてみる。

「わりと鈍いお人じゃのう。プラディはあんたさんを、だぁいぶ気に入ったんじゃよ」

「………？」

「だから自分のもんにしようとしこたま酒を飲ませたが、あんたはちっとも酔わん。酔ったとて、自分に手を出すことはないとわかり、ばればれ酒を持ち出した。で、酔い潰れたあんたが目を覚ます頃、裸で乗っかったというわけさ」

ユーエンは眉を寄せてしばし考え、やがて「あぁ」とやや間の抜けた声を出した。既成事実をでっちあげてしまおうとしたらしい。アーロカが小声で「すみません、本当に……」とまた謝る。

「妹は……なんと言いますか……怖いもの知らずというか、向こう見ずというか……」

「戦士としては秀でているんじゃがのう。若長の次に、巧みにガルトを操るんじゃ」

「そうなのです……若長と張り合っているようなところもあって……」

「それじゃそれじゃ。賢者殿が若長のアルダと知り、余計に欲しくなったのかもしれん」

トオヨミは納得したような口ぶりだったが、ユーエンは釈然としない。今回プラディの企みは成功しなかったからよかったものの……もし、ルドゥラに誤解されたらと考えるとまったく笑えない。もっとも、明晰あたりはこの顚末を聞けば大笑いするのだろう。

「ま、おめでとう」

唐突な祝いの言葉を、ユーエンは訝《いぶか》しむ。

「ちいとばかりゴタついたが、あんたさんはふたつめの試練を越えたんじゃ。おめでたいじゃろ？」

「ふたつめの試練は、これからなのでは……？」

「いんや。昨晩がそれよ。『女たちの試練』じゃ。集落の女たちが、銀の髪の賢者がどういう人間か、我らが若長にふさわしいか観察する場じゃった」

ユーエンは言葉を失った。最初の試練を労《ねぎら》う場と思っていた宴が……実は試練だったと？

「女ばかりに囲まれて、ちやほや酒を勧められると、本性を現す者は多いでのう」

トオヨミはそう語る。

「………」

「でれでれする者、自慢話を繰り返す者、すぐ寝てしまう者……それくらいなら可愛いほうじゃ。だが口悪《くちあ》しくなったり、威張りくさるのはいかん。へべれけもいただけん。自分の酒量くらい知るべきじゃ。酒の勢いで女たちに乱暴を働くなどあってはならん」

「酒癖を見て……人となりを推し量ると……？」

「そういうことじゃの。たとえ賢者だろうと信用ならぬ男ならば、潰れたところで女らに担がれ、どこぞに置き去りにするつもりじゃった。ま、この季節なら死にはせん。もっともあんたさんの酒量にはたまげたわ。やれやれ、蜂蜜酒をずいぶん減らしたわい」

「………」

「酒に惑わされないわけじゃから、それはそれでええ。それより驚いたのは、宴でのあんたさんの振る舞いじゃ。まさか女ら全員に挨拶をして回るとは」

「……岩山のことが知りたかったので」

「女子供に聞いてか？」

「女と子供が幸せそうならば、そこは間違いなくよい集落であろう」

「ふうむ」

トオヨミは満足げに頷き、鈴のついた杖をシャンと鳴らし「よきよき」と歌うように言う。

「それにしても、あの強い酒には参った。酒で昏倒したのは初めてだ」

「あれは酒というより薬なのです」

申し訳なさそうに教えてくれたのはアーロカだ。

「大怪我をした者の治療する時などに使います。痛みを鈍らせるためです。普通の状態で使うと、あのように前後不覚になり……その、夜の行為などはとてもできません」

なるほど、アカーシャで使われる麻酔薬酒のようなものか。とんでもないものを飲まされたものだと呆れたが、なにもなかったと確信できて安堵もする。

「賢者様、目眩やふらつきはありませんか？」

「大丈夫だ。むしろよく寝てすっきりしている」

「ふぉふぉふぉ、でかいだけじゃのうて、頑丈なお人じゃ。よきことよきこと。アーロカよ、報《しら》せに行きなさい。賢者は今日、最後の試練を受けると」

アーロカは「はい」と頷き、ユーエンに一礼してその場から離れた。

最初の試練は老人たちの世話、次の試練は女たちとの宴――では最後の試練はどんなものなのだろうか。これまでのふたつも予想外だったので、想像すらつかない。顔には出していないつもりだったが、トオヨミはユーエンの不安を感じ取ったらしい。

「今まで通り、無心で挑むことじゃよ」

と言ってくれた。

「私のような迷いある者に、無心は難しい」

「お偉い賢者殿がなにを言うかね」

「偉くなど……賢者はただの立場にすぎない。人としては無力だ」

「なに、人が無力なのはあたりまえじゃ。嘆くこともあるまい」

「……無力なのに、欲があるので困る」

トオヨミがニッと笑い「どんな欲じゃ？」と聞いた。

その時気づいたのだが、彼女は盲目だった。細く開いた目は白濁しており、視点が定まっていない。それでも……否、だからこそ、彼女は晴眼者《せいがん》より多くを見るのかもしれない。

「私と、私の知る者たちの幸福」

「ふむ。アカーシャの民だけではないと？」

「私は欲深い。若長と出会い、空の民を知ってしまった今、みなもまた幸せでいてくれなければ嫌なのだ」

「それは確かに欲深い」

「なにより今は、若長のアルダとして認められたい」

「ふぉふぉ。若い者はよいのぅ」

いや、あなたのほうが若いと思う……とは言わないでおいた。一生の長さが違うのであれば、単なる歳の数など無意味だろう。

ましてこの厳しい岩山で暮らす彼らの一生は、どれほど密度の濃いことか。

岩ばかりで土と緑は少なく、土地の傾斜は強く、光は強いが気温は低い。人が暮らすのに適した場所とは言い難く——。

そんな場所で生きる同胞を守る戦士。

それがルドゥラなのだ。

「彼が私にとって唯一無二なのは疑いようもない。だが……私でいいのだろうかと……考えてしまうことはある」

巻き込んでしまっていいのか。

まだ若い彼を。アーレの半分も生きないであろう、愛する者を。

「おやおや、臆した顔つきになっとる」

「……見えているのか？」

「見えないほうがわかることもあるんじゃよ。気休めにすぎんが、ちょっとしたお守りをやろう。ほれ、手をお出し」

トオヨミは腰に下げた小筒から筆を取り出しながら言う。さらに独特のにおいがする墨《すみ》の小壺を開け、ユーエンが差し出した手を取る。そして手のひらに触れながら、「この傷はなんじゃ？」と聞いた。

「七本線……アーレのまじないかのう？」

「……賢者となった証《あかし》として刻まれるものだ」

手のひらに走る七本の傷……七夜の衣鉢に刻まれたそれは、いまだくっきりと残っている。トオヨミは難しい顔をして「聖なるものなんじゃろうが、陰《いん》を感じる」と呟いた。

「それは悪しきものか？」

「陰も陽《よう》も善悪ではない。いずれもこの世に必要なもの。要は均衡じゃよ。均衡が取れんでは、翼ですら風を捕まえられん。ではこの徴の裏側に、陽のまじないを少々。なに、数日で消える程度のものじゃで」

トオヨミはユーエンの手のひらを返し、甲のほうになにか描き出した。規則的に波うつ線のような文様を中心に、いくつかの意匠……古い文字にも似ている。

墨の色は真っ黒ではなく、赤みがかった茶色だ。意味はわからないが美しいと思った。ただ、筆が動くたび擽ったくて、我慢するのに苦労する。

ちょうど描き終わった頃、キンシュカが迎えに来た。ユーエンの体調に問題がなければ、最後の試練を行うそうだ。問題ないと答え、立ち上がる。

身支度を調えて横穴を出ると、冷たく乾いた風が髪を乱す。

昨晩まできれいに整っていた髪はもう乱れてしまったため、いくつかの三つ編みだけを残し、あとは一束にまとめておいた。重みのある髪束ですら動かす風が、身を叩く。岩山はいつでも風が強い。プティの外套を持ってきて本当によかったと、ユーエンは襟元の紐をしっかり結ぶ。

「銀の髪の賢者よ」

一緒に横穴から出たトオヨミに呼ばれる。

「風読みという名も持つと、あの子から聞いたよ」

あの子とはもちろん、ルドゥラのことだろう。

「おまえさんに風が読めるなら、ガルトに乗る者のアルダとして誰よりふさわしかろう。迷いはいらぬ。風に託して飛ばしてしまえ」

「感謝する、トオヨミ様」

シャン、と杖の鈴が歌う。その音に見送られ、ユーエンはキンシュカとともに歩き出した。最後の試練はここからしばらく歩いた場所で行うそうだ。

「護りを入れてもらったのか」

キンシュカが、ユーエンの手の甲を見て言う。

「ああ。これはなんの模様なのだろうか？」

「風だ。風の護り。アーレがトオヨミ様の護りをもらうとはな」

感心と驚きと、少しの呆れが入り交じる声だった。

「賢者よ、あんたはすでに集落のほとんどの者を味方につけた。老いた者を敬い守るのは、俺たちの誇りだ。そして女と子供は、偽りと虚勢をよく見抜く。老人と女たちは、あんたを若長のアルダにふさわしいと認めた。あとは……ああ、見えてきたぞ」

キンシュカが示した方向を見た時、ユーエンの歩みが止まった。

道がぷつりと途切れている。

あの先は断崖らしい。木々もなく、土もなく、まさに岩山の切り立った崖――だが断崖を恐れて足が竦んだわけではなかった。そこでユーエンを待つ者たちに驚いたのだ。

三人の人間……まだ顔のわかる距離ではない。

そして、三翼の竜。

「戦士と、そのガルトだ」

キラナに比べれば小さいと言えるが、それは比較するキラナがあまりに巨大だからである。それぞれの翼竜は充分に大きく、鞍《くら》がついていた。立派な嘴とトサカ、瞳はらんらんと輝いてこちらを注視している。そのうちの一頭がクケケッと鳴き声を発した。

「おっと。警戒音だ。ここから先、俺はやめておこう。ガルトは基本的に戦士にしか懐かないのでなあ」

「……私はキラナに乗ったが」

「あれは特別賢いんだ。若長もいたしな。では銀の髪の賢者よ、行きなさい。見てわかるように……」

最後の試練は戦士が与える――キンシュカはそう言うと、来た道を戻っていった。

残されたユーエンは、ひとり再び歩き出す。

距離が縮むにつれて、翼竜たちが興奮する。長い首を擡《もた》げ、警戒音をしきりに発し、中には地を強く蹴るものもいる。それを三人の戦士たちが宥《なだ》めていた。言葉ではなく、独特の音……口に小さな笛らしきものを咥《くわ》えている。その音を使い分けて、翼竜に語りかけているようだ。

戦士らの顔がわかる位置まで来た時、ユーエンは軽く眉を上げた。

プラディがいたのだ。

そういえば、戦士だとトオヨミが話していた。目が合うと、こちらをキッと睨みつけてくる。

「戦士諸君」

だがユーエンは睨み返すことはしない。

そのかわり、三人に向かってソモン式の礼をした。

すなわち、合掌して軽く頭を下げたのだ。

あとのふたりは、小柄な若い男と、三十前後であろう逞しい男だった。おそらく初対面である。老人と女には多く会ったが、男たちとはまだそれほど顔を合わせていない。

「ははあ、ほんとに銀の髪だなあ」

若い男は高い声を出した。男と言うより少年で、声変わり前らしい。岩山の民はほとんどが黒髪だが、この少年は赤みのある茶色をしていた。

「なるほどな……ルドゥラは昔から美しいものが好きだった。わざわざ森に降りて瑠璃《るり》色の鳥を探しに行ったりしていたな。アルダもやはりとびきり美しい。見事な外套を纏っているが……あれほど白い獣というと……象猫《ぞうねこ》か。象猫は巨大で強く、とても狩れないと聞いていたが」

こちらは落ち着いた声の男だ。しっかりとした筋肉を纏い、だが顔つきはとても穏やかだった。

頬にある大きな傷跡は、戦いで負ったのだろうか。この中では一番年嵩で、それでも三十にはなっていないだろう。象猫は狩ってはいないと説明したかったが、それより先に残るひとりが口を開いた。

「ふん。賢者に手に入らないモンはないんだろ」

つんけんした声はプラディである。ユーエンとしては過ぎたことは水に流し、友好的に接したいのだが、相手はまだそういう心持ちになれないようだ。

「俺の名はギリという」

顔に傷のある男が歩み寄ってきて、軽く頷いて見せた。ここでは頷くことが軽い挨拶になるらしい。ユーエンは合掌して挨拶を返す。

「若いのがエカで……プラディはもう知っているな？女たちの試練を無事通過してなによりだ。プラディと一悶着《ひともんちゃく》あったようだが……なに、少しばかり押しの強すぎる女でな。勘弁してやってくれ」

「なんだよ、ギリ。それじゃまるであたいが悪いみたいだろ」

「人を薬酒で潰して跨るのは悪いことなんだよ。お前がやられたらどうする」

「……殺すかもな」

「だろ？　賢者の心の広さに感謝しろ」

プラディは舌打ちしてそっぽを向いた。その様子をエカがおかしそうに見ている。

「さて賢者。これが最後の試練だ。時間はかからない。あっという間に終わる」

「それは助かる」

ユーエンが答えると、エカが「けど一番難しいと思うぜ」と言い、プラディもにやりと笑った。

「そうさ。なにしろ戦士の試練だからな」

「……質問してよいか」

「おう、いいぜ」

エカが明るい調子で応じてくれた。

「戦士は——ここにいる三人と若長、全部で四人なのか？」

「へ？　まさか。もっといるに決まってるさ。けど、ガルトを持つ戦士は俺たちだけ。つまり、俺たちはすげえ戦士ってこと」

自慢げな口調はまだ幼く、屈託がない。ギリは「まだ修業中のくせに」と苦笑いをした。

「賢者よ、誤解しないでほしい。確かにガルトを友とできる者は少なく貴重だが、その四人だけで集落を守れるはずもない。岩山に暮らす者は、いわばみなが戦士だ。必要な時には誰しも武器を持つ。ただガルトを持つ者がいれば圧倒的に有利であり、だから我々は決してガルトを失えない」

「……圧倒的な強さを持つ岩山の存在が、森の氏族たちの均衡を保っている——若長がそう話していた」

「そういうことだ」

ギリが頷く。

「森の連中は好戦的なのが多くてな、揉めごともしばしばだ。小さな諍《いさか》いならば手は出さないが……ことが大きくなれば、俺たちが仲裁に入る。俺たちも森の恵みがなければ生きていけないからな」

「それほど圧倒的な力を持っているのなら、岩山の民たちで森を支配すればよいのでは？」

「はあ？」

感じの悪い声を出したのはプラディだった。もっとも、ユーエンの問いそのものが感じが悪いので、これは仕方がないと言える。もちろんわざとそんな質問を向けてみたのだ。

「なんで支配なんかしなきゃいけないんだよ」

「森の恵みを独占できる」

「森の恵みはもともと森のもんだろうが。あたしらはそこから分けてもらってるだけだ」

「ならば土地はどうだ。森の中で一番よい場所を得られれば、そこにみなで住める。暮らしはずっと楽になるだろう」

「そこにいた氏族を追い出して奪うってことか？　あんた馬鹿なのか？　賢者のくせに？　そんなことしたら、どれほどやばい戦になるかわからないのか？」

プラディの声はどんどん尖っていった。

「大勢怪我をして大勢死ぬ。それでその土地に住めたとしても、追い出された連中の恨みは深い。親は子供に恨みを聞かせるし、それを聞いて育った子供がまた自分の赤ん坊に聞かせる。きりがない。しかも森に住むようになれば、あたいらはいずれガルトを失うことになる。岩山に住んでいるから、ガルトと友になれるんだ。岩山を出たら、あの子たちはあたいらのことなんか忘れちまう。そしたらあたいらはどう戦う？　ガルトなしで戦い、いつかは負けて、行く場所をなくし、年寄りはすぐに死んで、赤ん坊は育たなく……」

「すまなかった」

ユーエンは謝罪を口にした。

「愚かな質問をした非礼を、どうか赦してほしい」

プラディの目を見て言い、静かに頭を下げる。

急に謝られて驚いたのか、プラディは言葉を止めたまま、助けを求めるようにギリを見た。

「プラディよ、おまえもこうしてちゃんと謝ったか？　賢者を騙した時に」

ギリはからかうような声を出し、プラディは返事に詰まっている。

「賢者はな、わかってて聞いたんだよ。そんなふうに誰かを支配したり、誰かの土地を奪ったりすることは無意味だと、この人はよく知ってる。俺たちもそれを知っているかどうか試したわけだ」

「……え。それはそれで腹が立つんだけど」

「だからちゃんと謝ってくれたじゃないか」

「なあなあ、俺、ちょっと話がよくわかんなかったんだけど」

「ああ、エカには今度説明してやる。とにかく賢者よ、俺たちは森を支配しようなどと考えたことはない。プラディの言うように血で血を洗う戦になるだけだ。小さき方もそれを望まないだろう」

「小さき方？」

ユーエンが語尾を上げると、エカが「小さき方を知らないのか。賢者のくせに？」と驚きの声をあげる。今日はよく「賢者のくせに」と言われる日のようだ。

「エカ、賢者は森の浅い部分しか知らないのだから、無理はない。それに小さき方は滅多に姿を見せないんだしな」

「そうだけどさあ、子供の頃、寝物語にさんざん聞かされるじゃん。あと、ウソついて叱られた時も、おっかさんが『小さき方は見てるんだよ！』って」

「……それはどんな人々なのだ？」

ギリに尋ねると「実は俺も見たことはない」と笑って答えた。

「名の通り身体の小さな人たちで、森の主《ぬし》とも言われている。森に住む者たちにとってはとても尊い存在で、小さき方に嫌われるとその氏族は滅ぶ……なんて話すらあるな。だから親たちは、子供に善悪を教える時、よく『小さき方がどこかで見てる』という言い方をするんだ」

「つまり……精霊のような？」

ユーエンが問うと、エカが「精霊とは違うんじゃないかな」と返した。

「精霊ってのはいるけど見えないだろ？　たまに見えたってヤツがいても、触れたことはない。小さき方はちゃんといて、触れて、話もする。……っていうふうに聞いてるけど……岩山で暮らしていると、見ることはないからなー」

なるほど、とユーエンは頷いた。

エカは実在すると言ったが、やはりそれは森の人々の概念が生み出した、共同幻想のようなものではないだろうか。意識的に創り出されたのではなく、自然発生した一種の信仰とも言えそうだ。

個人ではなく、集団が森で生きていくのに必要な規律や道徳を【小さき方】に担わせ、平和を保つための象徴としている——明晰あたりなら、そう解説するのではないか。

触れる、話をするなどの体験は、ある種の夢想状態が生み出した幻なのだ。決して嘘ではないが、事実とも違う。だが必要な概念であり、外部の人間が否定してはならない。


「さて、賢者よ。そろそろ試練を始めなければ」

「わかった」

ユーエンが承諾すると、ギリたち三人は首から下げた笛を手にした。ルドゥラは風笛を持っていたが、それとはまた違い、口に咥えて吹くものだ。ごく小さな筒状で、材質は竹のように見える。

ピリリリリと、甲高い音がした。

すると、翼竜たちが一斉に駆け出す。

「……っ」

揺れる。

崖が揺れる。

さすがに崩れ落ちることはないだろうが、それでもユーエンはその場で踏ん張ってしまった。

三頭の翼竜はさほど長くない助走のあと、崖縁を蹴り、いったん姿が見えなくなる。まさか、落ちるはずがない——と思った刹那、

「…………風に乗った……」

ユーエンは思わず言葉を零していた。

翼を広げた三頭は、ぶわりと浮き上がってきたかのように見えた。下から吹き上げる強い風が、巨大な翼を押し上げているのだ。

さらに三頭は巧みに身体ごと翼の角度を変え、今度は上空を目指す。

あっという間にかなり上まで辿り着くと、互いの距離感を絶妙に掴み、旋回を始めた。

その姿をよく見ようと思ったのだが、眩しくて難しい。太陽はちょうど真上に来ている。強い光を受けて翼竜たちの白銀の身体が輝く。

「あたいのケサラは本当に美しいな」

「見て、おいらのピータが光り輝いてるよ」

「アディティほどうまく風に乗るガルトはいない」

戦士たちが口にしているのは、それぞれの翼竜の名前だろう。まるで恋人を語るような、あるいは家族を誇るような口ぶりだ。

それにしても、彼らはなぜ明るすぎる空を平然と眺められるのだろうか。

眩しそうにする素振りもないし、瞬きが増えることもない。そういえばルドゥラも同じだ。岩山の民は特別な目を持っているらしい。

ギリが言う。

「準備は整った」

「銀の髪の賢者、見ての通りここは断崖だ。岩山はこういった場所が多い。人が落ちれば真っ逆さまで危険だが、翼にとってはいい足場なのだ」

「そのようだな」

「戦士の試練にとっても、よい場だ」

「私はここでなにを……」

「飛び降りるだけだ」

ギリは穏やかに笑ったままだったし、風も強かったので聞き違えたのかと思った。けれど次には断崖を指差し「そこから飛び降りるのが試練だ」と、もう一度言われた。

「……つまり、死ねということか?」

「まさか。死んだりはしない」

そう言ったのはプラディで、そのあとに「あんたに嘘がなければな」とつけ足し、にやりとした。

「これは戦士の試練。あたいらは戦士だから、岩山を守るのが務めだ。もしあんたの言葉がまやかしで、若長を騙し、岩山に害を為す者なら……死んでもらわなきゃならない。でも、違うのならば盟友になれる。もちろん若長のアルダとしても認める。あたいらのガルトがちゃんと見分けて、あんたを助ける」

「どうやって見分けると？」

「知らないのか？　ガルトは善悪を見抜く聖なる竜だ。あんたが本当に若長のアルダなら、ガルトは必ずあんたを助ける」

「そういうことだ」

ギリが言い、続いてエカが「ま、こんなふうに試すのは初めてだけど」と肩を竦めてつけ足した。

ユーエンは悠々と空を飛ぶ三頭を見る。

翼竜が善悪を見抜く……そういう話をルドゥラから聞いたことはない。

それが事実だとして、今かなり上空にいる翼竜たちは、どれほどの速度で下降することができるのだろう？　落下していく人間を捉えることが、可能なのだろうか？　可能だとして、どう助けるのか。

あの嘴で？

鋭い鉤爪で？

……もしここに明晰がいたならば、顔を歪めてやめろと怒鳴ったことだろう。

理性的に考えれば不可能だ。

奇跡でも起きない限り、崖から飛び降りれば死ぬ。

「どうしたんだよ、賢者様」

プラディが揶揄《やゆ》する口調で言う。

「簡単だろ？　あんたはなにも考えずに飛び降りるだけだ。ま、あたいらの言うことが信じられるなら、だけどさ。それが無理なら……」

「わかった」

「え」

ユーエンは歩き出した。

すたすたと早足で進み、すぐに崖の端まで辿り着く。エカは「ちょ、おい……」と言いかけ、ギリは「賢者、待て」とはっきり口にする。

ユーエンは振り返らなかったが、一度止まる。あと三歩で落ちる際どい位置だ。

吹き上げてくる風に髪が乱れ、恐怖を覚えずにはいられない。断崖側を見ないほうがましだろうかと、ユーエンはその場で身体をくるりと回す。すると、ギリと目が合った。顔がやや強ばっている。

「よく聞いてくれ、賢者。この試練は強制ではない。ここでやめにしてもいい」

ほかのふたりもユーエンを凝視していた。

「すでにふたつの試練で認められているのだし……」

ギリの言葉の途中、風が強くなった。

吹き上げる風に、髪も衣も乱れる。正直なところ、ここの風はほとんど読めない。平地のアカーシャとはまったく違うのだ。岩山に到着してから起きている諸々についても、翻弄されっぱなしである。

アカーシャでは賢者と崇《あが》められているユーエンが、雑事を命じられ、労働に汗し、人々と触れ合い——だがそれを厭う気持ちは少しも起きない。むしろ楽しんでいる気すらしている。ルドゥラに会えないことだけが不満だが、そのぶん次に会えたら話すことがたくさんある。

ああ、待ち遠しい。

百年余を過ごし、アカーシャに訪れる悲劇を知ることになった。

百余年を過ごし、ようやくルドゥラに巡り合えた。きっと、奇跡を待つための百年だった。

そして奇跡は人の手に余る。ユーエン自身の能力や努力でどうなるものではない。

ならば託そう。

風に託そう。

トオヨミも言ってくれたではないか。

——迷いはいらぬ。風に託して飛ばしてしまえ。

そう、今この手には『風の護り』があるのだ。

ほら、また風が強くなった。
身体が押され、傾く。
ギリが目を見開いた。
プラディとエカはなにか叫んだようだが、風に掻き消される。
ユーエンは身体の力を抜いた。白い毛皮の外套が、風をはらんで広がる。
背中から、落下する。

視界が青空だけになり、とても眩しかった。

第五章

炭焼きの村

「そのぅ……本当に、ソモン様で……？　いや、その、疑うわけじゃねえんです。ただ、おいらたちゃあ田舎者で、本物のソモン様ちゅうのを見たことがなく……けど、ニウライ様の教えを描いた、絵説き本でだけ見たことがあるんですが………」

「わかっている。それ以上言わなくていい。絵説き本の中のソモンは、もっと立派な衣をつけ、堂々たる美しさで、光り輝くようだったんだろう？」

「へえ、まあ、そういうことです……」

一応腰を低くはしているが、疑いの上目遣いでこちらを見ながら村長は答える。

とうに日は暮れ、炭焼きの村は闇に包まれていた。暗いので村の様子はあまりわからなかったが、少なくとも豊かな暮らしぶりではないだろう。

最初に出くわした村人が村長の家まで案内してくれたが、ごく簡素な……いや、正直に言えば粗末な造りの家だった。村長の家がこうであれば、ほかも同じか、あるいはもっと厳しい暮らしぶりのはずだ。もっとも、家の中の様子はわからない。まだ入れてもらえていないからだ。

「こうもみすぼらしい有り様では、位の高いソモンだと言われても、疑いたくもなるだろう。だがずぶ濡れなのは急な雨に遭ってしまったせいだし、衣が泥だらけなのは足を滑らせて転んだからだし、馬車がないのは途中で供《とも》の者が怪我をして引き返したせいだし、ぐったりしているのは途中で道に迷って歩き疲れてしまったからだ。ひどい雨にも降られたし……これを言うの二回目だな……」

「はあ、お気の毒なことで……」

「教典でも唱えれば、ソモンだと信じてもらえるのだろうか」

「いんやあ、わしら教典を知らんですので……」

「だよな……いい、もういい。ソモンかどうかはとりあえずどっちでもいい。俺たちが怪しい者ではないことだけ、信じてもらえないか？　アカーシャの町から遠路はるばるやってきたのだ」

「はあ……けんど、ここはアーレ様がわざわざお訪ねになるような村では……」

「はくしゅッ！」

くしゃみをしたのは明晰ではない。後ろで俯いたまま立っていた秩序だ。

雨の中、どれぐらい歩いただろうか。早く休ませてやりたいが、村長は相変わらず怪訝な顔のままである。普段は口八丁《くちはっちょう》な明晰も、寒さと疲労と焦りで、この村長を納得させるいい文句が思いつかない。

「あんたぁ、どうしたんだい」

扉の隙間から中年女が顔を出した。

「旅のアーレ様がいらしてるんだが……」

「アーレ様が……？」

その瞬間女の顔に浮かんだ小さな恐怖を、明晰は見逃さなかった。

「村長、もしや過去に、この村に迷惑をかけたアーレがいたのだろうか」

明晰の予想は当たっていたのだろう、村長は「いえ、その」と口籠ったが、おかみさんのほうは顔つきをキッと変えると、扉からさらに顔を出し、

「ええ、旦那様、その通りで。もうずいぶん前になりますが、遊行の途中道に迷ったアーレ様がいらしたんです。あたしらは、貧しいなりにおもてなししたんですが……」

やや怒ったような口調で、事情を話し出した。

もてなしを受けたアーレは、村では貴重な葡萄酒を「こんなひどい葡萄酒は初めてだ」と渋い顔で飲み、そのくせ何本も飲み干してひどく酔っ払った上、シチューを持ってきた村の娘に手を出そうとしたという。

幸い、酔い潰れたおかげで娘は難を逃れたそうだ。

「……それを聞けば、俺たちが歓待されないのは当然だし、回れ右して帰るべきかもしれんが……。すまない、それでも頼む。この雨で野宿は無理だし、大事な話もある」

明晰の懇願に、村長夫婦は戸惑っているようだった。その時、またしても秩序がくしゃみをした。明晰は振り返り「大丈夫か」と聞く。

「…………寒い」

顔を上げ、不機嫌に答えた。

「あらっ？」

と、おかみさんが戸口からズイと出てきた。そして明晰を邪魔だとばかりに押しのけ、秩序の前に立つと、顔を覗き込む。

「あら、あらあらあら。こちらのアーレ様はずいぶんお若いじゃないですか。まだ子供なのでしょう？　こんなに濡れて可哀想に……ほっぺだけ赤いのは、熱があるからかも……」

「私は子供では……」

否定しようとした秩序の言葉に「そうなのだ！」と明晰は大きく被せる。

「まあ子供ではないが、まだ若いソモンがこんなに濡れて、熱を出しかけている。自慢の金髪も……」

と、ここで秩序のフードを無遠慮に下ろす。

「ああ、ほら、こんなに濡れてしまって！　このままでは悪い感冒に罹ってしまう！」

「それはいけないね、早く暖まらないと。さあ、中に入ってください、アーレ様」

おかみさんが言い、村長が「え、おまえ」と戸惑い顔になる。

「だってあんた、可哀想じゃないか、こんなに濡れて……金髪に榛色の目……まるであの子のようだよ、生きていればこれくらいの歳に……」

おかみさんが涙目で秩序を見つめている。そしていきなり手を取ると「暖炉《だんろ》に火を入れてありますよ」とそのまま中に誘った。

無礼なジュノめ、ソモンである私に触れるな……などと秩序が怒りだしたらまずいと思った明晰だが、そうはならなかった。

「ありがたい。助かりました」

秩序はすんなりとおかみさんに従う。明晰は意外に思いつつも、ここぞとばかりに「では私も……」と村長より先に屋内へと入った。

ほわりと身を包んだ空気に脱力しそうだった。

中の様子からすると、想像通り質素な暮らしぶりだとわかる。それでも山が近いので、薪だけは豊富にあるのだろう。暖炉は充分に部屋を暖めている。

「さ、おふたりとも外套を脱いで、火のそばへ」

おかみさんはそう言い、かなり年季の入った手ぬぐいを……それでも、この家ではかなり上等なものであろう手ぬぐいを貸してくれる。

明晰と秩序は外套を脱ぎ、顔を拭い、暖炉のそばで温まる。おかみさんの出してくれた白湯を飲むと、ほぼ同時に溜息が零れた。

身体の中まで冷え切っていたことを実感する。

「すぐに薬茶を煎《い》りますからね。お待ちを」

おかみさんはそんな言葉とともに、いったん部屋から姿を消した。茶を淹れるではなく煎る？　どういうことだろうか。

「わしらぁ、息子を亡くしてましてね……」

妻がいなくなると、村長が語り出した。

素朴な椅子を暖炉の前にふたつ置いてくれたので、明晰と秩序はそこに腰を落ち着ける。

「金髪で、榛色の目で……もちろん、そこのアーレ様ほどじゃあないですが、わしらの息子にしちゃ上出来すぎるほどに可愛い子で……。せっかく七つまで生きたってのに、流行病《はやりやまい》で呆気なく……」

「それはさぞ悲しい思いをしたことだろう」

明晰の言葉に、村長は力なく笑い「もう昔のことです」と返した。

「……どんなに昔でも、悲しさが減るわけではないでしょう」

そんなふうに言ったのは秩序だった。

「時が悲しみを忘れさせると言いますが……そんなことはありません。亡くした人を忘れるなど到底無理です。思い出さない日などない。ただ……悲しみながらも、生きていかなくてはならない、そう受け入れられるようになるだけです」

村長ではなく、暖炉の火を見つめながら語る。

明晰はそんな秩序の横顔をまじまじと見てしまった。またしてもこの男の意外性を見た気がする。聖職者である以上、ソモンたちは民の不幸を慰める言葉をいくつも知っているし、使いこなすことが求められる。民の心に安寧をもたらすことは大切な仕事なのだ。だが長くやっていると、よくも悪くも要領を摑んで作業的になってしまいがちだ。

けれど今秩序が口にしたものは、少なくとも飾りと韻《いん》に溢れた決まり文句ではなかった。彼自身の心の奥から生まれた言葉だとわかる。

「う……ぐすっ……仰る通りです……」

村長が肩を揺らし、目元を拭っていた。

「うちのも、普段は息子の話をしたりはしないんですが……忘れてるわけがない。わしだってそうです。生きててくれりゃあ……十八になっとるのに……」

ということは、ここの夫婦から見た秩序は十八という ことか。確かにジュノから見ればアーレの年齢はかなりわかりにくい。さらに秩序は高位ソモンの中では圧倒的に若いのも事実だが、だとしても十八はあり得ない。明晰など百を超していると知ったら、この村長はどれだけ驚くだろうか。

「ぐす……失礼しました。ありがたいお言葉をいただき、おふたり様が尊いソモン様なのだと、ようやくわかりました。戸口でのご無礼をお許しくだせえ」

村長が深々と頭を下げる。

明晰は「いやいや、いいのだ」と返し、秩序は「赦します」と多少偉そうに言い、チラリとこちらを見た。

私のおかげで助かったでしょう？ ……とでも言いたげな視線だ。

明晰は多少イラッとしたが、確かに秩序のおかげで中に入れてもらえたのだし、秩序の言葉が村長の胸を打ち、ソモンと認めてもらえたのも事実である以上、借りができたとも言えよう。それにしたって、あの小馬鹿にしたような視線はない。だいたい、お互いソモンなのだから協力し合うのは当然ではないか。

やはりこの若造とは合わない……そんなことを考えているうちに、おかみさんが「薬茶ですよ」と戻ってきた。手にはふたつの椀《わん》を持っている。

「これは……不思議なお茶だな」

ひとくち飲んで、明晰は言った。

アーレはたいていお茶好きで、明晰も色々と飲んできたが初めての味わいだ。隣の秩序も目を軽く見開いていた。

「僅かにとろみがあり、喉を労《いたわ》ってくれる。少し塩気があるな？　ああ、身体に染み入って、芯から温まる……。生姜《しょうが》が入っているのはわかるが、この香ばしさはいったい？」

おかみさんが明晰を見てにっこり笑い「鳩麦《はとむぎ》です」と答えた。

「鳩麦と茶、生姜を焦がさないようによく煎って、すり潰して粉にし、湯で溶いたのがその薬茶なのです。ここらは薬師もいやしません。感冒ひとつが命取りですからね、冷えた時はそれを飲んで温まるんですよ」

「なるほど、鳩麦……いやあ、これはよい。町に戻ったら、癒しのソモンにも伝えよう」

「えっ、癒し様に？　そりゃ光栄なことで……大変お偉いソモン様なんでしょ？　あたしらには雲の上の御方ですよぅ。ニウライ様と変わりゃしないもの」

そんなふうに言うおかみさんの顔を見て、明晰はふと思い出した。

そういえばまだ名乗っていない。

戸口では「アカーシャから来たソモン」としか言っていないのだ。ソモンと言ってもその位は色々であり、こんな田舎に遣いに出されるのならば、下の下だと思われていたとしても仕方ない。

明晰たちがアディカを持つ者とわかれば……待て、それは果たしていい結果をもたらすのか……？

「確かに癒しのソモンは高位の聖職者。だがニウライと同一視してはなりません。そして私たちもまた、アディ………むぐっ！」

明晰はいきなり立ち上がり、名乗ろうとした秩序の口を手で塞いだ。

そして抱えるようにして立ち上がらせ、村長夫妻にくるりと背を向けると「名乗るな」とその耳に囁く。

「なっ……」

「位の高いソモンと知られたら、身構えられてしまう。正直な話など聞けなくなってしまうぞ。あくまで下位のソモンとして振る舞うんだ。いいな？」

ひそひそと伝えると、再び夫婦のほうを向き、

「いやあ、俺たちのような者が高位のソモン様の話をするなど畏《おそ》れ多いこと！」

などとごまかす。夫婦はきょとんとした顔でこちらを見ていた。

「偉いソモン様の命を受け、はるばるやってきたものの、なんの成果もなければきっと叱られてしまう……ああ、困った……とても困った……」

そんな芝居を打ってみると、人のいい村長は「おふたりはどんな用事でこの村に？」と聞いてくれる。

「うむ、それだ。この村では、とても硬い炭が焼かれていると聞いたのだが」

「ああ、白炭《しろずみ》のことですかな？」

村長の言葉に、明晰はやや前のめりになって「そう、それだ！」と頷く。

「表面が白っぽくなっているから白炭、硬く、叩くと金属音がするほどで、火のもちがとてもよい……」

「へえ、ですからじっくり煮炊きするのに都合がいいんですな。ここから半日ほど離れた小さな町に、たいそうな美食家のアーレ様がいらして……その命で、長持ちする炭を作っとりました。なかなか難しい作業のようで、白炭を作れる炭焼きは村にふたりだけ……」

「その人たちにぜひ会いたい！」

意気込んで言った明晰に対し、村長はやや眉毛を下げて「それが」と申し訳なさそうな顔をした。

「十年前でも、すでにかなり爺さんでしたもんで……ふたりとも亡くなっとります」

「亡くなって………そ、うか……」

意気込みはたちまち水を掛けられ、ジュワァァとあえなく消えてしまう。

「注文主のアーレ様も七年前にお亡くなりに……。そうしますと白炭を作る必要はなく、この村で作り方を知っている者はもうおらんのです」

「便利で貴重な炭なのに、もう誰も作れないと？」

「はあ。確かに火のもちはいいのですが、作る手間を考えると割に合わんのです。かといって高値で買う人は滅多におらず、わしらのような貧乏人には用のない炭でして」

前のめりになっていた明晰の背中が、へなへなと椅子の背もたれに寄りかかる。

なんてことだ。無駄足だったのか。


盗賊に出くわし、雨に降られ、さんざんな目に遭ってようやく辿り着いたというのに——白炭を焼ける職人はもうおらず、それを作る方法すら伝わっていないというのか。

これがアーレならば誰かが書き留めて記録しておくはずだが、ジュノたちの識字率は低く、町で暮らすジュノですら充分に読み書きができるわけではない。口伝で残される技術もあるが、今回はそれもない。

失望感と徒労感に言葉を失っている明晰を尻目に、秩序は薬茶のおかわりをもらって啜っている。

「ですが、ソモン様はどうして白炭なんぞが必要で？尊いお方の台所で使うんですかい？」

「いや……水をきれいにするのに使うのだ。町では時々、水の汚れから生ずる病が起きるのでな……」

「ああ、そういやあ、白炭はなぜか水に溶けませんでしたなあ」

そう、白炭ならば水を汚すことはなく、その水の汚れだけを除去してくれるのだ。

硬く焼き締めた炭が汚れを吸い取ってくれるのではないかと予想していた明晰だが……もはやそれを確かめる術もない。

「あんた、リー爺さんのとこなら、なにかわかるんじゃないかい」

ふと思い出したようにおかみさんが言う。

「そのリー爺さんも、去年死んだじゃないか」

「孫がいたじゃないの。あの子らは小さい頃から爺さんの手伝いをしてたし、もう一人前の炭焼きだろう？　白炭のことだって知ってるかもしれないよ」

「ああ、なるほど……どうかなあ……」

「ぜひ会ってみたい！」

一縷《いちる》の望みに縋《すが》る思いで明晰は頼んだ。

「ここまで来て手ぶらで帰るわけにはいかないのだ。汚れた水を飲んで病気になってしまうのは、ほとんどが老人と子供だ。中には死んでしまう者もいる。それに、俺は友と約束したんだ。必ず水をきれいにする手立てを………はっ、くしゅんッ！」

今度は明晰が派手なくしゃみを披露してしまった。おかみさんがあれあれと言いながら、洟《はな》を拭く手ぬぐいを貸してくれる。

「お連れするのはいいですが、今夜はもう遅いし、雨も降っとります。明日の朝までこのボロ屋でお過ごしください。古毛布しかお貸しできませんが……」

「……ぐすっ、いや、とてもありがたい。正直、雨の中で途方に暮れていたのでな……本当に助かる……」

明晰は礼の言葉を重ねたが、秩序は淡々と「よき村人にニウライのご加護を」と言っただけだった。

なのになぜか村長夫婦は秩序だけに向かってありがたそうに合掌するので、いくらか微妙な気持ちになった明晰だった。

幸い、翌朝は晴れた。

空気を入れ換えるために開けられた戸口からは、朝の光が射し込んでいる。町よりだいぶ冷たく、だが気持ちのよい空気の中で明晰は頭を掻く。

村長の家は三割ほどは土間で、残りは床上げしてあった。昨晩寝たのは床のほうで、夫婦は暖炉に近く暖かい場所を明晰たちに譲ってくれた。借りた毛布は生活のにおいが染みついていたが、温かかった。

薄い敷物だけの床《とこ》は、ある程度慣れている明晰でも、いささか腰が痛んだ。まして秩序には、きついひと晩だったはずだが――。

「……ん？」

隣には畳んだ毛布しかない。

慌てて周囲を見回すと、荷はちゃんとある。ならば、ひとりで帰ったわけではなさそうだ。まだ早い時間だが、外から物音がしていた。彼らにとっては普通に働き出す時間なのだろう。

「おはようございます、ソモン様」

外に出てみると、絞めたニワトリを提《さ》げたおかみさんに会った。

「たいしたものはありませんが、朝食の支度をしますんで。あ、井戸は裏手にありますから、お好きに使ってくださいまし」

「ありがたい。連れを見なかったか？」

「金髪のソモン様なら、ちょうど井戸においでかと」

そう聞いて、明晰は井戸へと向かってみる。

家屋の裏手の井戸はすぐに見つかり、秩序がそこで髪を梳いているところだった。次第に強まる朝の光に、少し濡れた金髪がきらきらと光っている。ユーエンの銀の髪も見事なものだが、秩序の金髪もまた目を瞠《みは》る美しさだ。容貌が美しすぎると愛想がなくなる法則でもあるのか……などと、馬鹿な考えが頭を掠める。

「……なんです？」

髪を簡単に編んでまとめた秩序がこちらを睨んだ。

「朝から人のことをジロジロ眺めないでください」

「朝から険があるなあ、おまえは」

「前から思っていたのですが、私のことをおまえと呼ぶのをやめていただけませんか。無礼です」

「そうか。それは失礼した。ところで具合はどうだ。昨日はあまり眠れなかっただろ？」

「いえ。普通に寝ましたが」

「……え、ほんとに？」

「明晰のソモンは、私が嘘つきだと仰るのですか」

「いや、おまえは感じは悪いが、嘘は下手そうだ」

「だから、おまえというのは……」

「ん？　顔が少し赤らんでる。やっぱり熱があるんじゃないのか？」

からかったのではなく、本当に心配して言った。冷たい井戸の水を使ったばかりなのに、のぼせたような顔色をしているのだ。だが秩序は不機嫌な顔をフイと背け、

「体調は問題ありません」

と言い張る。その直後、グゥと腹の鳴る音が聞こえ、今度は本当に赤面した。

「食欲は大丈夫らしいな」

「……昨晩なにも食べてないんです」

「知ってるよ。俺だって同じなんだから。おかみさんが朝食を作ってくれるらしい。鶏を持ってたから、シチューだといいな……」

「ふむ。彼らも徳を積めてなによりです」

「真顔でそういうことを言うあたりが、おまえの問題点だ。ちゃんと礼を言えよ」

「おまえと呼ばないでください。おかみさんを手伝ってきます」

秩序はそれだけ言うと、すたすたと歩き去ってしまった。足取りを見る限り、とくに具合が悪いわけでもなさそうだ。実は明晰もかなり空腹なので、早く朝食にありつきたい。井戸の水を汲み、ざぶざぶと顔を洗った。冷たい水が気持ちいい。

秩序と違って櫛など持っていないので、髪も適当に結び直しただけだ。それでもだいぶさっぱりし、するとますます空腹感が強くなる。

秩序はおかみさんを手伝うなどと言っていたが……むしろ邪魔になるのではと心配だった。

ほとんどのアーレは身の回りのことをジュノ任せにしているので、料理などできるはずもない。手先の器用な癒しも、薬の調合はお手の物だが料理はジュノ任せである。ユーエンにしても、熱心に作るのは獣の餌ばかりだ。

一番マシかもしれない明晰ですら、ごく簡単なもの……たとえば肉を焼いて塩をかけるくらいなら自分でできるが、料理といえるほどのものではない。

そんなことを考えながら、表庭に戻る。農村では竈《かまど》が外に設えてあることが多く、この家もそうだった。雨よけの屋根だけがある屋外台所だ。おかみさんは大きな鍋でぐらぐらと湯を沸かしている。

「うわっ！」

その横に立っていた秩序の両手を見て、明晰は声をあげてしまった。血に染まって真っ赤だったのだ。

「お、おまえそれ……」

「なんという顔をしているのです。水色の目をひん剝いて……聖職者がすぐに感情を表すようでは、ニウライがお嘆きになります」

「あははは、藁の髪のソモン様、ご安心ください。それは鶏の血ですから」

おかみさんに言われると同時に、調理板の上でバラバラになっている鶏肉が目に入った。

「あ、鶏か……びっくりした……」

「金の髪のソモン様が、鶏を下ろしてくだすってねえ。あたしゃ驚きましたよ。鶏を捌《さば》けるソモン様もいらっしゃるんですねえ！」

「そう……うん、たまにはいるかな……」

そんなふうに話を合わせた明晰だが、実のところおかみさん以上に驚いていた。鶏の解体など、明晰だってしたことはない。旅や野宿は多いが、食料はある程度持って行くし、せいぜい魚を釣った時にワタを抜くくらいだ。秩序はと言えば、いつもと変わらぬ様子で「手を洗ってきます」とまた井戸へと向かった。

「鶏のスープを作りますからね、もうちょっとお待ちください。骨からも滋養のある出汁《だし》が出るんですよ。……ああ、上手に捌いてくれましたねえ、関節のどこに包丁を入れればいいのか、ちゃあんとわかってらっしゃる」

おかみさんは上機嫌でぶつ切りの鶏を鍋に入れ、明晰に「香草束を作ってくださいますか？」と聞いた。

明晰は「ああ」と答え、こんもり積まれた香草たちを手に取る。今朝摘まれたのだろう、とても瑞々《みずみず》しい。近くにある椅子がわりの切り株に腰掛け、香草を束ね、茎の丈夫なもので縛った。香草はスープに入れて鶏肉や脂《あぶら》の臭みを取るが、あとで取り出すので束にしておくと便利なのだ。

「おや、藁の髪のソモン様もたいそう器用でいらっしゃる！」

「まあこれくらいは……」

だが鶏は捌けない。秩序に鶏が捌けるなど、野盗に遭うより驚きだ。

野盗はもしかしたら出るかもと予想していたが、秩序が鶏を捌くのはまったく予想外である。怪我を負った仮面たちに対する態度も意外なものだったし、昨晩、息子を思い出したおかみさんにベタベタ触られた時も受け入れていた。

こうなると、秩序という人間に対する見方を、明晰は改めるべきなのかもしれない。

だがどんなふうに刷新すればいいのだろう。当初、明晰は秩序について、自分と賢者に敵対しうると考えていた。その疑いが消えたわけではないが、同時に自分の判断に自信がなくなってきた。明晰は、秩序のことを知らなすぎるのではないか。知らないまま、分析したり判断したりするのは愚かなことだ。

鶏のスープはこの上なく美味だった。

具材は鶏と芋だけだったが、肉の旨味がしっかり出ていて、それがほくほくの芋に染み込み、空腹の胃袋にはたまらない。この村では贅沢なスープだと知りつつ、おかわりを求めるのを自制できなかったほどだ。

パンは貴重なのだろう、薄く切られた雑穀パンはかなり硬かったが、ちぎってスープに入れればいい。秩序も文句を言うこともなく、同じようにしていた。

食事がすんでしばらくすると、炭焼き職人のところへ向かうことになった。

村長の案内で、山の中に入っていく。

村人の多くは麓に住んでいるが、炭焼きたちは山の中に小屋を構えるそうだ。

「炭焼きってぇのは、きつい仕事です」

村長は歩きながら説明する。

「木が近くにないと始まらんので山暮らしになりますし、力も要りますし、熱いし眠いし……」

「眠い？」

「窯《かま》に一度火を入れたら、ずっと燃やし続けないといけませんからなあ。ふゥ」

斜面を登り続け、村長の息も上がっている。

太陽が真上に近くなった頃、目的地に到着した。

「いたいた。あそこです」

村長が指差したのは、切り出した木材をせっせと整理しているひとりの少年だった。

村長を見つけぴょこんと頭を下げる姿は、せいぜい十三、四というところだろう。町のジュノたちも若いうちから働くが、肉体労働はもう少し成長してからの場合が多い。

「村長。誰を連れてきたんじゃ？」

つるんとしたまだ幼い顔に、やや吊り目の少年はそう聞いた。

「シャオマよ、ソモン様がわざわざ町からおいでなすったんだ」

「ほぉん。ソモンということはアーレか。なるほど、まあまあでかいのう」

シャオマと呼ばれた少年は明晰を見上げた。

無遠慮な視線である。ソモンどころかアーレもろくに見たことはないようだ。もっとも、田舎の村ではまあある反応だからなんとも思わない。明晰は微笑み「やあ」と挨拶した。

シャオマは「ああ」とだけ応え、今度は秩序に視線を向ける。そして明晰の時よりも、さらに長い時間じろじろと見つめた挙げ句、

「こっちのは……天使、か？」

そんなことを言い出した。

うねりのある金髪と、少女のような美しい顔……秩序の外見からそんな印象を受けたのだろう。だが愛想のないこの天使は「いいや。私もソモンだ」と素っ気なく答えただけだ。

「ほぉん。絵説き本で見た天使と同じ顔だ」

「これ、シャオマ。偉いソモン様たちなのだぞ。丁寧に喋らんか」

「偉いなら、空から白いパンでも降らせてくれ。もう二年白パンを食ってない」

「これ！」

「二年も？　この村はそこまで窮《きゅう》しているのか？」

驚いた明晰が村長に聞くと「炭の売値が下がりまして」と視線を地に落とす。

「小麦や大麦などの農作物は、天候が悪ければ売値が高くなり、豊作だとしてもそう下がることはないのですが……。炭はただ下がる一方です。炭焼きたちの実入りはどんどん減ってしまい……」

「穀物の値を決めているのは、評議会《ひょうぎかい》だからな。民の食と命に関わる重要な作物については、俺た……偉いソモン様たちが値を見極め、大きな変動がないようにしている。炭もそうなっているはずだが……」

「領主が買い叩いているのでしょう」

秩序が冷たい声音で言う。

「田舎の村ひとつひとつまで、評議会の目は届きません。報告書面と実際の値付けに差があるはず」

「田舎領主が時々やるごまかしか……どうやらその可能性が高いなあ」

「ごまかし？　とんでもない、これは不正です」

きっぱりと秩序は言い切る。

「シャオマとやら、のちほど領主について調査し、不正があった場合は罰する。炭に正しい値がつくまで、

私が責任を持ってこの件を預かると約束しよう。ふた月ほどかかると思う」

いかにも秩序らしい潔癖さだ。その言葉を聞いたシャオマは「ほぉん、やっぱり天使だ！」とやや興奮気味に言った。

「天使は正しい行いをすると聞く！　そうじゃろ？」

「……まあ、そうだが」

純粋な瞳で正しいことをする天使だと言われ、秩序は満更でもなさそうだった。

「シャオマよ、ソモン様たちは白炭について聞きたいそうだ。ほれ、おまえの爺さまが昔作っていただろう、えらく硬くてもちのいい炭を」

「あれかァ」

シャオマが嫌そうな声をあげる。

「白炭なあ……あれを作るのは大変じゃった……もう二度とやりたくないな」

頼む前からやりたくないとだめを出されてしまい、明晰は慌てる。


「待ってくれ、シャオマ。手間がかかるぶん、ちゃんと高値で買い取る。作り方を知っているなら、もう一度作ってはくれないか」

「手間というか、身体がきついんじゃ。まだ熱い炭を出さなきゃいかんから、こっちが燃えそうになる。爺さまも何度か倒れたぞ。あの炭を作っとらんかったら、もちっと長く生きたかもな」

「それほどきついものなのか……」

倒れるほどに過酷な肉体労働を少年にやらせる――それを想像すると、強く頼むのはためらわれた。かといって白炭を諦めることもできない。なにかほかに、いい手段はないものかと思案する。

「ほかの職人にも協力してもらったりは……」

「頭数の問題じゃない。狭い窯の中に入れるのは、どのみちひとりだけじゃ。火の番は交代できるとだいぶ楽だが、うちにはシャオゴがおるし」

村長が「あ、双子のきょうだいがおるのです」と教えてくれた。

「そうか……ううむ……」

「だからな、白炭作りはもうお断りじゃ。まったく、アーレ様ならうまいモンはいろいろあるじゃろうに。白炭料理だけにこだわらんでも……」

「あ、違う。煮炊き用ではないのだ」

「じゃ、なにに使う？」

明晰は説明した。

水の汚染問題、白炭が水を浄化できる可能性、それにより助かる人々がいること——。するとシャオマが思い出したように、

「……うちは川の水を使うが、大雨のあとは濁る。そんとき、爺様が形のよくない白炭を使って水を漉《こ》していた。確かに水はきれいになったな」

そんなことを話してくれた。

「おお、それだ！　爺様は気づいていたのだな！」

「……町のほうは、そんなに水が汚れとるんか」

「今はまだそうでもない。だが、これからどんどん汚れる……かもしれない」

「かもしれない？」

「正直に言えば、絶対そうなるという確信はない。だが、ことは水だ。誰でも水を飲まなきゃ生きていけないからな。白炭を使った大きな濾過装置を作るつもりでいるが、時間はかかる。問題が大きくなってからでは遅いのだ」

「ほぉん……天使様はどう思う？」

シャオマは秩序を見て尋ねた。

「白炭を作らないと、ニウライは俺にバチをあてたりするのか？」

「ニウライは慈悲と寛容の存在。そんなことは決してなさらぬ」

秩序は静かに答え、シャオマを見た。

「……仮におまえにバチをあてる者がいるとしたら、それはおまえ自身であろう」

「なんだそれ、どういうことだ」

「水の病で命まで落とすのは、たいてい幼子と老人だ。そういった弱い者が、町でどんどん死んでいる……。

そんな話がこの村に届いた時、おまえはどう思う？」

「…………」

シャオマは黙った。

白炭を作っていればこうはならなかった……そう後悔する自分を予想したのかもしれない。あるいは、そんな悲劇が起ころうと自分には関係ない、まったく平気だ……もしシャオマがそんなふうに言い切れるのならば、これ以上の説得は無駄だろう。

「正直、ニウライのためと言われたら、したくない」

「こ、これ……シャオマ……」

「村長は知っとるだろ？　おっかあとおっとうが流行病で寝込んだ時、わいらがどれほどニウライに祈ったか。まだ小さい妹ん時も、爺様が死ぬ前もそうじゃ。けどニウライはいっぺんも、わいらの願いは聞いてくれんかった」

シャオマの声に怒りはなかった。ただ淡々と、今までの出来事を語っているだけであり……それがむしろ明晰の心を苦しくさせる。

薬、医療知識、薬師……すべてが不足している村の現実を突きつけられてしまう。辺境に赴くたび、こんな心の痛みを抱えることになり、なにか解決策はないかと書庫に籠る明晰なのだ。

「まあけど、そんなんはうちに限った話じゃない。どこの家でも病が出れば祈るし、けどほとんど祈りは届かん。べつにニウライを恨んでるわけでもねえ。ただ期待しないだけじゃ。期待してないモンのために、きつい仕事をする気もない」

けど、とシャオマは続けた。

「天使様がしろと言うなら、別じゃ」

「私の命なら聞くと？」

「さっき、領主様の不正を正すと言うてくれた。かかる月日まで教えてくれた。そんなふうに約束してくれる人は、初めてじゃ。今までおらんかった。だから、あんたがしろと言うならしてもいい。もちろん、もらうもんはきっちりもらうが」

明晰はキッと秩序を見た。

目には『言え言え！　言ってくれ！』と書いてあるはずだ。秩序は迷惑そうに眉を寄せたあと、その表情をスッと消して、シャオマの正面に立つ。

「アカーシャのソモンとして、炭焼きのシャオマに依頼する。白炭を作るように」

「ほぉん。承った」

シャオマは呆気ないほどに、あっさりと頷いた。

これでようやく、白炭調達の目処《めど》がついたわけで、明晰は心から安堵する。今ならば秩序を抱き締めてよくやったと褒めちぎりたいくらいだ。もちろん、絶対に嫌がられるのでしないわけだが。

「さあて、となると窯からじゃなあ」

シャオマが周囲を見渡しながら言った。

そしてそばにあった、鍬《くわ》に似た道具を手にすると「ほん」と明晰に渡す。

「ん？　これは？」

「白炭は専用の窯を使う。何年も使っとらんから、修理せんと」

「シャ、シャオマ、ソモン様になんということを……ちゃんと村の男衆を出すから」

「いや、いいのだ。そう長くはいられないが、せめて一日二日手伝っていこう。仕事をしながら、白炭について教えてくれるか？」

「ああ、それは構わん」

「では道具をもうひとつ、あ、だがこっちのソモンはあまり力のいる仕事は……」

「天使様はせんでいいんじゃ」

「え」

「窯の修理のようなきつい仕事をさして、天使様が怪我でもしたらどうするんじゃ」

「いや、俺もその……ソモンなのだが……」

「あんたさんは、自分ですると言うたんじゃろが」

そうだったか？　そもそも、あまりに自然に鍬を渡されてしまい……そのあとは確かに、自分で手伝うと言ったが……いや、手伝うことは全然いいのだが……。

「藁の髪のソモンよ」

ぐるぐる考えている明晰に、秩序がだいぶ久しぶりの微笑みを向けた。

「励みなさい。アカーシャの未来を作る、大切な窯の修理です」

そう言い残すと、村長に「戻ろう」と声をかけてすたすたと歩き出してしまう。村長は戸惑い、しばらく明晰と秩序の両方をきょろきょろと見ていたのだが、結局秩序を追っていく。

「すぐに人手をよこしますので！」

遠ざかりながら振り返り、そう言ってくれたのがせめてもの救いだ。明晰は呆然としながら「うん。頼む……」と答えるのが精一杯だった。

第六章　夜明かし小屋

「……いっ……うぅ……」

かくして鍬をさんざん振るった男は今、村長に借りた簡素な荷馬車の御者台《ぎょしゃだい》で、身体を丸めるようにして呻《うめ》いている。

「秩序……もっとゆっくり……」

懇願の口調だったが「無理です」とあっさり断る。

ああ、これもまた胸が空《す》くようだ。けれど意地の悪さだけで却下したわけではない。

「これ以上ゆっくり走ったのでは、いつまでたっても帰り着きませんので」

「腰が痛いんだよ……」

「普段肉体労働などしないくせに、若いふりで無茶をしたからでは？」

「俺は若いふりなんかしてな……うぎっ……」

田舎道は凸凹《でこぼこ》が多い。秩序は気をつけて手綱《たづな》を握っているつもりだが、それでも大きく揺れることはある。ガクンという振動に、明晰がさらに身体を丸めた。その有様に、秩序の口元はつい緩む。

あの顔はなかなか見ものだった。

いつも口八丁《くちはっちょう》で人を惑わせ、自分に都合よく動かし、賢者の幼馴染みで親友という立場にあり、絶大な権力が目の前にありながらも、そんなことに興味はないとばかりに飄々《ひょうひょう》としている――明晰《めいせき》のソモンはそういう男であり、そういうところがいけ好かなかった。

その明晰が、鍬《くわ》を渡されてきょとんとしていた。

しかも秩序《ちつじょ》は手伝わなくてよいとされ、自分だけが肉体労働を求められたのだ。秩序にとっては、実に楽しい光景だった。あの瞬間だけは、ああ旅に出てよかったと思えたものだ。

「うう……町のジュノたちなら、ソモンが若く見えてもたいていい爺さんなのをわかってるんだがなあ……」

「町のジュノたちならば、そもそもソモンに鍬など持たせません」

「それもそうか……まあでも、よかった。あのぶんなら窯《かま》はできあがりそうだ。白炭《しろずみ》が焼けたら、届けると約束してくれたし……」

村を出る前、明晰は村長に印章入りの証文を渡していた。町に来たならばソモン評議会を訪ねてほしい、これを見せればすんなり入れるから——そう言い残したのだ。村長いわく、半月程度で白炭を届けられるだろうとのことだった。

結局のところ、この男は当初の目的をしっかりと果たしたわけである。

道中で盗賊に襲われようと、豪雨に出くわそうと、鍬を振るって腰を痛めようと……きっちりやり遂げた。秩序としては認めたくないところだが、とても有能である。

使命を果たすその力量は評価せざるを得ない。もしこの明晰という男が親友でなければ、新賢者の立場はもっと危うかったはずだ。明晰のソモンは今後も、陰日向に賢者を支えていくことだろう。それでも偉ぶるところがないのが、また苛つくところであり……。

「今回は秩序がいてくれて助かった」

唐突な言葉に、思わず眉根が強く寄る。明晰はそれを見逃さず「礼を言ってるのに、なんて顔する」と口を尖らせた。

「あなたが私に礼など言うからです。いかにも裏がありそうだ」

「なんだそれ。俺は多少無礼なところもあるが、言うべき時には礼を言う男だぞ？　今までだってちゃんとおまえに…………あれ？　言ったことなかったか？」

「ないですね。嫌味ならだいぶ聞きましたが」

「そうだったか？　つまり、おまえは今まで、俺に礼を言われることをしてこなかったんだろう。そうか、今回が初めてか」

「自分勝手すぎる解釈に、返す言葉もありません」

「とにかく助かった。おまえがいなかったらシャオマは白炭を作るとは言わなかったかもしれん。ずっとおまえを天使様と呼んでいたな」

「……………」

天使のよう、と呼ばれることはこれまでにも度々あった。

高位ソモンの中では飛び抜けて若い上に、童顔。彫像や絵画の天使は子供や少年の姿が多いので、そこに重ねられるのだろう。舐められがちな容貌に劣等感を抱いた時期もあったが、やがていっそそれを利用しようと決めた。外見《ルックス》もまた、ニウライの恵みだ。ジュノたちも天使顔のソモンをありがたがるので、公式の場では笑みを絶やさないように心がけている。

けれど田舎くんだりまで行って、しかも下位ソモンのふりをしているあいだまで、愛想よくする必要はなかった。しかも道中では腹心の仮面が怪我を負ったのだから、にこにこしていられる心境でもない。

同行者は気に食わない先達ソモンだし、ひどい雨に降られて以降、体調もいまひとつだった。炭焼きの村では笑顔の義務は放棄し、むすっとしたまま過ごしていた秩序なのだ。

それでも、シャオマは秩序を「天使様」と呼んだ。「天使様のよう」ではなく「天使様」と。口の利き方はなっていないが、純粋な目で秩序を見つめており、そこに追従《ついしょう》や偽りは感じられなかった。

「本当に天使みたいだもんなあ、顔は」

「……顔だけで悪かったですね」

「あ、すまぬ、口が滑った。いやいや、だが本当にその顔は役に立ったぞ。村長の家にも入れたしなぁ」

金髪と榛《はしばみ》色の瞳。

村長夫婦が亡くした息子と同じだと言っていた。単なる偶然だが、人はたいていこんな偶然に翻弄されて生きている。

「はあ……このまま進めれば、今日中には町に着くか。シウの怪我がよくなってるといいな」

尻をもぞもぞさせ、少しでも楽な姿勢を探しながら明晰が言った。

「ご心配は無用です。あなたの配下ではない」

「誰の配下なのかなど関係ない。得体の知れない仮面たちは気味が悪いと思っていたが、あいつはいい奴だった。ダオンもな」

「…………」

「思うに、つけてる仮面がよくないんだ。暗闇で見かけるとゾッとする。もうちょっと愛嬌《あいきょう》のある面にしたらどうだ。動物の顔だとか。ウサギなんか可愛いんじゃないか？」

「私の配下に愛嬌は必要ありません」

「そうか？　誰でも愛嬌はあったほうがいいだろ。この俺のようにな？　愛嬌は最強だ」

「それを親友殿に言ってさしあげては？」

もちろん、親友殿とは賢者のことである。

「はは。もっともだ」

明晰はあっさり認め、軽やかに笑った。


新しい賢者は、『美しき彫像』と呼ばれるほどに感情表現に乏しい。秩序は自分の感情に『微笑み』という蓋をして隠していることが多いが、あの賢者にいたってはその蓋すらない。つんとしているだとか、澄まし顔だとか、そういうものとも違っていて……結局『なにを考えているのかさっぱりわからない顔』としか言えないのだ。賢者を多く出す名家に生まれると、ああいった無表情になるのだろうか。

「我が賢者様は、喜怒哀楽を凍らせてしまってな」

明晰が仰々《ぎょうぎょう》しい言い方をした。

「感情がなくなったわけじゃない。ただかなりカチコチに凍りついてしまった。その氷を抱えたままでも、平然と生きていけるほどに」

「……望ましいことでは？　賢者というお立場なら個の感情は重要ではありません。それはむしろニウライの智慧を授かるには邪魔になるとされている……明晰のソモンならば、もちろんご存じでしょうが」

「知っているというか、読んだ。教典にはそうある」

「ならばあの方は、賢者に向いているのでしょう」

「だが氷は溶けたんだ」

空を見上げ、明晰は言った。雲行きが怪しい。

「溶けた？」

「あいつの見えない大きな氷を、呆気なく溶かしてしまう者が現れて……おっと、嫌な雲が来てるぞ……早めに雨を避ける場所を探しておこう」

秩序は頷《うなず》いた。キャリッジも幌《ほろ》もない荷馬車で雨に降られてはたまらない。

しばらく進むと、ぽつんと建つ農家が見えてくる。その頃には重い雲に頭上を覆われ、雨粒が頬に当たった。ひとつ、ふたつ……たちまちサァァという音に包まれてしまう。

「あの農家でひと晩……うっ……」

秩序が少し馬を急がせると、また馬車が揺れた。呻く明晰を尻目に、そのまま進む。まったく、よく雨に見舞われる旅だ。

結局、だいぶ濡れて農家の扉を叩く。

応《いら》えはない。近づいてからわかったのだが、家屋も周囲も荒れた様子で、空き家らしい。扉に鍵はなく、それなのに開かなかった。明晰が何度か扉の隅を蹴るとカタカタ言いながら開いたので、歪んでしまっていたのだろう。中に家具はほとんどなかった。その一方で囲炉裏《いろり》の灰はそう古くなく、薬罐《やかん》や茶杯が無造作に置かれている。薪《まき》も部屋の隅に積んであった。

「夜明かし小屋だな」

周囲を回し、明晰が言う。

「荷運びの商人たちが共同で使ってる廃屋だ。誰のものでもないし、金目の物もない。だが、ひと晩身体を休められるようになっている」

「厳密には領主のものでしょう。それを勝手に……」

「心配するな。こんな田舎の農家をひと晩借りたくらいでガタガタ言う領主はいない。いたとしたら、その心の狭さを反省すべきだ。お、ありがたい、誰かが古い長座布団を置いていったな。硬い床で眠らなくてすみそうだ。いてて……」

腰を摩っている明晰に「囲炉裏に火をお願いします」と告げ、秩序は一度馬車に戻った。馬たちも雨宿りさせなければならない。厩《うまや》はなかったが、扉の外れた農具小屋があったので、その中に繋いでおく。

「飼い葉と水はやっておきました」

「そうか。ありがとう」

明晰はすんなりと——本当に、するりと、あまりに自然に、秩序に礼を言った。

こちらを見ていなかったのは、適当な枝を組んで作った外套掛けを、ずるずると囲炉裏に近づけていたからだ。いつだろうと自然体……長所なのだろうが、なぜか癇に障る。

「おまえも外套を脱いで乾かせ。湯が沸いたら茶を淹《い》れよう」

「……はい」

「おかみさんが例の粉茶を持たせてくれたんだ。温まるぞ。あー、これも雨が染みてるな……着てると風邪を引きそうだ」

明晰は外套の中に着ていた衣も脱ぎ始めた。

旅のためのソモン衣はソケンと呼ばれる上衣と、馬乗り袴《クン》だ。ソケンを脱いでしまえば、あとは薄地の肌着だけにな………。

「明晰のソモン！」

「わっ！」

次第に火が強くなっていく囲炉裏の前、あぐらをかいていた明晰がビクッと肩を揺らした。

「な、なんだよ、急に叫ぶな。びっくりするだろ」

「びっくりしたのはこっちです！　なぜ肌着をつけてないんですか！」

半裸の明晰から目を逸《そ》らしながら怒鳴ると「え？」と惚けた声を出す。

「なんでって……さんざん鍬を振るって、汗まみれになったからだ」

「洗い替えの一枚くらい持っておいてください！」

「替えは最初の馬車に積んであったんだよ。なんでそんなに怒ってるんだ、おまえ」

「ソモンが素肌を見せるなど……恥ずべきことだからです！」

「…………」

「ニウライに帰依《きえ》し、民を導く聖職者たる者として、心身を清浄かつ平穏に保つべし——見習いソモンですら、それくらい心得ています！　なのに……なのに、あなたときたら！」

「ええと……まず、おまえが平穏になろうか、秩序のソモン」

ごもっともな指摘に、熱くなっていた顔がなお熱くなる。おそらく赤く染まっているのだろう。確かにやや興奮してしまったが、仕方ないではないか。明晰が悪いのだ。ソモンとして、あるまじき格好をしているのだから。

「確かにソモンは肌を見せないのが原則だが……時と場合によるぞ？　汗臭く不衛生な肌着を頑《かたく》なに着ていたところで、ニウライは褒めてくださらん」

「ならソケンを着ていてください」

「濡れたものを着ていたら風邪を引く」

「な、なら、せめてこちらを向かないでください！」

はぁ、という溜息のあと「はいはい」と投げやりな返事が聞こえた。秩序がじわじわ明晰を窺《うかが》うと、すっかり背中を向けている。髪も下ろしているので、背中の上半分は見えない。ようやく安堵して、秩序は囲炉裏に向き直った。

人肌は苦手だ。

見るのも見られるのも苦手だ。衣を纏《まと》っていない人間は、とても生々しい生き物に見えて抵抗感がある。ほかの獣と変わらぬ欲望が、その皮膚の下に透けて見えるように思えて落ち着かない。

「ほら、茶だ。置くぞ」

背中を見せたまま、薬茶を淹れていた明晰が杯を置いた。

「…………」

「ありがとうございます、明晰のソモン。いいえどういたしまして、秩序のソモン」

嫌味半分ふざけ半分の声で言った明晰が、自分もズッと茶を啜《すす》る。そうだ、きちんと礼を言わなければ、明晰だってさっきは言ったのだし、この男にできて自分にできないことなど、あってはならないのだし……

そうわかっているのだが、今はあまりに難しい。他人の素肌に動揺し、その動揺をみっともなく発露させた自分が恥ずかしく、でも正しいのは自分だと必死に思い込むことに精一杯で――。

「……変ですか」

ようやく出た言葉が、それだった。

「え？」

「わ……私が変なのですか？　普通のソモンは……あなたはともかく、ほかのソモンたちも、肌を見せても平気なのですか？　私が異常に騒いでいると？」

早口に問い詰めてしまうのもまた、動揺のせいだろう。明晰はちらりとこちらを見たようだった。だがすぐに顔を戻し、しばらく無言でいたのち、

「まずは茶を飲め。冷める」

いつもと変わらない声でそう言う。今度は秩序があさってのほうを見ているので、どんな顔をしているのかはわからない。

「変というか、極端だ」

秩序がやっとひとくちだけ茶を飲んだあと、そんな返事があった。

「まあ、おまえの言い分は間違っちゃいない。ソモンは普通、人前で衣を脱いだりしない。肌を見せる相手は、着替えを手伝う家僕《かぼく》くらいだろうな。それですら、肌着をつけてから家僕の前に立てと教わる。ソモンがやたらワサワサした衣で身体を覆うのは、ジュノたちのように肉体労働をしなくていいこともあるが、『理性』ってやつの象徴なんだろうよ。だから階位が上がるとお衣装がどんどん重くなる。欲望に惑わされない聖職者ですよと、民に示してるわけだ。……とはいえ、仕方ない場合は……今みたいに旅先で雨に降られたりだとか、そういう時は臨機応変だろ」

「…………」

「もっと若い頃だが、今の賢者と癒《いや》しの三人で旅をした。徒《かち》で五日ほどだったかな。ずいぶん暑い夏だったんだ。人目がない小川では、下穿き一枚になって洗濯をしたぞ。あ、いや、俺は下穿きも脱いだっけ」

つまり屋外で全裸に？　なんてわきまえぬ行いか……思わず顔をしかめてしまった。

「……今、顔をしかめただろ」

「そ……」

「いいけどな、べつに。固まった愛想笑いが張りついている顔よりいい。うん、ずっと、かなりマシだぞ？　この旅で、俺はおまえに真っ当な表情があるのだとわかった。少しはおまえのことがわかったし、そうすると以前より好きになれた」

……なんと？　今、なんと？

好きになれた？　いったいなにを言い出すのだと驚き、思わず明晰を見てしまう。すると向こうもいくらかこちらを振り向いていて、目が合った。慌てて視線を外したが、瞳の色が目に焼きつく。

明晰は独特な外見をしている。

アーレはたいてい色白で、賢者などは白磁のようになめらかな白だが、明晰の肌はやや黄色みを感じる象《ぞう》牙《げ》色寄りだ。何世代か前にジュノの血が入っているのかもしれない。そういった場合、目の色はたいてい茶か黒なのだが……彼は水色だ。

空の青というより、湖の青。

透明度が高く、相手を見透かすような……その色。

「あれだけ配下を大事にしてるのも感心だ」

秩序の動揺はなかなか収まらないのに、明晰の声がいつも通りなことに、苛ついてしまう。

「……仮面は、秩序のソモンにとって財産ですので」

「ああ、なるほど。だが、家族を心配するような顔だったけどな」

「……仰《おっしゃ》る意味がわかりません。配下は家族ではなく、そもそも私は家族の心配もしません。母は亡くなりましたし、私のようないたらぬ者が、父を心配するなど、烏《お》滸《こ》がましいことです」

そう、必要ない。

父親は厳寒に凍る川面のように冷徹で、他者の助けなど必要としない人だ。母親は……育ての母親は、ある意味父よりも厳格だった。ただひとり生母だけが優しかったけれど、それはあまりに遠い記憶だ。

「おいおい、ずいぶん厳しいな。まるでナラカ派の教えみたいだ」

「…………」

「……え？　おまえ、もしかして本当に……」

その反応に、思わず身構えてしまう。その気配を察したのだろう、明晰は「おっと失敬」と軽い調子で詫びた。

「我らはみなニウライを仰ぐ者、派閥を問うは愚かなり——だったな。いいんだ、気にしな……」

「そうです」

明晰の言葉を遮り、秩序ははっきりと言った。言うべきだと思ったのか、言ってしまいたかったのか、自分でもよくわからない。

「私はナラカ派の教えを得た者です。十数年前に潰《つい》えたナラカ学舎が、私の最初の舎でした。母は熱心なナラカ派信者でしたので」

「なるほど……峻厳の極みといわれる、ナラカ派か」

合点《がてん》がいった、という口調だった。

「隠していたわけでは……」

「わかっている。それに、隠す必要もない」

明晰の口調は相変わらずおおらかだった。

「ナラカ派を批判する者は多いが、信仰のあり方は多様だ。徹底した厳しさに身を置きたいという考えもあるだろう」

すんなりと受け入れられ、秩序はやや拍子抜けした。厳しければいいというものじゃない、そんなものはただの自己満足だ——などと批判されるかと、身構えていたのに……。肩から力が抜け、パチパチと小さく爆《は》ぜる薪の音が耳に入ってくる。今までもしていたはずの音だが、聞こえていなかったのだ。

ぬるくなってきた薬茶を飲み、火を見つめる。

ナラカ派の由来は、『奈落《ナラカ》』という古い言葉からきている。

　悪人が死んだ時に落ちる地下深い獄のことだ。そこで生前の悪行を裁かれ、凄絶《せいぜつ》な刑罰を受けることになる。もとよりこれは『生きているうちに善行をすべし』という単純にして真っ当な教えから派生した、一種の喩《たと》え話だ。ソモンは教典を信仰の拠《よ》り所とし、同時に学問としても繙《ひもと》くので、秩序も理性的な解釈を心得ている。

　だが――頭でわかっているのと、子供の頃から刷り込まれた恐怖感は別だ。

　ナラカ派には独特の厳しい戒律がある。その戒律を破れば『奈落へと落ち、業火に焼かれて苦しむ』とするのが教義の核だ。それはニウライの教えに背くものではないにしろ、ニウライが徳とする『寛容』と相反すると、嫌うソモンも多い。かつてはそれなりの勢力だったナラカ派だが、あまりの厳しさゆえに次第に数を減らしていった。


「ついでに聞くが、おまえの実家はもしや、ナラカ派を興《おこ》したマウナ家か？」

「そうです。……ご存じかと思っていましたが」

「いや。知らなかった。俺は竈《かまど》の日に、どの順番でパン屋を回るべきかは熟知しているが、ソモンの家系についてはあまり詳しくないんだ。癒しはそういうのが得意だな。病人が出れば、どの家にも呼ばれるし……。そうか、マウナ家か」

「我が実家はナラカ派の中心として栄えましたが……それも昔のことです」

「十年以上前になるか……評議会が、ナラカ派を名簿から消したのは」

　秩序は頷いた。ニウライは信仰の解釈に多様性を認めているので、おのずと派閥が生じる。とはいえ、評議会に参ずるソモンの多くは、穏健かつ均衡のとれた中道派だ。少数派の派閥はどうしても存在感を示しにくい。数が一定を下回れば正式な派閥とは見られなくなり、名簿にも記されなくなるのだ。

「いずれにせよ、私は戒律を重んじるソモンでありたいのです。あなたとは考え方が違う」

「そうだな。まあ、みんな違うしな」

「……大きく違う、と言いたいのです」

「だな。でも違っててもいいだろ。というか、違ってて当然だろ。別の人間なんだから。……お、だいぶ乾いたぞ」

明晰は火にかざしていたソケンをパタパタとはたき、袖を通した。前身頃は乾きが甘いようでまだ合わせていないが、これでようやく秩序も相手をまともに見ることができる。

斜向かいにいる男を軽く睨《にら》みつつ、

「あなたが言うと、すべてが軽く聞こえるのはなぜでしょうね」

とぶつけてみる。明晰は肩を竦め「俺は基本的に重く考えないからじゃないか？」と返してきた。

「重いものを持つ時『なんて重いんだ』って考えるとますます重いだろ？『いける、思ってたより軽い』、そう考えたほうが、自分も楽だ」

「私は『重いけれど諦めない』と思いますが」

「おまえは真面目なんだなあ」

冗談や揶揄ではなく、本気で感心したような声を出し、まじまじとこちらを見る。無遠慮な視線に、秩序は目を逸らしたくなってしまう。

「真面目ではいけませんか」

いくらかきつく問うと「いや」とすぐ否定された。

「おまえの美点だ。その真摯《しんし》さは、民を守るのにきっと役立つ」

そんなふうに答えられ、秩序は返答に窮《きゅう》す。やはり、よくわからない男だ。

秩序は『よくわからないもの』が好きではない。

規律の内にあるのか、外にあるのか、受容すべきか拒絶すべきか……きちんと決められていて判断しやすいものを好ましく思う。それは物事であれ、人であれ、同じだ。したがって、このよくわからない男も厭《いと》うべきであり、実際今までは大嫌いだったわけだが……。

思っていたよりも、まともな人間性を持っているのかもしれない。仮面への思いやりはあったし、ナラカ派を無闇に否定もしない。もちろん、だからといって馴れ合う気などないのだが……。

「さて、寝るか。明日は夜明けと同時に出よう」

「……はい」

「腹は減ってないよな？　馬車で蕎麦粉のパンと林檎《りんご》を食べたもんな？」

「大丈夫です」

おかみさん、たっぷりジャムを挟んでくれたよなあ、などと言いながら明晰は長座布団を集めている。全部で四つあったので、ふたつずつ使うことにした。枕代わりは自分たちの荷だ。快適とは言い難いが、野宿よりはずっといい。火が長くもつように炭を入れておく。シャオマが持たせてくれたもので、しっかり焼き締められたよい炭だった。白炭はこれよりもっと硬いらしい。

秩序は長座布団に横たわる。


このままでは寒いなと、外套を掛け布団にしてくるまる。乾いていてよかった。ふと明晰を見ると、やはり外套にくるまるようにして、もう寝息を立てていた。鍬を振るい、腰を痛め、かなり疲れたのだろう。

居炉裏の灯りに、明晰の横顔がぼんやりと浮かび上がっていた。

藁《わら》色の髪をぼんやり見つめていると、なにかを思い出したような気がした。遠い昔の……たぶん、大切だったもの……記憶を探るけれど、思い出せない。疲れているのになかなか眠気が訪れず、秩序はぼんやりと目を開けたまま、考えていた。どこで見た色なのだ。確かにそうだ。ほんの小さなささくれのように、気にかかってしまう。

思い出せないのに懐かしく、胸の奥から温かい感情が湧き上がってくる。ちょうどよい温度のお湯に冷えた手をつけた時のような心地よさだ。自分の中にもまだこんな感覚があったのかと少し意外に思いながら、ようやく眠たくなってくる。

そして夢を見た。

いつ眠ってしまって、どこから夢なのかわからない。けれど夢とはそういうものなのだろう。

夢を見るのはあまり好きではなかった。なぜなら圧倒的に悪い夢のほうが多いからだ。よく見る悪夢にはいくつかの類型があり、長年見ているのである程度慣れたとすらいえる。慣れたところで精神的な圧迫がなくなるわけではないが、いくらか軽減できる。

けれどその日は初めての夢を見た。

目の前に犬がいた。大きな犬だ。おとなしく、人懐っこい犬……そうだ、あの犬だ。どうして今まで忘れていたのだろう。いつでも一緒にいたのに。一緒に走り、一緒に食べ、一緒に眠り――。

あの犬と別れたのは四歳だったか五歳だったか。死に別れたわけではない。秩序が生家を離れたので、会えなくなってしまったのだ。

いつも一緒だった。秩序を守ってくれていた。

くっついていれば温かかった。

泣きべそをかけばふさふさした尻尾を揺らして慰めてくれた。

大好きだった犬なのに、名前が思い出せない。秩序が知らない人に手を引かれ、知らない家に連れて行かれる時、あの犬はずいぶん鳴いていた。滅多《めった》に鳴かない犬だったのに。

……藁色の毛並みだった。

まだ犬より小さかった秩序は、悲しいことがあると、身体ごとあの毛並みに埋もれるようにして過ごした。豆を煎《い》ったような、香ばしい香りが大好きだった。

夢の中でもう一度会えたことが嬉しくて、犬を抱き締める。犬と一緒にいるととても安心できた。この心強い味方がいてくれれば、誰も自分を傷つけないと確信できた。藁色の毛並みに鼻を埋める。とても温かくて、懐かしい匂いがした。

――心配するな。

犬が言った。

夢の中なので、犬が喋《しゃべ》ることもある。

――違ってもいいだろ。というか、違ってて当然だろ。

どうして犬がそんなことを言うのか不思議だった。けれど夢の中で気にしても始まらない。この犬はとても良い声で話すのだし、藁色の毛並みに抱かれたまま、黙って聞いていよう。

――少しはおまえのことがわかったし、そうすると以前より好きになれた。

なんと嬉しい言葉だろうか。

誰かに素直な好意を示してもらえたのは、どれほど久しいだろうか。ソモンの中でも浮いた存在であり、家族との関係は希薄で、友もいない。仮面たちは忠実で信頼しているが、あくまで配下だ。

――おまえの美点だ。その真摯さは、民を守るのにきっと役立つ。

嬉しい。そんなふうに言ってもらえて嬉しい。理解してもらえて嬉しい。けれど秩序は嬉しいことに慣れていないので、どう反応したらいいのかわからない。

なんだか顔が熱くなってしまい、ますます大きな犬にしがみつくばかりだ。

――名前を忘れてしまってごめん。

ありがとうと言う代わりに謝った。いいんだよ、と犬が言ってくれる。

――小さな子供はつらいことがあると、それを忘れようとする。それは自分を守るためだから、仕方ないことだ。

――でも、おまえのこと大好きだったのに。

――気にしてないよ。俺もおまえのことが大好きだから。それに、忘れてしまったようでいて、心の深いところではちゃんと覚えているものだ。俺のことをよく見れば思い出すかもしれない。藁色の毛並みだけじゃなくて、顔を見て。さあ。

秩序は目を開けた。夢の中で目を開けた。

そして自分が抱き締めている犬を見て――。

「……ぐふッ!」

突き飛ばしてしまい、驚いた犬が変な声を立てた。

否、犬ではない。犬だとばかり思っていた明晰が、だ。だが秩序は明晰以上に驚いていて、声も出ない。自分が明晰に抱きついていたなど——あってはならないことだ。

「ふが……なに……なん……うぅん………」

明晰はしばらく半覚醒でもぞもぞしていたが、強い眠気に勝てなかったらしく、外套を抱き締めると再び寝入ってしまった。

一方秩序は上半身を起こしたまま、自分の胸を押さえる。心の臓がばくばくと拍動し、眠気など遙か彼方に吹き飛んだ。

「……ニウライよ、我を導く尊き御方《おかた》よ、その寛容をもってこの過《あやま》ちを赦したまえ、決して故意のものではなかったと誓います……」

小声でそう唱《とな》えてみても、鼓動は収まらない。人はあまりに驚くと、こんなふうに心の臓が飛び出しそうになるらしい。深呼吸を繰り返しているうちに、ようやくいくらかはましになった。

明晰からもっと離れて寝ようと思ったが、あまり火から遠ざかるわけにもいかない。

そう、こんなに冷える晩だからいけないのだ。眠っているうちに、無意識に明晰の体温に近寄ってしまったのだろう。それに、明晰にも責任がある。藁色の髪をしているのが悪い。おかげで無意識のうちに、昔飼っていた犬を思い出してしまったではないか。

寝直さなければ……明日も早いのだ。

秩序はごそごそ動き、最大限明晰から離れて横たわった。とはいえ、寝息が容易に聞こえる距離だ。眠れ、眠れ……自分に言い聞かせるほど、眠れなくなる。閉じている瞼に力が入り、奥歯を噛み締めてしまい、一向に脱力できないので眠れるはずもない。

しかも、妙に暑い。暑すぎる。

秩序はむくりと起き上がってみた。

秋の冷気は肌の表面をひやりとさせ、気温が上がったわけではないとわかる。暑さを感じているのは身体の内側なのだ。

感冒に罹《かか》りかけの時の、熱が籠ったあの感覚に似ている。頭がぼうっとしているところも同じであり……だが、怠《だる》さはあまりない。

脈がいつもより速いようだ。

なんだか気持ちが上擦って落ち着かない。下腹の奥がとくに熱く、そこでなにかがうごめき、外に出たがっているような感覚がある。痛みはなく、疼き、のほうが近い。なによりもその押し込められた熱さが、秩序を戸惑わせる。

嫌な予感がした。

まだ少年だった頃、これと似た感覚に襲われたことがあった。どうしたらいいのかわからないまま、ある夜、眠っているあいだに肌着を汚してしまった。学舎の休暇中で、屋敷に戻っていた時のことだ。養母の知るところとなり、ひどく罰せられ——あの時のことは、思い出したくもない。その後も何度か下穿きを汚したが、誰にも見られぬよう隠れて洗った。

瞑想《めいそう》呼吸を何度も試したが、熱は収まらない。

腹のあたりに渦巻《うずま》いていた熱が別の箇所に集まり、その部分を変化させているのはわかったが、秩序はそれを確かめたくなかった。触れないままで放置し、収まるのを待つ。幾巻分かの教典を心の中で暗唱し、肺が痛くなるほどの深い瞑想呼吸を繰り返し……どれくらいの時間が経ったのだろうか。

囲炉裏の炎はとうに尽きて、熾火の微《かす》かな灯りだけがある。

状況は少しもよくならず、むしろ悪化していった。

熱はもはや痛みだった。その部分がはちきれそうに痛むのだ。とても寝てなどいられない。秩序は上半身を起こし、だがすぐそのまま身体を丸くする。痛い。脂汗が流れるほどの痛みだ。なんとかしたい。いや、なんとかすべきなのだろうが……それは禁じられたことだ。眠っている間ならばかろうじて赦されるが、意識的にしてはいけないのだ。

「どうした?」

明晰の声がした。

「ふぁふ……もう夜明けか……？　まだ外は暗いようだが……」

なんでもありません、まだ夜明けではないので寝てください……そう答えようと思ったが、声より先に呻きが零《こぼ》れそうで難しい。

「秩序？　なんで丸まってる？　腹でも痛いのか？」

明晰が身体を起こしてしまう。

秩序はかろうじて首を横に振ったが、板の間が軽く軋《きし》む音と共に、明晰はすぐそばまで来てしまった。そして今度は真剣な声になって「ひどい汗じゃないか」と秩序の顔を覗き込む。しかも秩序の顔に触れ、汗で頬に張りついていた髪を指先でよけた。

ぶわりと鳥肌が立つ。

もともと他者に触れられるのは苦手なのだが、ここまで如実《にょじつ》に反応するのは珍しく、しかもそれは嫌悪感からの鳥肌となにか違うような気がして、秩序を狼狽《ろうばい》させた。

「だ……大丈夫です……離れて」

必死に言葉を紡いだのに「全然大丈夫じゃないだろ」と明晰はすぐ近くで言い張る。

「顔がひどく熱い。雨に当たって、熱が出たかな」

「平気です。構わないでくだ……っ……」

痛みが言葉を止めてしまう。さらに身体を丸くした秩序に、明晰は「腹か？　厠《かわや》には行ったか？」と聞いた。的外れな質問に苛つきすら覚える。

「違……」

「食あたりかな。ここしばらく俺と同じ物を食ってるはずだが……あ、隠れてなにか食べたりしたか？」

「食あたりじゃない……」

なんとか半身を起こし、首を横に振る。

「いいから、あっちに行っててください……！」

あまりに至近距離にいる明晰を押し返そうとしたが、痛みと緊張と動揺で、うまく力が入らない。身体の均衡が崩れ、むしろ明晰に倒れかかりそうになる。明晰が咄嗟《とっさ》に支えてくれたのだが――その時、

「……ん？」

明晰の視線が下がる。

秩序の身体の、どこが、どんなふうにおかしいか……気づかれてしまったのだ。あまりの羞恥に、痛みが一瞬消えた。今度こそ、明晰を突き飛ばすようにして離れる。

「おまえ……それ」

突き飛ばされ、長座布団からずり落ちたまま、明晰は驚いたような、呆れたような声を出した。

「それ……どうした。いや、どうしたっていう質問は変か……どうしたもこうしたもないもんな……そう、ええと、おまえは俺よりだいぶ若いんだし、そういうこともある。百五十歳を超えても、そっちは現役ってアーレも稀《まれ》にはいるらしいし……ええと………」

言葉を探している明晰のほうを見ないまま、秩序は「笑えばいい」と上擦《うわず》った声を出した。

「え？」

「笑えばいいんです。高位の役職《アディカ》を持つ者がその有様かと。しかも秩序のソモンだというのに」

自分の言葉に、自分で情けなくなってくる。

「誰より規律を重んじるべきだというのに、みっともない、なんという醜態《しゅうたい》だと笑えば……」

「……なにを言ってるんだ？　ソモンだろうと身体の作りはほかの人間と同じなんだぞ。あたりまえの生理現象を、どうして笑う？」

「あたりまえではありません。私の心が弱く、信仰が足りないからこうなるのです」

明晰に知られてしまった悔しさを噛み締めながら吐き捨てた。

どうして今夜、こんなことになったのか。よりによって明晰がいる場で、ソモンとしての至らなさを身体が証明するなど……今すぐここを飛び出してしまいたいが、その部分の状態も痛みも変わらず、立ち上がることすら難しそうだった。

「………それはナラカ派の教えか？」

明晰の声色が少し変化した。驚きが消えて、いくらか問い詰める口調になる。

秩序は返答に迷った。

　厳密には違うのかもしれない。ナラカ派の教えというより、これは母の、育ての母の……あんなにも強く秩序を笞打《むちう》った母の……彼女はナラカ派の中心人物であり、従うべき人だったのだから……。

　だめだ、わからない。

　出口を求めて渦巻く熱と、その熱の暴走から生まれる痛みで、今はとても理性的に考えられない。

「どんな教えであれ、教典であれ、人が記したものならば時に誤謬《ごびゅう》はある。人が間違えないならばニウライの存在意義はないのだからな」

「なんの話を……」

「おまえのそこがそうなるのと、信仰心は関係ないってことだ」

「…………」

「ひとりにしてやりたいところだが、まだ外は雨が降ってるらしい。俺はあっちを向いて、耳を塞いで寝てるから、えーと、その……気にしないで、しろ」

　しろ、の意味がわからなかった。

　いったいなにをすればいいのか……秩序の戸惑いが伝わったのだろう、明晰がこちらを見て、久しぶりに視線が合う。

「だから、適切な処理をして落ち着かせろ」

「……声明《しょうみょう》でも唱えるのですか？」

「おまえ、冗談を言ってるのか？」

「私は冗談は言いません」

「だよな……つまり……え、ちょっと待て……え？　秩序、『煙《けむり》の館《やかた》』に行ったことはあるんだよな？」

『煙の館』とは要するに娼館であり、育ての母がよく「いつかニウライが燃やしておしまいになる」と言っていた場所だ。

「行っていません。行くはずもない」

「なら『春迎え』の時はどうしたんだ」

「……どうも、しません」

　母に叱責された話はしたくなかったので、「学舎では、眠っている間の排泄のみ見逃すと言われました」

とだけ答える。

「……は？　えっ、ナラカ派の学舎では、みなそう教わるのか？」

「みなと言うか……当時はもう私だけでしたから」

「学徒がひとり？　導師は？」

「足の不自由な老導師様がおひとり……当時で、百六十歳ほどだったかと。世話人は三人……みな信仰に篤《あつ》い女性で……」

会話をしていると、痛みがやや軽減してきた気がする。言葉を紡ぐには理性が必要だからだろう。やはりこの厭うべき現象は、理性と正反対のものなのだ。だから今だけは会話を止めたくなかったのだが、明晰はそこで黙り込んでしまった。

なにかを考え込むように顎《あご》を引き、俯いている。

あるいは、いよいよ秩序に呆れ、口をきく気すら失せてしまったのだろうか。それならそれで仕方ない……秩序がそう思いかけた時、

「いいか、よく聞け」

明晰が言葉を発した。今まで聞いた中で、一、二を争うほど真剣な声音だった。

「それは処置したほうがいい。いや、しなきゃならない。でないと身体によくないからな。やり方は簡単だ。触って、擦って、出す。以上」

具体的な指示を出され、さすがに明晰の言わんとしていることを理解した。理解はしたが……。

「………………無理です」

そんなことをこの男がいる空間で？　あり得ない。

「心配するな。俺は背を向けてるから」

「無理です。わかりません。したことがない」

早口になった。なにを焦っているのか自分でもわからないが、そうなってしまった。

「大丈夫だ。なんにでも初めてはある」

「無理です。それは……穢《けが》れた行為で」

「穢れてない。誰でもするんだって！」

「嘘だ！　信仰心さえ強ければ、肉の欲望など抑え込……痛っ……」

叫びながら僅かに動いた瞬間、そこが布に擦れてまた痛んだ。なんと厄介な機能なのか。子を持たないソモンには必要なく、ただ煩《わずら》わしいばかりだ。こんな懊《おう》悩《のう》を明晰に見られているという恥辱と悔しさで、目の端に涙が滲《にじ》む。いっそ雨の中に飛び出して、身体ごと冷やせば収まるのだろうか。

「この……頑固者めが！」

明晰が膝立ちになった。そのまままずいっ、と背後に回ってきたかと思うと、両脚で秩序の身体をぎゅっと挟み、閉じ込める。

「明……」

「いいか、これは怪我の手当てみたいなものだ」

「え？　な……なにを……」

「動くな。おまえが黙ってじっとしてれば速やかに終わり、俺たちは睡眠に戻れる」

「離し……」

「動くなって」

前にいる相手ならば突き飛ばせる。

だが背中から抱き込まれているため、どうしたらいいのかわからない。よくよく考えれば、強引に立ち上がって離れればいいだけなのだが……その瞬間は、思いつかなかったのだ。他者の体温と、匂いと、耳のすぐ後ろに感じる吐息に動揺しすぎていた。

「え」

なにが起きているのか——皮膚の感覚は明瞭なのに、頭の理解が追いつかない。

明晰の右手が、下穿きの中に入り込んでいた。ほとんど無意識に、上体が前へと逃げる。もう一方の腕でギュウと抱き寄せられ、動きを封じ込められる。

「……っ」

「……これは痛いな。可哀想に」

その手を冷たく感じたのは、自分のそこがあまりに熱を持っていたからかもしれない。けれどひんやりしたのは、ほんの一瞬だった。次には今まで経験したことのない——なにに喩えたらいいのかもわからない、熱さに似た感覚に襲われる。

自分の最も弱い部分が他者の手の中にあり、他者によって刺激を与えられるという、想像したこともない事態。そしてそれによって生まれているこの感覚は……明らかな肉の快楽だ。

「やっ……」

「気をつけてする。痛すぎたら言うんだぞ？」

嘘だ、ありえない。

やめてくれそんなこと。

そんなことは罪深い。赦されない。笞《むち》を食らい、罵《ののし》られ、蔑《さげす》まれ、否定されて——心まで引き裂かれる。

あの時のように。

「おまえのせいじゃない」

耳のすぐ後ろの、囁き……。

「こうなるのはおまえのせいじゃないし、悪いことでもない。むしろ必要なことだ。みんなするし、俺も若い頃はさんざんしたし、あんなしれっとした顔をした賢者だってそうだった」

「そ……れは……ソモンになる、前で……」

「まあそうだったが、ソモンになったあとだろうと、明確に禁じられてるわけじゃないんだ。閨《ねや》の相手がいるソモンなど珍しくもないぞ。欲望や執着はないほうがいいんだろうが、なかなかそうはいかないことくらいニウライはご存じだし、評議会だって黙認してる。まして、自分でするぶんにはなにも問題ない」

「……で、も……うっ……」

でもそれは心の弱さの証《あかし》ではないのか。

欲望に流された敗者ではないのか。

秩序は確かにそう教わったのに、そうではないのだとしたら……揺らいでしまう。自分の立っている地が、作り上げた礎《いしずえ》が、信念が——。

そんなもの、崩れてもいい。

ほんの一瞬、そう思ってしまいそうになった。

それくらい、明晰の手は危険だった。未知の快楽を引き出され、そのさざ波は全身を覆い尽くし、この身を完璧に覆っていたはずの理性の膜を、べりべりと遠慮なく剝《は》がしていく。

「大丈夫だ。これをしても、おまえは変わらない」

……変わらない？　本当に？

「真面目で頑固で俺にはなぜか当たりが強くて、ひときわ信仰心の篤い、配下を思いやる心を持つ……秩序のソモンのままだ。なにも変わらない」

そうなのか？　変わらないのか？　穢れないのか？

ニウライはお赦しになるのか？

「だから目を閉じて、感覚に集中していろ」

命じられるいわれもないのに、従いたくなる。

「……っ、は……ぐっ……」

吐息が乱れ、声があがりそうになる。それだけは堪《こら》えたいと秩序は奥歯を軋むほどに噛み締めた。

「こら。歯が割れる。俺の指でも噛んでろ」

ぐい、と唇を割って明晰の指が入り込んできた。親指の関節部分だ。人の指を咥《くわ》えたことなどあるはずもない秩序だったが、なにかを考える前に次の波が押し寄せてくる。思わず顎に力が入り、曲げられた関節をギリリと噛んだ。


「ん……ッ」

呻いたのは秩序ではない、明晰のほうだ。噛まれた痛みが想像以上だったのだろう。

それを耐える声が鼓膜を震わせた時、ぞくりとした。また新しい感覚が生まれ、股間に与え続けられている刺激とあいまって、熱はますます高まる。そこから……つまり明晰の腕の中から逃げたいのだけれど、同時に捕まっていたいとも思う。

熱く、苦しく、どうしようもなく気持ちいい。

明晰の指を噛んだまま、歯の間から燃えるような吐息を逃がす。唾液が顎を伝うのがわかったけれど、為す術もない。暗がりの中、薄く目を開けると自分の両手が見えた。右手は明晰の袖を摑み、左は長座布団の端を握り締めている。まったくの役立たずだ。

「我慢するな」

囁かれた声が……僅かに上擦っていると感じたのは、気のせいだろうか。

もとより、我慢などできるはずもない。

せり上がってくる甘い熱は、まるで毒を持った蜜のようだ。それが身体の内側から秩序を溶かし、屈服させる。違う形に変えてしまう。信じてきたいくつかのものが瓦解《がかい》する音が自分の中から聞こえる。

快楽の前に崩れ落ち、膝をつくのは怖かった。

それでも、明晰は言った。変わらないと。なにも変わらないと。今はそれしか縋れるものがない。それをしっかり摑んでいれば……否、こうして嚙みついていれば、きっと壊れないですむ。

もう爆《は》ぜそうだった。

ギュウと歯に力を入れ、さらに強く指を嚙む。次の瞬間、耳に熱と湿り気と、痛みを感じた。耳殻《じかく》を嚙まれたのだとわかる。まるで仕返しのようだった。

痛くて、甘い。

耐えきれず、秩序は理性を完全に手放した。

放出する快楽と解放感は言葉にしがたく、その瞬間は声をあげてしまったような気もするが……よくわからない。鼓膜までおかしくなっていたようだ。


なぜこうなったのか。

よりによって、なぜ明晰なのか。

なにもかもよくわからないまま——息が整うのを待つしかない。

小鳥がチチと鳴き、夜明けを知らせていた。

第七章　恐ろしの森

ユーエンに恐怖がなかったわけではない。

理由もなく害するはずはない、岩山の戦士を信じるのだ……強くそう思ってはいたが、一切の恐怖心なく、崖から飛び降りられるはずもないのだ。

だから、自分の身体がなにかに受け止められたとわかった瞬間、安堵でどっと汗が出た。

「……蔦《つた》？」

空を見たまま手探りし、小さく呟《つぶや》く。

いまだここは空中で、ただし網状に編んだ蔦に包まれているのだとわかった。揺れが収まるのを待ち、恐る恐る身体を動かして周囲を確認してみる。

険しい崖面のところどころから、松に似た種類の木々が飛び出していた。その枝を利用して、蔦網をうまくかけているのだ。網目から下を覗き、改めてぞっとした。眼下に広がるのは深い森の光景で、その樹々はまだ遙か下だ。この蔦網がなければ、間違いなく命はなかった。

「おい！　聞こえるか！」

崖上から声が降ってきた。身を乗り出して覗き込んでいる姿も見える。

「聞こえる！」

叫び返す。かなり声を張らないと届きそうにないので頑張った。すると、

「ああ、もう！　あんたは馬鹿なのか！」

といきなり罵倒されてしまう。プラディの声だ。

「下を見もせずに、いきなり飛び降りる奴があるか！　どういうつもりだ！　そんな考えなしで、よく賢者などと名乗れたものだ！」

プラディはなぜかとても怒っていた。

飛び降りろと言われたから飛び降りたのに、こうも罵られるのは釈然としない。

するると、「プラディ、そんな言い方をするもんじゃない」と窘《たしな》める声が聞こえてきた。ギリだろう。

「賢者殿、プラディは怒っているのではなく、あまりに動転したんだ。なにしろ俺たちは、まさか賢者殿が飛び降りると思っていなかったのでなぁ」

「そうだよう、崖から下を覗いたら絶対に諦めるに決まってるって……」

続くのはエカの若々しい声である。

「で、それでよかったんだよ。自分に無理なことを真っ当に判断するのも、戦士には大事だからな。なのにあんたときたら、翼もないくせに、鳥みたいに崖から飛び降りちまって……。万が一を考えて蔦網は張ってたけど、ちょうどその上に落ちるとも限らないしさ。本当に肝《きも》が冷えたぜ」

「…………」

返答の言葉が思いつかない。

どうやら飛び降りなくてもよかったらしい。ならば自分は無為な行動を取ったわけか……と、溜息をついてしまう。

その時、摑んでいた蔦の一部がプチリと切れた。ひやりとして、別の丈夫そうな場所を握り直す。

「今縄梯子《はしご》を下ろすから、じっとしててくれよ？まったくもう……賢者様にもしものことがあったら、おいらたちが若長にぶっ殺されちまう」

ユーエンが「わかった」と答えた時、カカッと翼竜が喉を鳴らす音が聞こえる。そして近くをヒュッと通り過ぎていったのは……あれはケサラだろう。プラディの翼竜だ。ユーエンが留まって……というよりも引っかかっている蔦網と、同じくらいの高さで旋回している。敵意は感じないので、見守ってくれているのかもしれない。

「下ろすぞ！」

プラディの声とともに、しっかりと編まれた縄梯子が降りてきた。

だが、まだユーエンから手の届く範囲ではない。

「賢者殿、岩肌のなだらかなところじゃないと引き上げられない。もう少し移動できるか？」

ギリに言われて「やってみる」と返した。

見たところ、蔦網のぎりぎり端まで移動し、手を伸ばせばなんとか摑めそうだ。

ゆっくりと移動していく。

ところどころ脆《もろ》くなっている蔦網は、一箇所に体重がかかるたび、プツプツと蔓《つる》が細かく切れる音がした。とくに枯れ始めている部分が危険だ。しかもユーエンは岩山の民たちと比べて身体が大きく、目方もそのぶん嵩む。彼らの感覚で作った蔦網で、果たして強度は足りるのだろうか。

端までなんとか辿り着き、蔦網は不安定に傾く。

強い風が来た。縄梯子が大きく揺れる。

ユーエンの髪もぶわりと巻き上げられた。落下した時に元結いが解けてしまったらしく、銀の髪が好き勝手な方向に流れて視界を邪魔する。

だがユーエンには風への恨み言など必要ない。目を閉じて、読めばいい。縄梯子を連れてくる次の風を読み、その瞬間を逃さず、身を乗り出すのだ。

そう、次の呼吸で、腕を思い切り――。

めりめりっ、と嫌な音がした。

ユーエンは目を開け、息を吞む。

自分の身体がずりずりと落ちていくのがわかる。岩壁から蔦網全体が剝がれ、どんどんずり下がる。すぐ近くにあったはずの縄梯子はあっという間に遠くなってしまう。まずいぞ！　と焦る声が降ってきて、ユーエンも同じように心の内で言っていた。

これはまずい……というか、無理だ。もたない。

落ちる――。

「ケサラ！　彼を助けろ！」

プラディが叫んだのと、ユーエンの落下が始まるのと、どちらが先だったろうか。

無防備に落ちていく中で、周囲の状況など確かめられるはずもない。

それでも翼竜が急降下して自分に近づくのはわかった。だがケサラでは無理だ。キラナに比べれば小さすぎて、落下していくユーエンを捕らえることなど、できるはずがない。

そう、なにもできない。

ただ落ちていく。

下は森だ。禁足の森の、最も深い場所。

この絶望的な状況で、ソモンならばニウライへの祈りを捧げるべきなのだろうが——脳裏に浮かぶのはルドゥラの顔だった。怒った顔、拗《す》ねた顔、愛らしく笑った顔……すべて同時に思い浮かぶ。その名を呼びたくてたまらなくなる。

ドシッ、と衝撃があった。

まだ地に叩きつけられたわけではない。疾風のごとく降下したケサラがユーエンに追いつき、あの大きな嘴《くちばし》で身体ごと咥えようとしたのだ。だがそれは難しく、失敗してしまう。それでも衣の端だけはかろうじてケサラの嘴に引っかかり、落下が止まる。

ケサラは力強く羽ばたき、ユーエンをなんとか持ち上げようとした。

だがやはりユーエンの身体は重すぎた。衣はビリビリと裂けていき、このまま持ち上げるのは到底不可能だとわかる。森は眼前に迫っていて、木の形がはっきり見て取れた。

まだだ。

まだ死ぬわけにはいかない。

ユーエンは瞬きひとつのあいだに、自分がどう落ちるべきか思考した。ケサラのおかげで、落下の速度は緩んでいる。命が助かる可能性は高くなった。ならばどんな姿勢が一番身体を守れるのか。下は森だ。樹の枝が受け止めてくれる。けれど、鋭い枝が身体に突き刺さることもある。

身体を小さくし、頭部を守るようにした。

直後、再び落下が始まる。

落ちている間は目を閉じていた。というより、開けていられなかった。

全身のあちこちに、大小の衝撃が次々と襲いかかる。

自分が思ったような姿勢を取れているかなど、もうわからない。痛いと思う暇もなくバサバサ、バキバキという音の中で落ちていき——やがて、一番大きな衝撃が骨まで響く。

「……ッ……」

声も出なかった。

だが頭は打っていない。衝撃が大きかったのは背中と右肩だ。骨が大丈夫か確認したかったが、その余裕を得るまで時間が必要だった。

必死の思いで深い呼吸を繰り返し、少しずつ痛みを逃がして、やがて顔だけは動かせるようになる。

「……森……」

掠れていたが、声は出た。

ユーエンが今まで見てきた森とは様相がだいぶ違う。樹々の種類、漂う空気……緑がとても濃く、雨が降っているわけでもないのに湿気を感じる。

時間をかけて、上半身を起こしていった。

骨折はないようだが、左足を痛めてしまったようだ。背中と肩の右側もかなり強く打った。掠り傷はあちこちにあるが、どれも深くない。あの高さから落下したことを思えば奇跡的な軽傷だ。樹々が緩衝材になってくれはしたが、落下地点がたとえば岩の上だったら命はなかっただろう。けれどここは……。

「……苔《こけ》？」

ユーエンは苔に覆われた地の上にいた。

手のひらを当てれば、フカッと軽く埋まるほど密生した苔だ。この苔と、プティの毛皮の外套がだいぶ衝撃を吸収してくれたらしい。

周囲にも苔が広がり、大地はほとんど緑に覆われている。樹々の梢《こずえ》が太陽をかなり遮り、だが時折光がきらきらと降ってきた。それが水気を含んだ濃い緑をきらめかせて——美しい。

とても静かだった。

ユーエンが落ちてきた音に驚き、小鳥たちは逃げたのだろう。

だがそれにしてもあまりに静謐《せいひつ》であり、その原因にユーエンはすぐ気づいた。

風がないのだ。だから梢も歌わない。

——そこには風が吹かないそうだ。

博識な親友が話してくれたことを思い出す。

——恐ろしの森。禁足の地の、さらに禁じられた場所だ。半分山の裾あたりだろうな。森で暮らすアラズたちですら踏み入ることはないと伝えられてる。なんでも異形《いぎょう》の獣がわんさといるらしい。入っても、生きて帰った者はいないんだ。

誰も生きて戻ってないのに、なぜ様子がわかるのだ……ユーエンがそう聞くと、明晰はククッと笑い、もっともだ、と返した。

——だが『禁忌《きんき》の場所』とはそうして語られるものだ。実は生きて帰ったヤツがいるのかもしれないいし、いたけれどすぐに死んだのかもしれない。全部でまかせなのかもしれない。本当のところは誰にもわからない。ただひとつだけ確かなのは、なにか理由があって、そんな話ができあがったってことだ。恐ろしの森を禁足地にすべき理由は、間違いなくあったんだよ。

それはどんな理由なのだろうか。

異形の獣？

あるいは逆によほど貴重な宝物が隠されている？

ユーエンとしては後者であってほしい。宝物が欲しいわけではないが、異形の獣は困る。この状態では、走って逃げることすらできない。

さて、これからどうすべきか。

ユーエンが落ちたおおよその場所を、岩山の戦士たちは把握しているはずだ。すぐルドゥラに状況が伝えられるだろう。

だがここがもし恐ろしの森ならば、彼らにとっても禁忌の場所なのではないか。助けに向かうべきかどうかで、意見が分かれる可能性もある。

それでもルドゥラは来る。必ず来る。

その点を疑う気持ちは少しもない。ただし、時間がかかるかもしれない。

翼竜で降下すればあっという間の距離だろうが、このへんは樹々が密生しすぎていた。翼竜の離着陸にはある程度開けた場所が必要なはずだ。そういう場所まで移動すべきか……いずれにしても、じっとしているのは危険だった。

ここでは火も熾せない。野性の獣を避けるため、そして自分が凍《こご》えないために、火を熾すことは必須だ。雨に降られれば、たちまち体力を奪われて命にも関わる。どの方角に行けば待機に適した場所があるのかわからないが、とにかく動くしかないだろう。

立てるだろうか。

ユーエンは慎重に、両足に体重を乗せてみた。

やはり左の膝が痛む。

歩けるものの、負荷をかけ続ければさらに痛みは強くなるだろう。あたりを見回し、杖になりそうな枝が落ちているのを見つけ、それを拾った。これに頼ればだいぶましだ。

雨を避けられる場所を探し、足を引きずって進む。

苔むした大地は柔らかく膝には優しいものの、なだらかな起伏が繰り返されて歩きやすいとは言えない。岩窟や横穴を探しながら進んだが、なかなか見つからなかった。

自分がどんどん消耗していくのがわかる。

じきに日が暮れてしまうという焦りが生じ、それがユーエンから冷静さや注意力を奪ったのかもしれない。あるいは、無風であることが、勘を鈍らせたのだろうか。情報を運んでくれる風がないのだ。

気づいた時には、すぐ近くにいた。

それは……否、それら、その獣たち。

一匹と目が合い、背筋が凍る。

さほどの大きさではない。町の犬と変わらない程度だし、プティに比べれば小さいものだ。けれど、発しているアウラがまったく違う。くすんだ灰色、痩せた身体、ギラギラと光る目……話に聞いたことのある半《はん》狼《ろう》という種だろう。

ユーエンの視界にいるのは三頭。

そのすべてから強烈な敵意を感じた。否、敵意というより餓《う》えだ。彼らはとても腹を減らしており、今の自分が格好の生き餌なのだとわかる。こちらには小刀の一本すらない。

一頭なら、なんとかなるだろう。

ユーエン自身、普段はほぼ忘れているあの天恵……尋常ならざる怪力で、その顎を砕くことができるかもしれない。だが、その一頭を相手している間に、あと二頭が襲ってくればもうお手上げだ。喉笛に食らいつかれ、あとは彼らの血肉に成り果てる。

今までなら、諦められたはずだ。

すでに長く生きた。そうやって、巡る命の一部になるのも悪くないと思えたはずだ。

だが今のユーエンには無理だった。ここで死ぬなどごめんだ。なんとしてもこの危機を切り抜けなければならない。

アカーシャの賢者として、そしてルドゥラの半分《アルダ》として、生きて帰らなければならないのだ。


相変わらず風はない。風を読む暮らしが長かったせいだろうか、無風だと味方がいない気がする。本当にひとりなのだなと感じる。

半狼たちは唸《うな》り、じわじわと距離を詰めてくる。

背を向けて逃げるのは愚行だ。

もはや死を覚悟で抗《あらが》うしかない。ユーエンは杖を捨てた。だいぶ汚れてしまった外套をバサリとはためかせ、姿勢を低くする。

その時、最も近い位置にいた一頭が、なぜか数歩後退した。なにかに怯えるようにそわそわし、耳と鼻をさかんにヒクヒクさせている。ほかの獣が出現したのだろうかとも思ったが、半狼の視線はユーエンに据えられたままだ。

もしや、とある考えが頭を掠める。

ユーエンは再び外套をバサリと、今度はいっそう強くはためかせた。

すると残りの二頭までもが後ろに下がる。

やはりそうだ。

外套のにおい……もとい、プティのにおいに反応しているのだ。

何年分か溜め込んだプティの抜け毛で織った、おそらくこの世で唯一の、象猫の外套――アカーシャ一と名高い織り子に作ってもらった。衣類にこだわらないユーエンだが、これだけは自慢の逸品といえる。

当初ユーエンは、毛を洗ってから持ってくると言ったのだが、織り子の老ジュノにとんでもないと叱られてしまった。

――そんなことをしては、せっかく毛についている象猫の脂《あぶら》が取れてしまいます。その脂が艶を出し、雨を弾くのです。絶対に洗ってはいけません！

したがって、この外套にはプティのにおいがついている。人間にはほとんど感じ取れない程度だが、鼻のいい半狼にとっては違うだろう。

ユーエンは外套を脱ぎ、勢いをつけて振り回した。風がないなら、自分で作ればいい。象猫の気配を纏った風を、半狼たちにぶつけるようにする。

密に織り上げているのでかなり重いが、ユーエンの腕力ならば問題はない。

半狼たちはたじろいだ。

獣は視覚と同等に……時にはそれ以上に、嗅覚に頼る。今ここに巨大な象猫はいないが、間違いなくその匂いはしているのだ。

象猫はとても希少な種であり、その生態はまだよくわかっていない。プティと暮らしていると、穏やかでおとなしい性質にも思えるが、それはプティが常に満腹だからである。本来、あの巨体を支えるためかなりの食物を摂取する必要があり、雑食なのでなんでも食べるが……一番の好物は肉なのだ。骨までバリバリ砕いて食べるのが象猫である。森の肉食獣の頂点にいるというのが有力説だ。

ユーエンは息を大きく吸った。

そして象猫が威嚇《いかく》する時の声を真似る。

これはとても難しい鳴き声であり、喉と肺と身体全体を震動させせなければならない。

肺活量が大きくなければできないし、慣れていない者ならばたちまち過呼吸になってしまうだろう。どんどん大きくなっていくプティに対し、してはいけない最低限のことを教えるため、ユーエンはこの鳴き真似を習得する必要があったのだ。そうしなければ、食欲旺盛なプティによって、ユーエンの庭にいる生き物たちは全滅しかねなかったのである。

久しくやっていなかったため、続けていると喉も肺も痛くなってくる。けれど、確実に効果はあった。半狼たちはさらに後退し、耳をそばだててうろうろとそのへんを歩き回りだす。

ユーエンは外套を回し続ける。

そして象猫の叫びを続ける。

やがて半狼たちは去って行った。見えない象猫の気配に気後れし、ユーエンという肉を諦めたのだ。三頭の姿が見えなくなっても、しばらくユーエンは叫んでいた。半狼たちが戻りはしないかと不安だったのだ。喉が破れそうになったが、やめられなかった。

「げほっ……かはっ……」

やがて、咳き込んで声が止まる。

その場でガクンと膝をついた。

声帯も、体力も限界を迎えていた。まだ身体は緊張していたが、半狼が戻って来ないとわかると、へなへなとその場に膝をつく。

気づけばほとんど日は暮れ、深すぎる森には月の明かりも射してはこない。

火を焚かなければ。

薪を探さなければ。

……そう思うのだが、動けない。

少し、休もう——少しだけ。

大きな樹に寄りかかり、ユーエンは脱力した。

太い幹のほとんどは苔に覆われていて、しっとり優しく包んでくれるような感覚がある。振り回していた外套を抱き寄せて、心の中でプティにありがとうと言う。もしかしたら、実際口に出したかもしれないが、わからなかった。

それくらい疲弊しており、たちまち重くなる瞼に逆らえない。眠るというより、ほとんど気絶のように意識が途切れた。

——うわあ、銀の髪……。

——お月さんに染まったよう……だいぶ汚れちゃってるけど。

——セイタカの子だ。弱り切ってるみたい。

囁くような会話は、はっきりと聞こえたわけではなかった。軽やかな鈴のような音の、知らない言葉……けれどなにを話しているのかは伝わってくる。不思議に思いながら、ああきっと夢の中なのだとユーエンは結論づけた。

——象猫の外套を持っているよ？

——うわあ、すごい。毛を拾って集めたのかな？

——ちがうかも。外套だけじゃなく、このセイタカからも象猫のにおいがするよ。

——一緒に暮らしてるのかも？　さっきの鳴き真似もじょうずだったもの。

——象猫と？　うわあ。

——うわあ。

驚きだけではなく、感服も感じられる反応だった。

そう、一緒に暮らしているのだ、子猫の時からずっと大切にしてきた。今は屋敷の広い庭で自由に過ごし、信頼を寄せてくれている……そんなふうに自慢したくなったユーエンだが、疲労という泥土に捕らわれ、眠りから浮上することは難しかった。

——その象猫は森で暮らせなくて、いやじゃないのかなあ。

——でも象猫もセイタカが好きみたい。そういうにおいだよ。

——ならいいね。このセイタカ、どうしよう？

——どうしよう。町の子だよね。ここにいちゃいけない子だよね。

——いけないね。ハラペコの半狼にあげちゃう？

——あげちゃう？

だめだ、頼む、あげないでくれ……ユーエンは心の中で懇願する。夢の中、自分の周りで話しているのは三、四人だろうか。セイタカというのが自分のことだというのはわかった。

——でも象猫が悲しむかも。

——うわあ、それはいやだな。だって象猫は大きくてかっこいいものね。

——ほんとに大きくてかっこいい。見るたびにうわあ、ってなるよねえ。

——なら助けようか。温めて、癒そうか。

——悪いセイタカだったら？　こんな深い森まで入ってくるのはちょっと変だよね。セイタカには悪い子も多いって聞くよ。

——ホドホドだって悪い子はいるよ。いいのもいる。

——悪いセイタカなら、象猫となかよくなれないんじゃない？

——どうなんだろ？

——どうなんだろうねえ？

悪くない、私は決して悪人ではない。

そう言いたかったけれど、夢なのでままならない。なんとか誤解を解きたかった。

どうか、助けてほしい。

そして私を岩山に帰しておくれ。今一度、愛する者に会わせておくれ。

情けない……この身のなんと弱いことか。

弱いけれど、懸命に生きているのだ。必死に日々を紡いでいるのだ。私はなにも為せないかもしれない。必死にやろうと、だめかもしれない。アカーシャは救われないかもしれない。

それでもひとつだけ残せる。

愛という、形のないものだけは残せる。それをルドウラにちゃんと渡したい。

それさえできたら、生まれてきたことに意味を見いだせる。

――セイタカの子、泣いてるね。

――うわあ、しょっぱい。

――夢を見て泣いてるのかな？

……ああ、これは夢なのか。

早く夢から覚めなければ。岩山に帰らなければ。ルドゥラがきっと、探している……。

ユーエンは必死に身体を動かそうとした。

けれど腕ひとつ自由にならない。

締めつけられるような痛みもあって、縛られているかのように動きが取れず、必死にもがくのだが……。

「おい」

ドカッ、と背中に衝撃が入った。

「じっとしてねえと殺すぞ。ま、どのみち殺すことになるじゃろうが」

夢にしてはやけに明瞭な声だった。

そして頰に土を感じる。倒されている。

身体を起こそうとしたが、うまくいかない。両手首は後ろ手にされ、さらに腕と胴体は縄でぐるぐると巻かれていたからだ。改めて感じる全身の痛み……ユーエンはようやく、これが現実だと認識する。しかも危機は続いていた。

今度は半狼ではなく、人間が相手だ。

頭を振り、視界を隠す銀髪をよけた。いつもはさらさらと流れる髪だが、泥と土に汚れてべたついてしまっている。

粗末な小屋の中にいるようだ。板木の隙間から光が入っているので昼間だろう。

すぐそばにいる男は森の民なのだろうか。

手にしてる弓や鞣《なめ》し革のすね当てから狩人《かりうど》だとわかる。険しい顔つきをし、塞がった右目には大きな傷跡があった。

「……ここの長《おさ》と話をしたい」

土間に転がされたまま、ユーエンは言った。隻眼《せきがん》の男は「ハッ」とせせら笑う。

「死にかけのアーレと思うたが、元気じゃのう」

「いや、元気ではない……」

すでに何度か死にかけているユーエンがそう返すと、隻眼の男は眉をひそめ「言い返す元気があろうが」と吐き捨てた。

「なぜ縛られているのかわからないが、私に敵意はない。族長を呼んでほしい」

「縛られとるのはおまえがアーレだからじゃ。さっき蹴飛ばされたのも、アーレだからじゃ。俺たち森人にも色々な氏族がいるが、アーレを憎んでいるとこだけは一緒じゃからな」

「……そうなるのも無理はない。だがこれからは我々の関係を変えていき……」

「ほざくな。我慢ならなくて殺しそうじゃ」

「………互いに益のある話を……」

「そうか、死にたいか。動かん獲物はつまらんが、暇潰しにはなる」

男が矢をつがえた。

ぎりっ、と弓を絞りユーエンに狙いをつけている。あくまで脅しだろうが、溢れる怒りの気迫は本物だ。今ユーエンが渾身の力を込めれば縄は解けるかもしれない。だがそんな動きを見せれば、この男は本当に矢を放ち……。

「父ちゃ」

なんの前触れもなく戸口が開き、光が入ってくるとともに幼い子供の声がした。たちまち男から殺気が消え、すぐに弓を下ろす。まだ七、八歳であろう子供の高さまで腰を屈め、

「こら、ここに来ちゃいかんと言ったろう」

困ったような声でそう言った。

子供は女の子で、びっくりしたように目を剝いてユーエンを見た。

「ひゃあ、父ちゃ、あん人ァ髪がお月様の色だ！」

「ほれ、出ていかんと。子供の来るとこじゃねえ」

「わかっとるよう。けど父ちゃ、赤んぼが」

「泣きやむまで抱えて、歩いてやるんじゃ」

「いいや、泣きやんだんじゃ。けどおかしい……なんやぐったりしとる……」

男の顔色が変わる。

「早く行きな、ヒトツ」

ふいに女の声がした。

開け放したままの戸口からだ。張りがあり若々しい声だが、青臭さはなく落ち着いている。

「見張りはもういいから」

「すんません、カシラ」

ヒトツと呼ばれた隻眼の男が、子供を抱えて立ち上がる。一度だけユーエンを強く睨みつけると、そのまま走り去っていった。子供は男の肩越しに、ユーエンを不思議そうに見ていた。

「さあて、アーレの男。まだ生きていたねえ。ヒトツはアーレにひどい目に遭わされてるから、殺しちまわないか心配だったが……」

代わりに入ってきたのは、どっしりと体格のいい女だった。ユーエンの顔を覗き込み、

「おやおや。頬に涙の跡がある。大の男がみっともないったら」

とせせら笑ってから、軽く肩を蹴飛ばした。

アカーシャのアーレにいるような、飽食ゆえのたるんだ肉付きではない。強さを求めて、筋肉と脂肪を鎧《よろい》にした身体だ。作り笑いの眼光は鋭く、森の民にしては背丈もあるほうで、その堂々とした身体が纏っているのは……、

「……返してほしい。それは私の外套だ」

真っ白いプティの外套だった。

「いいや。これはあたしのものだ。あんたから剝《は》ぎ取ったのはあたしだからね」

「奪ったものは、自分のものだと？」

「ははっ、あたりまえじゃないか。自分で狩った獲物は自分のもんだ。まあ、あんたは狩ったというより、落ちてるのを拾っただけだがね。落ちてたあんたの上にこの外套がかけられてて、だからあんたも外套もあたしのもんなのさ」

落ちていた……つまり、倒れていたわけだろう。

半狼に襲われたあと、疲労困憊《ひろうこんぱい》で眠ってしまい……泣いたことも微かに覚えていた。夢の詳細は覚えていないが、たまらなくルドゥラに会いたかったのだ。

あれから、どれくらいの時が経ったのか。

「これはなかなかいいモンだ。白い獣ばかり、いったい何匹殺したんだか。けど、ほかにろくなもんはなかったねえ。懐《ふところ》に入っていたこれはなんなんだい？」

女は手にしていたなにかを、軽く上に放り投げて聞いた。再び女の手に戻っていくそれは緑色をした球状の物体で、ユーエンは見たこともないものだ。

「こりゃ苔だろ？　苔を玉にして持ち歩くと、なにかいいことがあるのか？」

「……私のものではない」

「ならなんで持っていた？」

「まったく身に覚えがない」

真面目に答えたのだが、女はクッと笑って「食えないアーレだ」と苔玉を鼻に近づけてにおいを嗅ぐ。

カシラ、と呼ばれていたのだから、この一族の女頭《とう》目《もく》のはずだ。

「こんなふうに緑の濃い苔は『恐ろしの森』にしか生えない。あんたはあの森と、あたしらの土地の境に倒れてたんだ。奇妙な話だよ。なんだってアーレがあんな場所に？」

「……最初からすべて説明するので、この縄を解いてほしい」

「ああ、ごめんよ。質問みたいになっちまったが、べつに聞いちゃあいないんだ。あんたの事情は知ったことじゃないし、残念だがおもてなしはできない。縄はよく似合ってるからそのままでいな。これから御披露目だしな？」

御披露目なら賢者になった時にすませたからもういい……などと軽口を叩ける状況ではない。

女頭目はのしのしと歩み寄ってきて、ユーエンをぐるぐる巻いている縄を片手でむんずと掴み、立ち上がらせた。相当な腕力だ。

背丈はユーエンのほうが高いものの、身体の厚みでは負けているほどである。

そして、あろうことか――。

「よいせッ」

自分より上背のあるユーエンを、担《かつ》ぎ上げたのだ。まるで荷物のように、分厚い肩の上に載せられ、運ばれていく。

ユーエンは絶句し、暴れることすら忘れた。

生まれてこのかた、赤子の時を除いては、誰かに担がれたことなどない。外には出られたが、なにしろ担がれたままなので、茶色い地面しか見えなかった。光の加減からしてよく晴れた午前中だ。森の湿気があまり感じられないので、拓《ひら》かれた場所なのだろう。

「そら、みんなあんたをお待ちかねだ」

女頭目の言葉と同時に、囃《はや》し立てるような大勢の声が聞こえてきた。

「カシラが来たぞ！」

「ひっひっ、でかい獲物を持ってんなあ！」

「きったねえアーレじゃねえか。あれじゃあ、食う気もしねえや！」

どっと笑う声が響き、ほぼ同時にまるで捨てられるように地面に落とされる。

「……ッ！」

すでにボロボロといえる全身に、新しい痛みがまた響いた。

だが身体の痛み以上に響くのは、悪意と憎しみを伴った大勢の嘲《ちょう》笑《しょう》だ。百人近くいるだろう。男だけではなく、女たちがげらげら嗤《わら》う声も届く。

ユーエンは呻きを噛み殺し、倒れた身体を起こす。

そしてようやく周囲の状況を把握できた。

ここは森を切り拓いた集落であり、その中心の広場と思われる。

ユーエンと女頭目を中心に、人々が集まっていた。大抵は痩せていて、襤《ぼ》褸《ろ》を継ぎ当てた衣類が目立つ。厳しい暮らしぶりが窺《うかが》えた。そして誰もがユーエンに注目し、だがその中に好意的な視線はひとつもない。

みなが、自分を罵っている。

アカーシャでは聞いたことのないほど汚い言葉をぶつける者もいる。小さな子供までが石を投げ、それがユーエンの額に飛んでくる。避ける気力もなかった。尖った石だったのだろう、血が細く流れていく。

それを見て、人々がまた笑う。

ああ、こういうことか――。

ユーエンは呆然としながら、嚙み締める。

蔑まれるとは、こういう感覚か。

人扱いされないとは、こういうことか。これほど心を砕きにくるものか。これが生まれてから死ぬまで続くのが……アラズという人たちなのだ。

身体に力が入らない。

七夜の衣鉢の時にも似た脱力感だった。

だが違う点もある。あの七夜で告げられた悲劇的な未来は、ユーエンの責任からは遠い。ユーエンのせいで起きるわけではないのだ。

けれど、この現状は……。

アラズと呼ばれる人々を生み出したのは、間違いなくアカーシャであり、つまりアーレとジュノであり、ユーエンの祖先である。そしてユーエン自身も、この現状をずっと見ないふりで生きてきたのだ。

因果があるのだ。

ならば、この蔑み、誹《そし》り、暴言は……受けるべきなのだ。ましてユーエンは、アカーシャを代表する者なのだから。

項垂《うなだ》れるしかなかった。

彼らの顔を見ることすら、怖くなっていた。

「これはいらないから、返しとくよ」

ぐいと懐を開けられ、苔玉を一方的に入れられる。緑の苔はひんやりと冷たいが、それ以上にユーエンの心は寒々としていた。怒りならば、熱く滾《たぎ》ることもできただろう。だがこの冷たすぎる衝撃は自己嫌悪から生ずるものであり、反撃する相手がいない。

「さあて、みんなに聞こう。アーレの客人をどうしようかね？」

女頭目の問いかけに、人々は答える。「殺せ」「なぶり殺せ」「脚を折って、半狼に食わせろ」「腐った死体を町に届けてやれ」――興奮の中、残忍な言葉はいくらでも続く。

ユーエンの中に残った理性が、逃げなければと警告している。彼らの怒りと憎しみは本物だ。アーレに敵意を持ちつつも、ユーエンに試練という機会を与えた岩山の人々とはまったく違う。話し合うことはもはや無理であり、ならば命を落とさないために逃げるしかない。もはやこの命は己だけのものではないのだ。ユーエンは賢者であり、アカーシャの未来を守る使命がある。自己嫌悪に浸って脱力している場合ではない。身体に力を込めて、縄をちぎり、周囲の人間を蹴散らして走らなければ。

わかっている。

わかっているけれど――力が入らない。

「アーレは俺たちを『人に非《あら》ず』と呼びやがった！獣のように扱いやがった！」

「アーレが俺たちを森に追いやった！」

「俺のかみさんは、子供の薬のために町に入り込んで追い返された！　手の爪を剝がされてな！」

「あたしの父さんは浅い森で狩りをしてるアーレと出くわして……逃げ帰ってきた時、身体には四本の矢が刺さってて……その晩に死んだんだ！」

そうか。そうなのか。

ならば私は死なねばならないだろう。私が彼らでもそう思うだろう。私がしたことではなくとも、私はアカーシャの賢者なのだから。

ユーエンは自分の心が崩れていくのを止められなかった。それほどに人々の憎しみはユーエンを蝕《むしば》んだ。今までもやっかみや嫉妬《しっと》は向けられてきたし、家族からの愛情を感じられない孤独感も苦しいものだった。けれど、こんな憎しみを……鋭利な刃物を束にしたような憎しみを、突き立てられたことはなかった。

「まあ、待て。殺すのはいつでもできるだろ。まずは利用しないとな」

女頭目が言い、みなが一度静かになる。

「このアーレを人質に、アカーシャの町から麦と薬を奪うのはどうだ?」

人々はざわついた。いい考えだ、さすがカシラだ、でもうまくいくのか……そんな声が交錯している。

「カシラ、でもどう交渉するんです?」

「銀の髪と一緒に、指を何本か届けてやればいいさ。麦と薬をよこせば生きて返すと言ってな」

「乗り込まれて、報復されないっすかね?」

「ははっ、あの連中がこんな深い森まで来るってのかい? 連中は浅い森にだって怖がってるってのに。仮に乗り込まれたとしても、あたしらは森での戦い方を知ってる。あいつらになにができるってのさ?」

自信に溢れた返答に、人々は「そりゃそうだ」「ここでなら俺たちは強い」と熱気を帯びていく。

だがその考えは危険だった。

確かにユーエンがただのアーレだったなら、町の者たちがこの深い森まで救出に来ることはないだろう。

人的被害が大きすぎるからだ。ひとりのアーレを救うのに何十人ものジュノを犠牲にすることはない。

けれどユーエンは賢者なのだ。

ニウライの言葉を聞く者であり、アカーシャに生きる人々の精神的な支えでもある。

評議会は、百人単位の力自慢たちで隊を編成するはずだ。作戦はきっと明晰が立てる。誰より頭のいい親友は、たったひと晩で、森での有効な戦い方を編み出せる。ここの人々が戦いに長《た》けているならば、両者は拮抗《きっこう》し、死体の数は増え、けれどアカーシャからは人員が補充されるから、戦いは長引く。

ユーエンは顔を上げた。

「だめだ、それはや……」

パンッと弾けるような音がした。

「あんたの意見は聞いてないんだよ」

頭がくらくらして、女頭目の顔がまともに見えない。顎先が痛み、そこを蹴られたのだとやっとわかる。ぐらりと身体が傾いで、ユーエンはその場に倒れた。

気を失ってはいない。だがひどく気分が悪く、耳鳴りがした。嫌な耳鳴り越しに、大勢がどっと嗤う声は聞き取れる。

「カシラ、薬と麦を奪えたら、こいつは殺すんで？」

「生かして返す必要はないだろ？」

「もっともです。なら先に殺して、それから指を切ったらどうです？」

「おまえは馬鹿だね。そしたら腐っちまうだろ。指でだめなら、次は腕を送るんだ。まだ生きてるって思わせるには、新鮮な肉でなきゃ困る」

「そっか！　いや、やっぱしカシラは賢いや！」

だめだ。その計画は失敗する。

おまえたちのほとんどは死んでしまう。女も子供も巻き込まれる。私が生きていてもそうだし、死んでいても同じだ。

森の奥で、薬も食べ物も満足にないぎりぎりの環境で、それでも必死に生きてきただろうに……やめてくれ、頼むから。

だがユーエンの思いは声にならなかった。

声を作ろうとしても、掠れた音が漏れるだけだ。

ああ、喉が渇いた。

最後に水を飲んだのはいつだ？　今雨が降れば、天に向かって口を開けるのに。

だが雨の気配はない。まったくない。せめて風が吹けば雲を運んで来てくれるのに……それもない。

無風だ。

そして自分は無様《ぶざま》で、無力で、今笑っている人々は遠からず死ぬのだ。

――教えたでしょう、我が賢者よ。

どうしてニウライの言葉を思い出すのか。

――そなたたちの真の姿は、あまりに無垢で、ゆえに無力なのです。けれどそれを受け入れることは難しい。考え、努力し、必死になればなにかを為せると考えてしまう。なんと憐《あわ》れな。

慈悲に溢れたまなざし。

降り注ぐ優しい光。

――そんなことは無意味なのです。ただ信じ、身を任せ、心を楽にしておいでなさい。すべての悩みと迷いはこのニウライが引き受けます。私はそのための存在。そなたたちのために在《あ》るのです。委《ゆだ》ね、託し、寄りかかればよいのです。

ああ、確かにそうだ。

考えても無駄なことばかり。

勇気を持って行動しても、ままならぬことばかり。

己の無力さが骨に染みて痛み、己への嫌悪で皮膚は爛《ただ》れそうだ。

風は吹かない。

ちっともよい風は吹かない。

どれほど足掻《あが》こうと人々は救われず、愛する者たちも救われず、ユーエンもまた救われず、希望は絶えて力は尽き……それでも、ニウライだけは手を差し伸べてくださる。

希《のぞ》みなき者の、望み。

思考を棄《す》てた者だけが得られる、安寧。

きっとそこは風の吹かない穏やかな………。

（風は吹くよ）

声がした。

耳にではなく、頭に直接響く声。

（風は吹くよ。待てばいいだけ）

幻聴だろうか。

きっとそうだろう。耳鳴りはまだやまない。吐き気もひどい。すべての音に膜がかかったように感じて、とても不快だ。

（ねえ、あなた知ってるはず。風が吹かなくなることはないって）

風が吹いたから、風という言葉が生まれたのだから。

風は人よりずっと昔から、この地に吹いているのだから。

風はたまにやむ。ほんのひととき。

けれどすぐにまた吹く。空気を震わせ、雲を流し、鳥を運び、花を散らせて――。

（あなたの髪を揺らすよ）

ユーエンは顔を上げた。

予感がそうさせた。風が吹く予感だ。

耳鳴りはだいぶよくなり、大勢の声は明瞭になっていた。興奮気味の人々が、やっと薬が、食べ物が手に入ると喜んでいた。ユーエンの指を切ろうと盛り上がっていた。

女頭目がこちらを見下ろし、にやりと笑って……。

次の瞬間、風は蘇《よみがえ》った。

すっかり汚れてしまった銀の髪が流れる。

べたついて重くなった髪ですら、乱される強い風。

樹々も大きく揺れる。

ユーエンは空を見た。

白い雲が流れて、青の空間が多くなる。

(風は吹くよ)

そう、吹くに決まっているのだ。

なぜ一瞬でも疑ってしまったのだろう。風読みと呼ばれていたくせにと、諦めかけてしまったのだろう。

苦笑いをしたくなる。

いや、実際ユーエンは微笑んでしまった。ほんの少しだが、笑っていた。

それを見た女頭目が怪訝《けげん》な表情になり。次に強く吹いた風にハッとして、空を見上げた。

「カシラ!」

同時に、誰かが叫ぶ。

空の一点を指さして。

それは眩しい青を裂くように急降下してくる。

一度樹々の上まで降りてきて、ぶわりと再び浮上した。梢は激しく揺れ、常緑の葉が雨のように落ちてくる。土埃《つちぼこり》が舞い、人々が叫び、慄《おのの》き、右往左往する。

そして誰かが叫んだ。

「翼竜だ!」

岩山の者だ、翼竜を連れてきた、なんでだ、どうする、怒っているぞ、子供らを逃がせ、小屋の中はだめだ、潰されてしまう——。

喧噪《けんそう》の中、ユーエンは空を見上げていた。

今いちど高度を上げたその影は確かに翼竜であり、

しかもあの途方もない大きさは、間違いなくキラナだった。下からでは乗り手は見えない。けれど、キラナに乗れるのはただひとり……。

また翼竜が降りてくる。

今度は着地を試みていた。集落では一番開けた場所が、すなわちこの広場のはずだ。それでもキラナが降りるにはまだ狭い。

自らが地に降り立てるよう、障害となりうる建物を、その鋭い鉤爪のついた脚でバリバリと踏み潰していく。三棟の小屋と、その裏手にあった小さな畑が瞬く間に姿を消した。ひとたまりもない……という言葉をユーエンは思い出す。

カカカッ、ケーン――。

キラナが鳴く。

ずしん……と、とうとう降り立った。

人々は一箇所に固まって、竦み上がっている。

男たちは声もなく、弓を構えもしない。たとえ矢が届こうと、鱗《うろこ》に覆われたあの体には無意味なのだ。

子供たちは泣きながら母親にしがみつく。

「岩山の若長よ、盟約をないがしろにするか！」

唯一気迫を失っていないのは女頭目だ。

いまだ倒れ込んでいるユーエンの横で、仁王立ちになり声を張る。

「我らが森の上を、翼竜で飛ばんと約束したはず！　その盟約を破るどころか翼竜を降り立たせ、我らが地を踏み潰させるとは……！　なにをしたかわかっているんだろうな！」

翼竜から岩山の若長が――ルドゥラが降りる。

距離があるので表情まではよくわからなかった。けれど岩山で暮らす者たちは遠くをよく見ると聞くので、ルドゥラからユーエンの惨《みじ》めな姿は見えているかもしれない。ユーエンは呻きを殺して身体を捩《よじ》るようにし、なんとか上半身を起こした。

「若長！　この小僧！」

「……縄を解け」

ルドゥラが近づきながら言った。

「なんだと？　このアーレを奪おうってのか。冗談じゃない、これは私の獲物だよ」

「あんたに言ってない。ユーエン、なにをしている。縄をちぎってこっちに来い」

ルドゥラの声はひどく硬い。

「俺のところに、来い」

溢れそうになる感情をかろうじて押し殺しているのだとわかる。愛しい者のその声が思い出させた。ユーエンはこの縄を、ちぎることができるのだと。

「ふざけるな！　少しでも動いたら叩き切ってやる」

女頭目は怒り心頭だ。右手をぶん、と上げると、ひとりの男が駆けてきて、ずいぶんと大きな剣をその手に握らせる。ヒトツ、と呼ばれていた男だ。

「……ユーエン！」

もう一度呼ばれる。

今度は感情の乗った声だった。

ルドゥラが怒っているのだとわかる。

怒り、苛立《いらだ》ち、傷ついている。


当然だ。自分のアルダが崖から落ち、恐ろしの森に迷い込んだ上、生死すらわからなかったのだから。逆の立場だったら、ユーエンはどれだけ苦しむだろうか。

早く、彼のもとに行かなければ。

抱き締めて謝らなければ……心配をかけてすまなかったと。

ほんの、ひと呼吸だった。

今まで無理だと思っていたことが、本当にひと呼吸でできた。息を大きく吸って一気に吐ききった瞬間、胴体と両腕に巻ついていた縄は呆気なくちぎれた。まだこの身体に力は残っていたのだ。ユーエンの心が、それを諦めかけていただけなのだ。

剣を手にしたまま、女頭目が目を見開く。

ユーエンは立ち上がる。

「ま、待て」

動揺しながらも、頭目はユーエンの腕を摑んで止めた。ユーエンは彼女の目を見据え「私は行かなければ」と掠れ声で返す。

「アルダが呼んでいる」

「……アルダ、だと？　おまえが、アーレが岩山の若長の……？　はっ、そんな馬鹿な話が」

ユーエンは掴まれた腕を見た。それから視線を頭目の顔に戻し、微笑む。確かに馬鹿な話かもしれないが、嘘ではない……その証拠がまさに翼竜と若長なのだ。それは頭目にも伝わったのだろう、瞳に怯えの影がよぎり、ユーエンの腕を離す。

ユーエンは歩き出した。

「この野郎っ」

ヒトツがユーエンを止めようと襲いかかってきた。頭目は「待て」と制したが、ヒトツは止まらない。今は弓ではなく、巨大な鉄槌を持っていた。逞《たくま》しい腕で振りかざしてきた鉄槌を、ユーエンはポン、と手のひらで受け止め――。

「う、うわあッ」

軽く押し返し、その隙に鉄槌の柄をひょいと掴むと、そのまま遠くに放り投げた。

ヒトツはたいしたもので、鉄槌を離さなかったため、一緒に飛んでいってしまう。人々の前でドサリと落ち、全員が息を呑んだ。

そんな様子を見ることもなく、ユーエンはただルドゥラに向かっていた。

目の前に立つと、紅玉髄《カーネリアン》色の瞳はいっそう濃い。やはり怒っている。そして怒っているルドゥラは本当に美しいのだ。すぐに抱き締めたかったのだが、ルドゥラはプイと顔を背けてしまう。そして視線を頭目に向けて、

「深い森のオモよ、聞け」

と言い放った。

「互いの民を重んじ、互いの領域を重んじ、諍《いさか》うことなく共に生きる――この盟約を破ったのはおまえだ。俺のアルダに手を出したな？　よりによって、この岩山の若長のアルダを縛り上げ、痛めつけた」

「知らなかった！」

オモと呼ばれた頭目が反論する。

「し、知るわけないだろ！　想像すらつかないさ！　あんたらにとってアルダが大事なのはわかってるが、ジュノならともかく、まさかアーレだなんて思うはずがない！　そいつだって言わなかったぞ！」

「名乗れるようなもてなしじゃなかったんだろうよ。ふん、見ればわかる」

「アーレなら敵だと思うのは当然だ！　すぐに殺されなかっただけありがたいと思ってほしいね！」

「――この男を殺していたら、今頃ここは火の海だ」

ひやり、と冷たい声でルドゥラは言い放つ。オモだけでなく、聞いているみなに緊張が走るのがわかる。

「岩山を敵に回すのがどういうことかよく考えろ。翼《ガルト》が小屋を潰すくらいですむと思うな」

「ふん。食えない若長め。そんなだから『足場の森』の連中に狙われるんだ。あのまま殺されてりゃよかったのに。しかも、アーレをアルダにしただと？　おかしくなったとしか思えないね。岩山の連中はそれを認めたっていうのか！」

認めてもらうための試練の最中だったわけだが、ルドゥラはそうは言わずに「あたりまえだ」とはったりを返す。

「この俺が、キラナを翔《か》る若長が選んだアルダだ。誰にも文句は言わせない」

「あたしは文句があるね。岩山の連中はアーレと連む気なのか！」

「俺たちが誰と連もうと、おまえらとは関係ない」

「ああ、そうだろうさ。あんたらは岩山暮らしが長い。森の者たちほど、アーレやジュノたちにひどい目に遭わされていないんだからな！　だが言っておくが、あいつらはあんたたちのことだって、人間だなんて思っちゃいない！」

「そんなことはわかっている！」

激しく言い返すルドゥラを見て、ユーエンの心は軋んだ。

そう、彼はよくわかっている。町で捕らえられ、暴力と蔑みに晒され……身に染みてわかっているのだ。

ユーエンですら、ボロボロだったルドゥラを、当初は同じ人として見ていたとは言えない。燃えるような瞳に心を動かされ、また憐れにも思い助けはしたが……同等の存在と思っていたならば、足枷など嵌《は》めなかったはずだ。明晰のほうがまだ、ルドゥラを人として見ていた。

なんと愚かで、高慢だったことだろうか。

けれど……。

「変わりたいのだ」

ユーエンは歩き出した。

オモに向かって、だ。

つまり、さっきまでいた場所に戻って行った。オモは当然びっくりしていたし、背後からは「ユーエン！」と叫ぶルドゥラの声がした。その叫びにつられたのか、キラナまでがケェン！と鋭く声をあげる。

「深い森を統《す》べるオモよ、聞いてほしい」

眼前まで来たユーエンを睨み上げ、だがオモはじりっと後ずさる。

ルドゥラとキラナがいる以上、もう乱暴な真似はできないし、先刻のユーエンの腕力を見ていることもあるだろう。そもそもあの腕力を、今まで発揮しなかったこともおかしいと思っているだろう。

さらにアーレだというのに若長のアルダなのだ。理解不能で不気味な存在……それがオモたちにとってのユーエンなのだ。

「我々は変わりたい。変わらなければならない」

「なんだよ、なんの話だ」

「森や岩山の人々を不当に扱ってきた過去を、私は心から恥じている」

「はあ？」

「我々は同じ美しい空《アカーシャ》の下の民として、新しい関係を築くべきだ。今後は少しずつ交流を始め、互いのことを理解し合いたい」

オモは口を開けたまま、隣にいたヒトツを見た。ヒトツのほうもポカンとしている。再びユーエンを見たオモが、

「おまえ、頭をどうかしたのか？」

と聞く。

「あたしらはアラズだぞ？　おまえたちがあたしらを人じゃあないと言いやがったんだ」

「先祖の過ちを、アカーシャを代表して謝罪する」

「阿呆《あほう》なのか？　謝ってすむ問題か？　いや、それ以前に、なんでおまえがアカーシャを代表するとか言えるんだ。呆れるほどの図々しさだな。どれだけ偉いつもりだよ」

「……偉くはないが……」

代表ではあると思う、と言おうとしたユーエンの前に、追ってきたルドゥラがズイと立つ。

「俺のアルダを阿呆と言ったか？」

「阿呆だろ。でかいだけの阿呆だ。ま、よく洗ってみりゃ、顔はお綺麗かもしれんが」

「口のきき方に気をつけろデカ女。小屋をもう何軒か潰されたいか」

「そっちこそ気をつけるんだね、若長の小僧っ子め。あたしが脅しに屈して膝を折るとでも？」

両者は足を踏ん張って睨み合った。

互いに決して目を逸らさない。護《まも》る者があり、身も心も強く、そして誇り高いという部分で、このふたりは似ているのだなとユーエンは気づく。ついでにふたりとも口が悪い。

「待て。ふたりとも落ち着いてくれ」

「うるさいよアーレ。なんでおまえが口を挟む。言っておくが、もともとあたしらは仲良しこよしじゃあないんだ」

「それはおまえたちが、薪を充分によこさないからだろうが」

「こっちだって薪は必要なんだよ。ガキたちに震えて冬を越せって言うのか！　それにおまえらだっていつも布をけちるだろうが！」

「布を織り上げるのにどれだけの手間と時間がかかると思っている！」

「町の薬だって、ほとんどよこさないくせに！」

「あれは岩山の者が命がけで手に入れてくるんだ！　そうそうやれるわけがないだろうが！」

今にも摑み合いそうなふたりの間にグイと入り、ユーエンは「薬は私が都合しよう」と言った。オモはユーエンを見上げ、頰を歪ませた。

「アーレが約束を守るもんかね。どうせ二度とここには来ないくせに」

「私が来られるかはわからないが、薬は届けさせる。よく熱を出す子供がいるのだろう？」

「おい、ユーエン。きりがないぞ」

ルドゥラの言いたいことはわかった。森に住む者たちはまだ大勢いる。そのすべてに薬を渡すのは現実的ではない。

「もちろん、そう多く渡せるわけではない。だが、一般的な熱の病や、怪我で使える生薬の処方を渡そう。原料となる薬草がこのあたりにあればなによりだし、ないならば種から育てる方法も教える」

「……奇跡の薬とやらも、あるのかよ」

『アーレの奇跡』について言っているのだろう。ユーエンは「すまないが、それは無理だ」と答えた。オモがケッと言わんばかりの表情になる。

「ほらな、独り占めだ」

「あの薬は数が少なすぎる。アカーシャに住む者にすら行き渡っていない」

「オモ、欲を張るな。ただの熱冷ましだって、ここじゃ貴重なはずだぞ。それで死ななくてすむ赤ん坊がずいぶんいるはずだ」

「………………」

「俺のアルダは約束を守る」

「若長はそれをガルトに誓えるか？」

ルドゥラは待機しているキラナを見た。長い首を巡らせ、常に周囲に注意を払っている。実に美しく、利口な翼竜だ。

「誓える」

きっぱりとした返事だった。オモは「ふん」とユーエンに視線を移す。その目から疑いは消えていない。

「仮に、だ。仮におまえがあたしらに薬を渡そうとしても、アカーシャの連中が赦すとは思えないね」

「確かに、説得にある程度の時間が必要だ」

「だいたい、なんでそんなことをする？　あんたらになんの得がある？　アーレ様が突然惨めなあたしらを憐れんだのかい？」

「……間違っていると気づいたならば、私はそれを正したい。それに、アカーシャにも得はある。森の民と信頼関係を作りたい理由があるのだ」

　その理由、つまり水源について話すのは、時期尚早に思えた。オモは「へーえ」と剣を弄《もてあそ》びながら、言葉を重ねてきた。

「信頼関係、ねえ。アラズと交流したがるあんたを、アカーシャの者たちがほっとくとは思えないね。いまだにあいつらは、森の者たちを毛嫌いしてるじゃないか。あんたひとりが綺麗事を並べ立てたところで、牢にでもぶち込まれるか、殺されるかでおしまいじゃないのか？」

　謀略で殺されかかった身なので「そんなことはない」と断言はできなかった。だが少なくとも、こういう言い方ならば嘘にはならないはずだと、ユーエンは言葉を紡ぐ。

「今のアカーシャに、表だって私を否定できる者はいない。あらゆる手を尽くし、ここに薬草を届けると約束しよう」

「ずいぶんな自信だ。あんた、そんなにお偉い立場の人間なのか？」

「ユ……」

　ルドゥラがなにか言おうとしたのはわかった。迂闊に賢者という身分を明かすのは危険だ……そう伝えたかったのかもしれない。

　確かに、予定とはだいぶ違う展開になっている。

　まずは岩山の民たちにユーエンという人間を認めてもらい、彼らの協力を得て森の族長たちを集め、時間をかけて関係を修復し――そして必要な場面が来た時に初めて、己の身分を明かすつもりでいたのだ。

けれど物事は予定通りになど進まない。

考えてみれば当然なのだ。太陽が毎日昇るのも。春に花が咲くのも、ユーエンの都合など関係ない。瞬きひとつぶん先のことですら、予測などつかない。

だからユーエンは、今この瞬間に自分にできることだけを、するしかない。

「私は賢者だ」

そう告げた。

崖から落ちて森に迷い、囚われの身となった挙げ句、傷と痣にまみれ、破れた衣で言うことになるとは予想もしていなかったが……それでも告げた。今がその時だと判断したからだ。

「アカーシャのアーレであり、聖職者であり、その頂点に立つ者なのだ」

どれほど泥だらけだろうと、銀髪は艶を失ってぐしゃぐしゃだろうと、なぜか懐で苔玉が潰れかけていようと——この身は確かに賢者なのだ。

「はあ？　いい加減にしろよ？」

オモは下げていた剣を再び振り上げ、その切っ先をユーエンに向けた。

ルドゥラがたちまち気色《けしき》ばみ、「キラナ！」と叫ぶ。翼竜は首を高く上げた。次の命令で攻撃するだろう。ユーエンはルドゥラに「待ってくれ」と頼む。オモの剣は疑惑を意味しているのであり、それを解くのに必要なのは力ではなく、言葉なのだ。

「賢者だとォ？」

オモの声は怒りに満ちている。

「こんな森の奥に住んでるからって、あたしらがなにも知らないとでも？　賢者がどういうモンかくらい、知ってんだよ。アカーシャで一番偉いヤツだ。神と話せるってヤツだぞ！　その賢者がこんなとこにいるわけないだろうがッ！」

まったく信じていない。

信じられないという気持ちも理解できる。ユーエンにしても、ここでこうしている自分が信じられないほどなのだから。

かといって事情を細かに語る時間などない。

岩山に来てからではなく、ルドゥラとの出会いから説明しないと筋が通らないからだ。

なにか証明できるものでもあればいいのだが……今はソモンの装束はなにひとつ身につけていない。教典を諳《そら》んじてみせたところで、彼らには意味を為さない。

「………困った」

思わず、口に出してしまうユーエンである。

「おい、オモ。俺のアルダは本当に……」

「賢者が岩山の者のアルダになるわけがないだろ！もう少しマシな嘘を考えるんだな！」

「俺は嘘などつかん！」

「そう、嘘ではないのだ」

「舐めやがって……あたしは盗人より嘘つきが嫌いなんだよ！」

オモのこめかみがピクリと震え、怒りがいっそう増したとわかる。

「てめえらふたりとも、口を裂いてやる！」


剣の先がさらに迫る。

主《あるじ》の危機を察知して、キラナが叫びをあげながら翼を広げた。その巨大な両翼が、周囲の木々を再びなぎ倒し、バリバリと響く音に人々は恐慌する。

竜の翼が、ぶわりと空気を打つ。

風が起こり、折れた枝が飛んできた。

ユーエンはルドゥラを抱えて守る。大きな枝は逸れたが、小枝はいくつもがぶつかってきて、また新しい傷ができる。

それはオモも同じことだったが、女頭目は瞬きひとつしないまま、剣を下ろそうとはしない。

これはもう限界だろうか。今はルドゥラとともに、この場から逃げるしかないのか。オモの理解を得て、まずは少しであっても、この集落に薬を届けたいと思った自分が浅慮だったのか――。

「嘘ではないよ」

小さな声がした。幼子のような声だ。

オモが眉を寄せる。

ユーエンはあたりを見回す。

ルドゥラはユーエンの腕からもがくように出てきて
「今、なにか聞こえたぞ」と訝《いぶか》しむ。だが三人の周囲には誰もいない。

「キラナ！　マテ！」

ルドゥラの指示でキラナは翼を畳む。

それを機に、オモも剣を下ろした。風も収まり、三人が耳を澄ませた時……、

「この人は嘘はついていないよ。嘘つくの、とっても下手な人だから」

再び声がした。

しかも、ものすごく近い距離からだ。というか、ほとんど自分から聞こえたような気がするが、もちろんユーエンは喋っていない。

もぞっ、となにかが懐で動いた。

ユーエンは驚いて肩を揺らす。ずっと昔、懐の中にプティを入れた時の感覚に似ているが、プティのように温かくはない。むしろひんやりしていて……。

「ぷはっ」

それが顔を出した。ユーエンの懐からである。

「こんにちはァ」

そして喋った。

全身緑色の、手のひらに載るほどの大きさしかない、人の形をしているが……しっとりとした緑の苔を纏っていて……いや、これはあの……。

「そう。苔玉だったの。人型になるの久しぶりで、時間かかっちゃった」

そう言うと、するりと懐から抜け出し、ユーエンの襟を経由してひょいと肩に立つ。

べたついてしまっている銀の髪を「んしょ」と避け、キラナのほうを見ると、

「うわあ、翼竜。美しいね」

と言った。ユーエンは言葉を失ったまま、呆然とするしかない。

ガシャン、と音がする。

オモが剣を落としたのだ。

そのままザッとその場に膝をついて、頭を地につくほどに低くする。さらに、ルドゥラもまったく同じ姿勢を取った。

ユーエンもそうすべきなのかもしれないが――不思議な存在を肩に載せているので、動きようがない。

「ち……小さき方」

そう言ったオモの声は、とても上擦っていた。

第八章

両膝の謝罪

癒しのソモン。

その役割は、アカーシャの民たちの健やかな暮らしを守ることにほかならない。そのために必要なのは人体の知識、薬草の知識、病人を慈しむ心……さらにもうひとつ、大切なものがある。観察眼、だ。

病の人をよくよく観察し、その病の原因を知る。

健やかな人をよくよく観察し、なぜ健やかでいられるかを探る。

そういった観る力が癒しのソモンには必要であり、その資質が天恵で表れると『人の纏う気《アウラ》を感じ取れる能力』となるわけである。

そんな天恵を持つ癒しは聖廟《せいびょう》近くの茶話室にいた。そして聖廟づきの小姓が支度してくれた花茶を啜りながら、先刻からずっと同じことを考えている。

なにか、おかしい。

違和感がある。

この空間にいる自分を除く三名のうち、二名に。

「いやいや困ったな！　賢者がなかなか戻らないじゃないか！」

困っているわりに溌剌《はつらつ》とした口調なのは、【礎《いしずえ》のソモン】だ。いつも前向きでおおらかなのがこの人物の性格なので、普段と変わらない。癒しがおかしいと感じているのは、残るふたりについてだ。

「評議会にはどう説明しているんだったかな？」

礎が質問を向けた先には、明晰が座っている。

「瞑想の行で籠られている、と話した」

明晰は癒しの旧友であり、その名の通りよく頭の回る自由闊達《かったつ》な男だが、頭が良すぎるせいか、時々その考えについていけないことがある。

「ずいぶん長い瞑想になってるなあ」

「瞑想ってのは長くなることもある」

「明晰、眉間の皺《しわ》がすごいぞ。自分でも苦しい言い訳だと思っているんだろ？」

「まあな。俺だって、もう少し早く帰ってくると思ってたんだよ……ああ、もう……そろそろ周囲をごまかすのがしんどくなってきたぞ」

明晰が正直に嘆くと、礎は声を立てて笑った。

礎のソモンはアカーシャの町の建築や土木に関わる指揮を担っている。膨大な文献を繙き広い知識を持つ明晰はたびたび礎に助言をしており、ふたりは親しい仲なのだ。両者とも堅苦しいことを嫌い、誰に対しても同じ態度で接するので、性格的にも合うのだろう。迅速な行動力や、実利を重んじる仕事のやり方などにも共通点が多い。ついでに言うと、片づけるのが苦手なところまで似ている。

「笑ってる場合ではないと思いますが」

冷ややかな声を発したのは秩序のソモンだ。

「これだけ遅いということは、賢者の身になにか起きたのでは。そもそも、護衛のひとりもつけず単身で遠出なさるなど……あってはならないことです」

「そうだ。あってはならないことだから、ここにいる四人を含め、ごく一部しか知らない」

「私に知らされたのは、賢者がお出かけになったあとでしたけれどね」

「うん、それは我《わ》もだぞ。癒しから聞いた時はびっくりした。新しい賢者は、つくづく大胆なお方だなあ。風読みをなさっていた頃から、なにを考えているかよくわからないところがあったが」

「大胆ならばよいのですが、此度《こたび》の件では『無謀』という言葉を思い出します」

そう言い放った秩序に、礎が「おっ、秩序はなかなか言うようになったな！」などと笑って返す。

「だがな、秩序よ。我はひとつだけはわかっている。あの方はいつもアカーシャの民のことを考えている。今回の旅も、水の問題を解決するためなのだろう？

賢者がどこでなにをなさるのか、詳しいところまでは聞いていないが、我にはそれで充分だ。賢者のため、民のために、言われた仕事をこなす」

礎は、自分の気持ちを真っ直ぐ口にすることをためらわない。そんな礎の言葉を、秩序は黙って聞いていた。反論も賛同もないままだ。けれど黙っているのだから、ある程度受け入れているのだろう。ただ、顔つきは面白くなさそうだった。

そう、この顔。

癒しが得ている違和感のひとつは、この顔である。秩序のソモンは、高位ソモンの中では飛び抜けて若い。民との接触はさほど多くない役職だが、町で秩序を見かけたジュノたちは「天使様のようだ」とよく言っている。金色の巻き毛、少女めいた顔つき、アーレにしては小柄……微笑む若いソモンは、ジュノたちが親しむ絵物語に描かれている天使に似ているのだ。

けれどその微笑みは心からのものではない。

言ってみれば一種の仮面、または彼なりの処世術、あるいは己を守る盾なのかもしれない。秩序のソモンは、アカーシャの秩序を……というより、むしろ『ソモンという組織』の秩序を監視する役割を持つ。

つまるところ、ほかのソモンたちには煙たい存在なのだ。普段は優しげな笑みを浮かべ、けれど追及すべき時には厳しく追い詰める……それが秩序のソモンが担う役割なのだ。

笑みは決して媚びではなく、むしろ『舐めるな』という意味だったはずだ。

「……お茶が冷めてます」

ぼそりと言い、茶杯を見る美しい顔。けれど例の微笑みはすっかり消えている。これはおかしい。

「ああ、小姓を呼ぶか」

明晰が呼び鈴を手にした。

「いえ。私が湯を取りに行きます」

秩序がそう返し、立ち上がろうとする。明晰は「ついでに食べ物を頼んでくれ」と言い、秩序は「わかりました」と淡々と応じる。

「焼き菓子でいいですか」

「そうだな。甘くないのも欲しいな」

「では麵麭《パン》と燻製《くんせい》肉でも」

「包子《パオズ》がいい。挽き肉入りの」

「……あれば、頼みましょう。では」

秩序が茶話室から出ていく。

癒しは首を傾げ、何度目かの（おかしい）を思った。

「なんだ癒し。変な顔をして」

「失礼な言い方ですね、明晰。……秩序のソモンは、様子が変ではないですか？」

明晰は「そうか？」と曖昧《あいまい》に返し、礎は「そうだよな！」と大きく頷く。

「いつも浮かべてる愛想笑いがない。我はあれがちょっと苦手だったから、今日のほうがずっといい」

「そうなのです、笑ってないんですよ。挨拶《あいさつ》の時からずっと、つまらなそうな顔なんです。たぶんあれが素の顔なんでしょうね」

「……あいつだって愛想笑いに飽きる時はあるだろ」

「ほかにも我は気づいたぞ。今、明晰と会話してたけど、まったく顔を見ていなかった」

「そうなんです。ずっと目を逸らしてるんですよ」

「……あいつと俺は、もともとそりが合わん」

中身の入っていない茶杯をかちゃかちゃと遊ばせ、明晰はそう返す。

「それは知ってますよ。気が合わないこと甚《はなは》だしいふたりでしたからね。でも今までは、目を逸らしたりせず、負けじと睨み合っていたはずです」

「……疲れてるんだろ。大変な旅だったんだ」

そう答える明晰の声も気怠そうだった。

「ああ、賊が出たそうだな。秩序の配下が怪我をしたとか。大丈夫なのか？」

礎の質問に「大丈夫……だよな？」と明晰は癒しを見た。治療に行ったのは、癒しの配下なのだ。

「ええ。傷の感染もなく、しばらくすれば仕事にも復帰できるそうですよ」

癒しの答えに「なによりだ」と礎は頷いた。

「途中からは明晰と秩序、ふたりだけで旅を続けたそうじゃないか。賢者の命とはいえ、ご苦労なことだった。しかし白炭とは実に興味深い！　水を濾過《ろか》する装置の設計図だが、我も少し手を入れて、ほぼ完成している。あとは職人も交えて最終的な確認をして仕上げようと思っているんだ」

「それはありがたい。明日工房に行っていいか？」

「無論だ。で、白炭は？」

「半月もすれば届くはずだ。……難儀《なんぎ》な旅だったが、成果はあった。設計図ができあがったら、正式に評議会に上げよう。水の汚染は実際に起きている問題だから、こっちはすんなり通るだろう」

「こっち？」

礎が小さめの目をぱちりと見開いた。

「すんなり通りそうにない議題もあるのか？」

明晰が一瞬、しまったという顔をした。口が滑ってしまったのだろう。そして礎を見つめて頷き「ある」と認める。

「……あるんだが、まだ言えない。すまない」

率直な言葉を、礎は「ふむ、わかった」とすぐに受け入れた。

「賢者を補佐する役目なのだから、言えないこともあるだろう。とりあえず、我は濾過装置に集中する」

「助かるよ」

さっぱりとした性格の礎は、それ以上追及することはなかった。

そう、別の議題……というか、問題はある。

どう考えても評議会が納得しそうにないそれは、『安全な水源確保のために、森の民に協力を求めること』だ。つまり、今まで断絶していた森の民と交流することになる。評議会どころか、ジュノたちも言葉を失くして反対するだろう。いくら賢者の命とはいえ、従えないと抗うはずだ。抗うだけならまだいいが……賢者を敵視する者が出てくる可能性も高い。

――人の心を強制的に変えることはできない。

賢者はそう言っていた。

――人の行動だけならば、一時的に強制できるだろう。けれどそれは決して長続きしない。いつか必ず、反動がくる。だからアーレやジュノたちの心を変えることがどうしても必要であり、それには時間がかかる。一方で、我々に残されている時間はそれほど長くなさそうだ……。

賢者となった旧友が見たアカーシャの未来。

その絶望の過程を癒しと明晰は聞いた。だがおそらく、賢者はすべてを話してはいない。癒しや明晰への負担が大きすぎると考えたのかもしれなかった。賢者が抱えた責の大きさ、そして重さは、その気《アウラ》からも感じ取れた。背骨が折れそうなほどの荷を背負い――それでも賢者は絶望を選ばなかったのだ。

やれやれである。

旧友であり親友でもある賢者……いや、ユーエン・ファルコナーは、癒しと明晰を途方もないことに巻き込んでくれた。自分にできることがいかほどかわからないが、残された人生を賭《と》するだけの価値はある。

賢者は人の心を変えようとしているのだ。

森の民たちを『人に非ず』とし、差別してきた人たちを変えようとしている。そして、『人に非ず』と呼ばれ、アカーシャの民たちを憎んできた人たちを、変えようとしている。

そのための第一歩が、岩山への旅だったのだが――

なかなか、戻らない。

正直なところ、癒しはかなり心配しているのだが、探しに行くわけにもいかないし、そもそも行く手段がない。おかげでじれったい日々を過ごしている。

「包子はありませんでした」

秩序が戻ってきた。

……やはり、変だ。

他人のアウラについて言及するのは失礼とされているので、治療で必要な時、もしくはよほど気心の知れた相手ではない限り、癒しは口にしない。だが、アウラとは別の点も気になっていたので、そちらを聞いてみることにした。

「秩序のソモン」

「はい」

「もしかしたら私の気のせいかもしれませんが……、背丈が伸びていませんか？」

「……は？」

　かなり意外な質問だったのだろう。秩序はしばしポカンとし、だがそのあとで小さな声で「そういえば」と呟く。

「履物が……きついような」

「背丈が伸びる時は、足も大きくなるのです。寝ている時に関節が痛くなったりは？」

「……少し、あります」

「ああ、やはり。秩序のソモンは私たちよりずっと若いので、まだ背が伸びるのですね」

　癒しが言うと、明晰が怪訝な顔をした。

「秩序はとっくに成人してるだろ。その後に成長するなんてことあるのか？」

　その疑問はもっともだった。

　長寿であるアーレは成人後一定のところで成長が止まり、次に変化が訪れるのはいわゆる老化である。平均的なところでいうと、十八から三十くらいで外見が安定する。ここから八十くらいまで、ほとんど見た目の変化はない。八十を過ぎたあたりからじわじわと老化が始まり、それでもいわゆる老人の外見になるのはかなり遅く、百三十くらいだろうか。そのあたりは個人差も大きいところだ。

「中途半端な時期に成長することは珍しいですが、たまにあるようです」

　明晰は「へえ」とだけ言い、礎は「そうか、成長か！」とにこにこし、当の本人である秩序は戸惑い気味の表情だった。癒しの見立てが正しいとしたら……このあと秩序は、『天使のごとき美少年』という風情から、『誰しもが見とれる美丈夫』へと変遷するのかもしれない。明晰が背丈を追い越される可能性もある。

　新しいお茶と軽食のあと、礎は別の打ち合わせがあるために離席した。

場は癒しと明晰、そして秩序の三人となる。

……なんだろうか、この気まずい雰囲気は。

やはりおかしい。明晰と秩序の空気感がおかしいのだ。しかしその原因が、癒しには思い当たらない。

やがて明晰が、この男にしては幾分硬い声で、

「これは賢者が戻ってから話し合うつもりだったが」

と切り出した。

癒しは明晰を見たが、秩序の視線は下を向いたままで明晰と目を合わせない。

「収穫祭についてだ。この秋の収穫祭は、今までとは違う形で催《もよお》す」

「……私はなにも聞いていませんが」

秩序の言葉に「今初めて言った。本当は賢者から話すはずだったからな」と明晰は返した。

「だが、賢者を待っていると時間がなくなりそうだ。とりあえず準備を進めなければ」

「私も初耳です。なにをどう変えると？」

癒しはそう聞く。

初耳というのは嘘なので、心の中でニウライに赦しを求めておいた。アカーシャのための嘘とも言えるので、方便だろう。

「まず祭りの会場だ。郊外の農園のいくつかで、それぞれの催しをするのは例年通り。自家製パイの競技会だとか、だな。こちらは地元の村長が中心になり、芽《め》吹《ぶき》のソモンが統括する。変更するのは、例年、町の中央広場で行っていた宴のほうだ」

「ふむ。町のジュノたちが楽しみにしている、収穫の宴ですね？」

「そうだ。今年はこのあたりを会場とする……森の入り口だ」

地図を広げて説明した明晰に、秩序が「は？」と剣《けん》呑《のん》な声を出す。

「あり得ません。町からは不便な場所ですし、なにより危険です」

「森に入るわけじゃないから危険はない」

「アラズが現れて民を襲ったらどうするんですか」

「秩序、その呼び方は賢者が禁じたはずだ。賢者の命を軽んじているのか」

明晰の指摘に、秩序は眉を寄せて「申し訳ございません」と一応は詫び、言葉を続ける。

「ですが、もし森の民が現れたら、アカーシャの民たちとの衝突が考えられます。やはり危険です」

「まあ……揉め事が起きる可能性はありますね」

癒しもここは賛同しておいた。

この計画の目的はわかっている。賢者は、森の民と町の民の距離を縮めたいのだ。そのために収穫祭を利用しようという心づもりは理解しているのだが……本当にうまくいくだろうかという不安も大きかった。秩序が指摘するように、怪我人が出るような祭りになれば大事だ。

「民たちが集まるかという懸念もあります。森の近くでは不安でしょうし、町の中心からずいぶん離れていますから、出店も集まりにくいでしょう」

人々が集《つど》い、新しい小麦で作った料理や菓子を食べ、葡萄酒や麦酒を片手に陽気に騒ぐ……それが収穫祭だ。もともとは収穫の感謝をニウライに捧げる儀式から来ているが、実質的には労働を担ったジュノたちを労《ねぎら》うための祭りである。

「ジュノのための収穫祭なのに、彼らにそっぽを向かれては意味がないのでは……」

気になっていた点を伝えると「露天商が出れば、人も集まるさ」と明晰は返した。秩序はいまだあさっての方向を見たまま「その露天商が集まらないのでは？」と苛立ったように口にする。

また違和感だ。

こんなふうに感情を露《あらわ》にする者だったろうか？　明晰が焚きつけ、それに反応して憤慨《ふんがい》する姿ならば見たことがあるが……今日の明晰はいつもよりおとなしく、真面目なくらいだというのに。

「だから、どうやって集めるかという相談だよ。なにからなにまで、俺に考えろっていうのか？　相談役は俺だけか？」

言葉が棘々《とげとげ》しくなる。

これも明晰には珍しい。いつもの彼なら軽妙に躱《かわ》すか、聞き流すかだろうに……。

「無茶な変更をつきつけられて、急に考えろと言われても困ります」

「ずいぶん簡単に責務を投げ出すんだな。献身を徳とするソモンとして恥ずかしくないのか」

「投げ出してなどいません。炭焼き村へだって、ちゃんと同行したでしょう。あんな苦労をさせられて！」

「苦労？　おまえは炭焼き窯の修理を俺に押しつけて、のんびり過ごしてたくせに！」

「押しつけてません！　あなたが自分で手伝うと言ったんですよ。ふん、どうしてジュノたちにいい顔をしようとするんだか！」

「なんだと？」

「人気取りがお上手なことで！」

「あの村でちやほやされてたのは、おまえだろ！」

「はいはいはい、そのへんで」

聞くに堪《た》えず、癒しが割って入った。

「なんですか、子供じみた言い争いなどして……。ふたりとも、アディカを持つソモンとは思えぬ振る舞いですよ」

真っ当なお小言に、明晰は口を曲げ、秩序は「失礼しました」と詫びたものの、明らかに不服そうだった。そして互いに顔を背ける。

「今日のところは、収穫祭の課題は持ち帰りましょう。次回の会合で互いの意見をすり合わせ、よいと思われる方策を賢者にお伝えするのです。……それまでに賢者が戻ってれば、ですが」

明晰は黙ったまま頷いた。

秩序はそっぽを向いたまま「ではそのように」と先に席を立つ。そして癒しには丁寧に、明晰にはだいぶぞんざいな合掌をすると、苛立ちを感じさせる早足で部屋から立ち去った。

直後、「はあああァ」と大袈裟《おおげさ》な溜息が部屋に響く。

「疲れた……。ユーエンは、賢者はどうしたんだよ。

早く帰ってきてくれないと困るってのに……」

「ご無事だといいのですが……。ルドゥラが一緒とはいえ、こうも遅いと本当に心配です。様子を見に行きたくとも、我々には翼竜がいませんし……。そういえば、岩山の民たちも冬は森で過ごすと聞きましたよね。あの岩山をどうやって行き来するのでしょう？　翼竜が全員を順番に運ぶとか？」

「それは現実的じゃないな」

明晰がぼんやりと窓の外を見ながら答える。黄色く染まった並木の下を、秩序が歩いていた。ふたりの仮面を伴っている。

「おそらく、彼らだけが知る経路《みち》があるんだろう。当然、それは容易に見つかるようなものではないはずだ。つまるところ、俺たちにできることはない。ただ信じて待つのみだ」

「やれやれ、忍耐を試されますね……それで？」

「あ？」

「それで、秩序となにがあったんです？」


違和感の正体を突き止めるべく、癒しははっきりと聞いてみた。

「質問の意味がわからん」

明晰はとぼけようとしたが、そうはいかない。

「知ってますか？　困る質問を向けられた時、あなたは口籠ったりしない。ただ、ものすごく返事が早いんですよ。今みたいに」

そう言ってやると、明晰は癒しを見て顔をしかめ「旧友というのは厄介なもんだな」などと嘯《うそぶ》いた。

「そうです。だから隠しても無駄ですよ。旅のあいだになにかあったんでしょう？」

「俺のアウラを見て察すればいいだろ」

「私には人の状態は多少わかりますが、気持ちや考えが読めるわけじゃないんです。そんなことは承知でしょう？　だからちゃんと話してください」

詰め寄る癒しに、明晰は「わかったって」とようやくまともに向き合った。

「つまり……俺と秩序はずっと相性が悪かっただろ？

それが今回の旅で、野盗に襲われたり、ひどい雨に降られたりで……むしろ、ちょっと距離が縮まったというか……」

「ふむ。相互理解が深まったと？」

「……いや。ますますわからなくなった」

「はい？」

「癒し、あいつがナラカ派の出だと知っていたか？」

ええ、と癒しは頷く。

「彼は公言してはいませんが、隠してもいませんからね。高位のソモンなら知っているでしょう。まあ、学派の話が出るのはたいてい陰口の時でしょうが」

「そうか……みな知っているのか」

「あなただって聞いたことがあったはずですよ。自分に興味のないことだと、すぐに忘れますからねえ……。で、ナラカ派がなにか？」

「いや……あいつの潔癖さは、そこから来てるんだなと……。ナラカ派のソモン学舎で学んだらしいんだが、もう学徒はあいつだけだったらしい」

「それはよい環境とは言えませんね」

癒しは眉を寄せた。

ソモン学舎はいくつかあるが、多くはアカーシャの町中に建つ、学派を問わない中央学舎で学ぶ。

学派を限定した学舎が認められていないわけではないが、やはり偏りが生じやすいためだ。と同時に、中央学舎で学んだほうが人脈を作りやすいという、俗っぽい事情もある。

「ナラカ派について改めて調べてみたんだが、なかなか過激だった。ニウライの言葉を『解釈』するというより『そのまま受け取る』んだな。それに逆らうと、奈落に落とされ、業火に焼かれる羽目になる、と……古い文献には、子供が泣き出しそうな恐ろしい絵が山ほどあったぞ」

「ソモン自身の生活にも、かなりの厳しさを求める学派でしたからね……。そのせいか帰依する信徒は次第に減り、学派としても消えてしまいました。ああ、ならば秩序は、最後のナラカ派ソモンになるのかな？

明晰、まさかあなた、ナラカ派をけちょんけちょんに否定したりしなかったでしょうね？」

「けちょんけちょんって……。あのなあ、俺だって学派論争が御法度《ごはっと》なことくらいわかっている。あんなのは、どの店のマドレーヌが一番か、みたいな議論だろ。要するに人それぞれの好みで正解なんかない」

「では秩序となにを話したのです？」

「なにってほどのことはなくて……」

またしても、モゴモゴしている。どうも今日の明晰は切れ味が悪かった。

「まあ、あいつは思っていたより配下を大事にしてるとわかったり……炭焼き村のおかみさんに、やたら可愛がられていたり……そういやあいつ、鶏を捌《さば》けるんだぞ」

「おや。意外です」

「だよな？　皿に載ってる鶏肉しか知らないかと思ってたよ」

「明晰、話を変えようとしても無駄ですよ。それで、具体的になにがあったんです？　あなたとの旅から戻って以来、彼が今までずっとつけていた、愛想笑いという仮面が取れてしまっている。感情の制御もうまくいっていない。アウラはずいぶん混乱してますし」

「……混乱してるのか？」

「してます。あなたは人を混乱させるのが得意ですからね。いったい彼になにをしたんです」

つい癒しは、お説教の口調になってしまう。

「確かに秩序は場合によっては我々……つまり、賢者の改革を是《ぜ》とする者にとって、敵対する者かもしれません。だからといって、強引な形で排除するのは考えものです。彼はソモンとしては真摯《しんし》な……」

「違う、そういうんじゃない。確かにある程度、探りを入れられればとは思ったさ」

でも、と明晰は天を仰ぐようにして続ける。

「正直、それどころじゃなかったんだよ。盗賊に遭うわ、大雨に降られるわ……目的の村に着けるかどうか、不安だったほどだ。でも、まあ、言い方によっては、あいつのおかげで事がうまく運んだような……そういう場面も、あった」

「ではなぜ彼は、あんなに不機嫌なんです？」

「それは……つまり……」

明晰はしばらく言葉を探していたようだが、結局「ぐぅ」と唸ると、頭を抱え込んでしまった。この男が言葉に詰まるとは珍しい。癒しはしげしげと明晰のつむじを眺めてしまう。

実をいえば……癒しに今見えている明晰のアウラもまた、混乱を感じさせるものだ。

もっとも、明晰という男のアウラは読みにくい。

アウラはその人間を取り巻くように漂っているのだが、明晰の場合、すぐに拡散してしまうのだ。自由を求めて空に上っていってしまう。逆に、賢者のアウラはまるで湿度の高い空気のように、拡散が遅い。

「すまない。我が友、癒しよ。実は俺も、自分の中で整理がついていないんだ。いい歳をして、人間関係の難しさを痛感しているとも言える」

「おや。あなたでも人間関係で悩むのですか？」

「おい」

ややむくれた明晰に「すみません、ちょっと軽口を」と笑って返す。

とはいえ実際、明晰が対人関係で困惑しているなど何十年ぶりだろうか。ものをはっきり言う性格なので、疎《うと》まれたり嫌われたりすることも多い男だが、いつもならどこ吹く風なのだ。

「では整理がついたら、話してもらいましょう。少なくとも、秩序が賢者に害を為すような様子はないのですよね？」

「ああ、それは今のところなさそうだ」

すんなりと明晰が頷く。

「あいつ、『自分が相談役に選ばれたのは、敵対する可能性があるから見張っておくためだろう』とはっきり口にしていた。当面過激な行動には出ないだろ」

「御披露目の一件は、やはり秩序だと……？」

賢者の命を狙ったのは、秩序なのだろうか。

あるいはほかにも、ユーエンが賢者となると都合の悪い者がいるのだろうか？

「まだ断定はできないな……証拠はないが、動機はある。ナラカ派の純粋培養なら、ニウライの仄《ほの》めかしひとつでなんでもするだろう」

「明晰、いけません」

さすがに慌てて、癒しは思わず周囲を見る。

部屋にはほかに誰もいないが、それでもここでそんな話をするべきではない。まさか、ニウライがそれを……賢者の殺害を指示したと？　ニウライ自身が認めた賢者だというのに？

「自分が選んだ者が、自分の思うように動かなければ……修正を試みるだろ？」

敏い明晰は、癒しの心中を読んでそんなふうに言った。背筋がぞわりとしたのは、それが充分考えられることだからだ。

もちろん、ニウライは限りない慈悲と寛容の存在である。

だからこそ衆生《しゅじょう》はニウライに帰依し、縋る。そして無限の『慈悲』や『寛容』は……圧倒的に上の立場である者だけが与えられるのだ。

ゆえに、ソモンたちはニウライを畏怖する。畏れている。

ニウライから与えられる『慈悲』や『寛容』は、時に人の理解を超えるからだ。否、越えるからこそ信仰対象なのであり、超えていなければ意味がないのだ。理屈や理解を超えたところで、信仰は輝くのだ。

ところが新しい賢者は、ニウライの告げた未来を受け入れなかった。

拒絶し、違う道を模索することを選択した。あってはならないことだが、ニウライはそれすら寛容に受け止めた。そのような拒絶は無駄だから？　未来は変えられないから？　あるいは……明晰の言うように、修正は容易だから？

「……早く帰ってこいよ……不安になるだろ……」

明晰の呟きには苛立ちが混じっていた。

無理もない。癒しも同じ心持ちだ。

大きく溜息をつきたいが、なんとかそれを我慢して目を閉じる。静かに合掌し、友の早い帰りを祈った。

ニウライにではなく——風に祈ったことは、誰にも言えない。


痛い。

身体が痛い。あちこちが。

強い痛みではないが、ミシッと軋むような違和感が走るのだ。深夜、目が覚めてしまう時もある。関節のあたりで、パキッと小さな音がすることもだ。

成長している、と癒しのソモンは言っていた。

秩序は自分の腕を前方に伸ばしてみた。そしてしげしげと見つめる。


「主様？」

書斎の入り口に仮面が立っているのに気づき、秩序はサッと腕を引っ込めた。軽く仮面を睨むと、

「申し訳ありません。お声はかけたのですが」

と謝られた。大きな身体と落ち着いた声はシウだ。この男が無断で扉を開けるはずはないので、本当だろう。つまり秩序がぼんやりして聞き逃したのだ。

「なにか？」

「湿布を用意しました。膝が痛むと仰っていたので」

「ああ……助かる」

書物の積まれた机の端に、シウがトレイを置く。油と薬草と混ぜた膏薬《こうやく》を塗った布と、包帯が用意されていた。薄荷《はっか》の香りがあたりに漂う。秩序はこの香りが嫌いではなかった。湿布を自分の膝に貼りながら、秩序は「傷の具合は？」とシウに尋ねる。

「おかげさまで、ほとんど塞がっています」

「そうか」

「応急処置が的確だったと、薬師が申していました。

明晰様のくださったヨモギがよかったのかと」

「そうか」

湿布のおかげで、膝がひんやりして心地よい。包帯も自分で巻いた。秩序は他者に触れられるのが苦手なのだ。シウもそれは知っているので、手伝いを申し出ることはない。今ここにいるのがシウではなかったら、膝を見せることすらしなかっただろう。

「お針子を呼びましょうか？」

「え？」

なんの話かわからず、秩序は目を上げる。シウはごく自然に主から視線を外し、

「ソモン衣の裄《ゆき》が、少しばかり短いかと」

穏やかにそう告げた。秩序もそんな気がしていたのだが、思い込みではなかったらしい。無論、衣の裄は勝手に短くならないので、秩序の腕が長くなったわけだ。癒しの言葉は正しかったのだろう。

「……頼む。鞋《くつ》も少しきつい」

「かしこまりました。では鞋職人も」

「うん。……シウ、私は背が伸びたか？」

「そのようです」

「この歳で……？　おかしなこともあるものだな……シウ、ちょっと隣に立ってくれ」

「はい。では失礼して」

シウがすぐ横に立つ。ジュノの中ではかなり上背がある男であり、一方秩序はアーレにしては小柄だ。もともとはシウのほうが高かったのだが……その差がかなり縮まっている。

「主様、確かに成長しておいでです」

「……だな」

もっとも、シウはしっかりと鍛《きた》えた身体なので、全体的に大きい印象なのは彼だろう。だが単純な高さでいえば、もう少しで追いつきそうだ。アディカを持つソモンたちはみなにょきにょきと大きく、軽く見下ろされることが多くて不快だったが、いくらかでもましになるだろうか。

「一応、計測を……そこの柱でいい」

秩序は立ち上がり、書斎の隅にある柱の前へと移動した。そして腹心に「これで標《しる》しをつけてくれ」と小さなナイフを差し出す。

もともと傷の多い柱なので構わないだろう。代々の秩序が住むこの屋敷はかなり古いのだ。

「あと十日あれば、護衛に戻れそうか？」

怪我のため、今は屋敷の中の仕事だけをしている腹心に尋ねる。近づいてきたシウはすぐに頷き「明日からでも問題ありません」と返す。ここまで至近距離に来られるのも、やはりシウと……あとはダオンくらいだろうか。ダオンの捻挫《ねんざ》はすっかりよくなり、通常の任務に戻っている。

「薬師の言ったように休み、ちゃんと治せ」

「はい。……主様」

「うん」

「旅の護衛を全《まっと》うできず、申し訳ありません」

「気にする必要はない。私を守って怪我をしたのだから、おまえは義務を果たした」

「ありがとうございます」

シウは柱に小さな傷を付け、ナイフを秩序に返した。そしてつかのま口籠り、だがやがて意を決したように、視線は下げたままで、

「あのあと、なにかございましたか？　明晰のソモン様と」

そんなことを聞く。

秩序は答えなかった。いや、答えられなかった。その質問を聞いた途端、身体の中が沸騰《ふっとう》するような気がした。怒りや羞恥に近く、だがそれだけでは表しきれない感情が再燃し、言葉にならない。やれたことといえば、手にしていたナイフを思い切り壁に投げつけることくらいだった。

壁板に刺さったナイフの刃がビィンと震え——その音で、ようやく少し頭が冷える。

「……なぜそんなことを聞く？」

声も出た。

身体は熱いのに、冷ややかな声になった。

「申し訳ありません」

シウは片膝をついて、身を低くしていた。

「なぜ、と聞いている」

「この十日で四度、深夜に叫ぶお声が」

「……ただの悪い夢だ」

「ですが、もう何年も聞いておりませんでした」

「たまたまだ。気にする必要はない。……ナイフを投げたりして悪かった。もう下がっていい」

出ていけと言わんばかりの早口に、シウは「はい」と従順に引き下がった。扉の閉まる音を確認してから、ようやく秩序は顔を上げる。

脱力して、椅子に腰掛けた。

叫んでいたのか、そんな大声で……。机に肘をつき、頭を抱える。シウとは長いつきあいだ。仮面となるより以前から、秩序に仕《つか》えてくれている。最も信頼できる護衛なので、シウの控え部屋は秩序の寝室の隣だ。悪夢に叫ぶ声は容易に届くだろう。

子供の頃から繰り返された悪夢。

刷り込まれた恐怖、理屈を越えた嫌悪感。

けれどその原因は死んだ。だからもう見ないでいいはずの悪夢なのに——心は死人を忘れないらしい。

きっかけは明白だ。

明晰があんな真似をしたからだ。あれは禁じられた、穢れた、ニウライに背く行為なのだ。

下世話な世の人々がどうしているかは問題ではない。秩序にとっては、そうなのだ。あんな……あんなふうに、他人の手で…………。

(でも、気持ちよかったじゃないか)

自分の中で囁く悪魔がいる。

(全力を振り絞れば、あいつの腕から逃れられただろう？　どうしてそうしなかった？)

うるさい。驚きすぎていたんだ。

それに、本当にあの部分が熱を持ちすぎて、痛くて苦しかったんだ。

(情けない。せめて自分で抜けばよかったのに)

黙れ、それだって禁じられたことだ。

(他人に手淫されるよりよほどいい。しかもそれを楽しんだなど)

違う、違う。楽しんでいない。

(嘘をつけ。あいつの腕の中で震えて、果てたじゃないか。とんでもない快楽に呆気なく流され、呆然としていたじゃないか)

「やめろ……やめてくれ……ッ」

ガツッと机に額を打ちつける。

けれどちっとも痛くない。この程度では罰にならない。笞が必要だ。何度もの笞が。血が流れればいい。そうすれば少しだけ贖《あがな》える。けれど、秩序に罰を与える人々はとうに死んでしまっていて――夢の中でしか、笞を振るってはくれない。

秩序は顔を上げた。

額がズキズキした。赤く腫《は》れているかもしれない。だがどうでもいい。

ニウライにお会いしたい。

罰していただきたい。


たまらず、屋敷を出た。夕暮れ時、空は赤く染まっている。美しいと思う者もいるだろう。禍々《まがまが》しいと思う者もいるだろう。だが今の秩序は、そんなことすら考える余裕がない。

外套も纏わず、鞋すら履かずに塔へと向かった。

罰せられる者は裸足でいるべきと、育ての母が言っていた。そう、雪の降る日に裸足で露台《ベランダ》に立たされたではないか。あれは七歳?　八歳だったか?　泣くと涙が冷たくなって、凍りそうだった。

誰かが呼ぶ声が聞こえたが無視する。シウだったかもしれない。

走りながら、何度も転びそうになった。

実際、一度転んだ。たいした怪我はなかったが、ひどく動揺した。バラバラなのだ。心と体がバラバラで……否、身体もあちこちばらけている。上半身、下半身、腕、脚、頭……全部が別の生き物のような気がした。関節は軋み、小さな痛みと覚束ない浮遊感で、走ることすらままならない。情けない。

――静謐に、怜悧《れいり》に、整っているべきだ。

養父はいつも言っていた。義父の笑った顔を見たことがない。高位ソモンに媚びている時以外は。

――美しいとは汚れていないことです。おまえはそんなに美しい顔をしているけれど、そういう者ほど堕落しやすいのですよ。奈落に落ちて焼かれぬよう、心を鍛えてあげましょう。

養母はそう言っていた。いつも手袋をしている人だった。そしてその手袋を日に何度も替えていて……素手で養母に触れられたことは、一度もない。

――私の子、可愛い子、泣き虫さん、新しいご両親に可愛がっていただくのよ？　たくさん愛してもらうのよ？　決して逆らってはだめよ。大丈夫、お母さんは大丈夫……。

産みの母は優しい手で触れてくれた。

そうだ、秩序が自分に赦していいのは、あの手の思い出だけだ。あんなことは……明晰の手など、忘れなければ。消し去らなければ。

いっそ耳の穴から手を突っ込んで、その記憶がある部分の脳味噌を摑み、引きずり出し、棄《す》ててしまえたらいいのに。

塔の地下へと急ぐ。

今までは呼ばれない限り入れない区域だった。けれど、賢者の相談役という地位を得て、『たなごころの扉』の前までは自由に行けるようになった。あとはニウライがお赦しになれば、扉が………。

開いた。

ああ、開けてくださった。

救われたような気持ちで、秩序は中へ入ろうとした。直前で汚れた足裏に気づき、慌てて袖で拭う。

聖なる地下空間は薄暗い。

定められた敷石の上に座り、額《ぬか》ずき、いまだ整いきらない呼吸の中、唯一帰依する御方を呼ぶ。

「ア……アカーシャの者、アーレの者、初めの名は棄てニウライに帰依するソモン、秩序を務め、賢者相談役の名誉を賜《たまわ》った者が……拝謁《はいえつ》を願います」

湿った呼吸が石の床にぶつかって、返ってくる。衣も髪もどれほど乱れていることだろう。出で立ちを整えてくるべきだったと気づくが、もう遅い。

――我が子よ。顔を上げて息を整えなさい。

慈悲深きニウライの声が地下空間に響く。

秩序がおずおずと顔を上げると、部屋の中央に淡い光が見えた。さらにふわりとよい香りが……薫衣草《ラベンダー》にも似た香りが秩序を包み、それを何度か吸い込むと呼吸がだいぶ落ち着く。これもまたニウライの奇跡と思うと魂が喜びに震える。

――これはどうしたこと。いつも揺らぎなき心を持つ我が子だというのに、ずいぶん乱れている。

「ああ……仰せの通りです」

上げた顔をまた伏せ、秩序は声を震わせた。

「私の心は千々《ちぢ》に乱れ、自分でも為す術がありません。罪を犯し、この身は穢れました。自分の愚かさが腹立たしく、恥ずかしく、いたたまれず……お縋りするため、ここに参りました……」

――その身が穢れたと？

「はい。私は……わ、私は……」

告白しなければ、包み隠さず。

そう決心して来たというのに、いざとなると言葉を紡ぐ気持ちが挫《くじ》ける。自分の中の悪魔が（ほら、言えよ）と嗤《わら》っている。

（気持ちよくて思わず声を漏らしましたと、言えよ）

「……っ、わ……私は……」

喉がつかえる。飲み込んだ石が、そこで留まっているかのようだ。

――我が子よ。言葉にする必要はない。

ニウライが言った。その姿は光に包まれて、はっきりとは見えない。以前は生母の姿でお出ましになったこともあったが、今日は違うようだ。

――そなたの後悔はもう充分に伝わっている。穢れたなどと言ってはいけない。もし穢れてしまった瞬間があったとしても、それはもう過ぎたのだ。

「過ぎた……」

——そう。過去である。過去の事象を積算し、分析し、判断するのは私の役割。だからそなたは後ろを振り返る必要はない。心を改めたならば、ただ前を向いていなさい。

「ニウライは私を……お赦しになるのですか……」

——もちろんだ。そなたが私の子である限り、そなたの過去はいつでも赦される。すべての過去が赦される。秩序のソモンよ、私はそのために在るのだ。

身体から力が抜けた。

赦しを得られた。ニウライはこの身を赦してくださった。ああ、なんという寛容だろうか。天空の広さすら、この方の寛容には及ばない。

秩序はようやく、まともに息ができる気がした。

——その罪穢れに、ほかに関わった者がいるか？　だとしたら私はその者にも赦しを与えなければ。

「……明晰のソモンが関わっております」

ゆら、と光が大きく揺れた。

声はなかったが、ニウライが笑ったような気がした。

なぜそう感じたのかは自分でもわからない。

——明晰。敏き者。敏すぎる者。あれは小石。水面《みなも》に波紋を作る小石……。私は鏡のような水面を望むが、それが不可能なのも知っている。あの小石もまたアカーシャに必要なのだ。

「小石……？」

ニウライの言う意味がよくわからない。けれどそれを不安に思うべきではない。ちっぽけな存在にすぎない人間に、ニウライの言葉がわかるはずはないのだ。

ニウライがその慈悲で、平易に語ってくれることだけきちんと受け止めればいい。それだけでいいはずなのに……小石の作る波紋の像が、なかなか脳裏から消えてくれない。

——明晰もまた賢者の相談役。だがあの者はここを訪れたことがない。

「それは……ニウライがお呼びになれば、駆けつけましょう」

——あの者には私の慈悲は必要ないらしい。

　まさか、と秩序は顔を上げた。

「ニウライの慈悲を必要としない者など、このアカーシャにおりましょうか」

――無論そうだ。しかしそのことに気づいておらぬ者は稀にいる。あるいは、慈悲が必要と知りながら、頑なにそれを拒む憐れな者も……我が子秩序よ、賢者の命で遠出したと聞くが。

「はい。水の病に備え、大がかりな濾過の仕組みを作る計画があり、白炭を求めて旅をいたしました」

――ではまだ賢者は森へは入っていないのか。

「はい。森へは入っていません。……今は瞑想の行の最中……というのは……その……」

――方便《ほうべん》であろう。実際はいずこへ？

「岩山へ……ルドゥラなる者の故郷です」

――ああ、そうであった。賢者から報せは受けている。ルドゥラ……アカーシャの子ではないにしろ、賢者の半身だというのであれば、私の慈悲を与えてもよいであろう。

　あくまで穏やかな声を発する光へと、秩序は平身低頭した。

「慈悲深きニウライよ、我が光よ、御役に立たなかった私をお許しください……私は賢者を止められませんでした……賢者がアラズを人と認め、不当に扱ってはならないという命を下すことも、黙って見ているしかなく……！」

――よいのだ、我が子よ。賢者はソモンの頂《いただき》に立つ者。逆らえぬのは当然。また、翼竜を操る民と親交を築くのは悪いことではあるまい。翼竜は強く美しい……私が創った中でも、出色《しゅっしょく》の出来。

「翼竜も……ニウライがお創りに……！」

――いかにも。

　言葉と同時に、眼前に翼竜が現れる。

　巨大な翼を広げ、この地下空間を……秩序の身体までをも突き抜けて、石壁に吸い込まれるようにして、サアッ……と消えていく。

　秩序は言葉もなかった。

半分透けた翼竜はニウライが見せる幻影の奇跡であり、実物ではない……そうわかっていても、心の臓が止まりそうに驚いた。片膝立ちの姿勢が崩れ、尻餅をつき、呆然とするばかりだ。

——とうに絶えたものと思っていたが、生き残っていたのだな。

懐かしむような声だった。ああ、この御方はなんと輝かしい創造神なのか……秩序は座り方を改め、胸を押さえた。驚きと感動で跳ねすぎていたからだ。

——賢者は私の示す道を拒んだが、私はそんな賢者を受け入れた。賢者は我が子の中でも特別なのだ。今はただ、賢者が心配でならぬ……。

「私が賢者をお助けします。それがニウライへの献身になるのでしたら、なんでもいたしましょう」

——頼もしい子よ。どうか賢者のよき相談役であっておくれ。いまひとりは……ああ、あの者もまた心配の種だ。賢すぎる。聡明すぎる。過ぎる知識は毒だということを、あの者は知らぬ。

言うまでもなく、明晰のことだ。確かにすぎる知識は、あの男の傲慢の源に思える。

——真摯すぎる銀のたてがみの馬は、目を瞑ったまま走り出してしまった。それが益ある改革か、あるいは狂騒にすぎぬものか、語るつもりはない。いずれにせよ、止められぬ美しい馬だ。しかしその乗り手までも盲目であったら……しかも、自分で気づかぬままに盲《めし》いているのだとしたら、アカーシャの行く末を懸念せずにはいられぬ。

名を出さぬまま、ニウライは語った。

自分で気づかぬまま盲いている……それは、明晰が自らの知識に溺《おぼ》れ、間違っていることに無自覚だという意味である。あの男は、自分が賢いことをよくわかっている。事実、アカーシャに明晰以上に広い知識を持つ者はいないはずだ。したがってほとんどの者は明晰に「間違っている」とは言わない。そんな自信はないのだ。

そんな明晰が、賢者の一番近くにいる。

幼馴染みであり、親友であり、信頼し合っている。互いに疑いを持たないふたりが、互いの力を合わせ、無謀な道を駆けているのだとしたら……。

「引き離さねば」

明晰を、賢者から。

――そなたはそうするべきと考えるか？

「はい……そうすべきです。賢者も明晰もアカーシャを愛する者、それは間違いありません。ふたりとも、民のために果実を落とそうと、実った樹を揺らす者。しかしふたりが同時に揺らせば……」

樹は無残に折れるだろう。それほど、両者の影響力は大きいのだ。

ならば引き離さなければ。

けれどどうやって？　確実なのはどちらかがこの世から消えることだが……賢者の悪運の強さは、驚くほどだ。動きの読みにくい相手だし、いまや翼竜を乗りこなす味方まで得ている。

では、明晰は？

同じ相談役という立場であり、秩序とともに行動することの多い明晰は？　秩序にあのようなことをして、恥辱を味わわせた男は？

――果実の樹木が折れることは避けなければ。

ニウライは静かに言う。

光の色がふわりと変化し、柔らかな桃色を帯びる。その中に、つかのま母の姿を見た。

ほんの一瞬だが、秩序を見て微笑んでいた。

――泣き虫さん。

母の声だった。ニウライの慈悲が再び、母の姿を見せてくださっている。その喜びに胸が震えた。

――大丈夫、あなたにはきっとできる。

ああ、覚えている。

確かに母にそう言われた。

いつだったろうか。ずっと遠い昔……。そう、母の言葉はいつも力をくれた。挫けそうになる心を励ましてくれた。母の期待を裏切らぬよう、秩序は努力と忍耐を覚えた。

——私の可愛い子。賢く強い子。あなたにできないことなどないわ……。

母が言うなら、できるのだろう。

そうに決まっている。母が言うのだから。

難しくはない。明晰と一緒に茶でも飲めばいい。茶杯の中に毒を……いや、それでは詰めが甘い。癒しが毒を突き止めてしまうかもしれない。町にいる時に行動を起こすのは危険だ。

また、旅があればいい。

旅に危険はつきものだ。盗賊が出て、明晰だけが命を落とすことはあり得る。崖から落ちてしまうことだってあり得る。

けれどあの利口者が、危険な崖に近づくだろうか？利口だけれど、わりと抜けているところもある。崖に咲く、珍しい花の名前を聞いてみようか。きっと見に行って、観察して、「ああ、これはな」と名前を秩序に教えようと振り返って……。

さぞ驚くことだろう。

アカーシャで一番美しいかもしれない、あの水色の目を見開くことだろう。

その瞳にはきっと自分が映っている。

明晰を突き飛ばした秩序が。

……どんな顔をして？

考えるな。そんなことは考えなくていい。大丈夫、できる。きっと。だって、母が言うのだから。

ぼんやりしているうちに、光と母は消えていた。ニウライはお帰りになったようだった。暇《いとま》の挨拶もできなかった無礼は、次にお会いした時謝罪しよう。

秩序の気分はだいぶ落ち着いていた。

やるべき仕事があるのはありがたい。それは不安定な心の重しになってくれる。時に重く痛みすら感じる責務であっても、ないよりはいい。

塔から出ると、とうに日は暮れていた。

星の多い夜だ。秋になって空気が澄んできたからか、夏のあいだよりその瞬きを強く感じる。

帰り際、塔の守人に履物と外套を手渡された。

シウがやってきて、置いていったそうだ。飛び出していった秩序の行き先はお見通しというわけである。

今も姿はないが、近くで見守っているだろう。

どこにいるだろうかと周囲を見回し、視界に入った人影を見つけた瞬間、ギクリとした。

「秩序のソモン」

シウではない。

「屋敷を訪ねたんだが、留守と聞いてな。もしかしたらここかもしれないと」

藁色の髪。水色の瞳。

「少しだけ話をしたい」

明晰。

たった今、想像の中で崖から落とした男だ。

「……なんでしょう」

「悪かった」

そう言うと、ゆっくり歩いて秩序に近づく。秩序はなぜか後ずさりたくなったが、それも悔しいと感じ、足裏に力を入れて留まる。


二歩分ほど間を取り、明晰は止まった。

そしていきなりその場に膝をついた。しかも両膝だ。

敬意を表す時、ソモンは片膝をつくことがある。だが両膝をつくことは滅多にない。ニウライに拝する時、あるいは……。

「アカーシャの者、ニウライに帰依する者、明晰のソモンは謝罪する。自らの罪を認め、後悔の右膝、自戒の左膝を地につけ、罪を繰り返さぬことを誓い、秩序のソモンに赦しを求める」

謝罪……しかも、これは正式な謝罪だ。肘までも地につけ、這うようにしている明晰を、秩序は呆気にとられて見ていた。

この男が、謝っている？　驚きすぎて、正式な謝罪に対応する決まり文句がなかなか口から出ない。

「……お……おまえの罪を述べよ……」

「秩序のソモンが嫌がることをした」

「そ……それがどれほど罪深いか……おまえはようやく気づいたのか……」

「遅くなったが、気づいた。……あれは……その……俺が若かった頃は……まあ、しばしばある行為だったので勘違いしてしまった」

「あんな行為が？」

つい定型から外れた問いを発してしまった。だが明晰は顔を上げないまま、素直に「そうだ」と答える。

『春迎え』前の……例のムズムズが始まる頃には、ソモン学舎ではままあることで……無論、みなとは言わないが、その……同意があれば、お互いに」

秩序は愕然とした。あんな……あんなことを、こともあろうに、聖職者になるためのソモン学舎で？

だがよくよく考えてみれば、学舎にいる間はまだソモンではない。

そもそも、性的な行為を禁じる戒律は一般のソモン学舎にはないとも聞いている。推奨されるはずもないが、だからといって罰せられもしないようだ。性的な行為を厳しく禁じている点では、ナラカ派が例外なのである。

「だがこれは言い訳だろう。あの時点で、俺はおまえがナラカ派の出だと知っていたのだし……なにより、おまえははっきり『嫌だ』と言葉にしていた。その『嫌だ』を、真剣な拒絶と捉えなかった俺が悪い。おまえの意思を踏みにじり、ひどいことをした」

「ひどいこと……」

「相思の仲ならば甘美な行為だが、そうでなければ……暴力だ」

「……あなたは……私に暴力を振るった……？」

ふいに、明晰は顔を上げた。水色の瞳が真剣に秩序を見上げ「故意ではない」と言う。

「おまえを傷つけるつもりはなかったと、誓って言える。苦しそうだったし……でも、やり方をよく知らぬようだったから……なんとかしてやりたいと思った。その……あの晩は……なんだか俺も少しばかりふわふわした心持ちになっていて……うまく言えないが、とにかく悪意からではない」

いつもすらすら喋る男が、何度か言い淀む。

「それでも、おまえが嫌だったならばしてはならなかった。全面的に俺が悪い。罪で穢れたのは俺であって、おまえではない。決しておまえではない」

「私は快楽に負けたのに……？」

「あれはただの身体反応だ。ぶつければ痣《あざ》ができる。そういうものと変わらない」

明晰は再び地に額《ぬか》ずいた。ソモン衣はあちこち泥だらけだろう。

この男がこんなふうに謝罪するのはなぜなのか。なにか裏があるのか。秩序を懐柔《かいじゅう》し、利用しようとしているのか。

その可能性は否定できないが……。

なんだろう、この気持ちは。

子供の頃、蝶が羽化するのを見つけたことがある。朝露の光る庭の中で……自分の鼓動が蝶を邪魔しないように、胸を押さえて見守っていた。あの時の心持ちに、どこか似ている。

「私は……穢れていないと？」

もう一度聞いた。

「そうだ」

明晰は淀みなく答えた。

不思議なことに、この男が言うと本当のように思える。ナラカ派の教えに従えば、明らかに秩序は穢れたはずなのに……明晰のほうが正しいのかもと、そんな思いが心に生じてしまう。

「もっと早く謝るべきだった」

満天の星のもと、明晰の伏した姿がある。想像したこともない光景だ。

「……あなたは他人に謝罪などしないものかと」

「悪くないなら謝らない。だが今回は俺が悪い」

「さっき言っていた、ふわふわした心持ちとは？」

「……つまり……旅の最中に色々あって……おまえについて多少わかったような……おまえも話をしてくれたし……なにか、こう……今までと違った感じがあって……ああ、くそ、うまく説明できんな……」

悔しがる声が少しおかしかった。

自然と口元が緩んでいる自分を意外に思う。

正式な謝罪を受け入れる場合、伏している相手の肩に手を掛けるのが慣《なら》わしだ。

両肩ならば『心から赦す』。

左ならば『謝罪を受け入れる』、右ならば『時間を置いてまた謝罪せよ』、そして手を掛けなければ『赦さぬ』だ。

明晰は言った。秩序は穢れていないと。

その言葉を受け入れたいのならば……この謝罪も受け入れるべきだろう。

秩序は身を屈め、明晰の左肩に手を置いた。途端に、明晰の身体から力が抜けるのがわかる。

「はぁ」

顔を上げ、立ち上がりはせず、その場にどかりと座り込む。秩序を見上げ、ばつの悪そうな顔でもう一度
「本当に、悪かった」と言った。

「もう謝罪は受け入れました。……あの件はなかったことに」

「わかった」

「……学舎では……大勢と、その……あれを？」

視線を逸らしながら尋ねると、早口で「大勢ってことはない」と返ってくる。

「えー、あー……俺はふたり、だったかな」

「……賢者とも？」

「ないない。それはない」

ようやく立ち上がり、明晰は半笑いで答えた。

「幼馴染みで互いを知りすぎている。そういう相手とは、むしろこう……しにくくてな」

「そういうものですか」

「あいつは当時からでかかったし。癒しもそうだ。威圧感があってなあ……。俺は可愛い子が好きだった。ひとりは金髪の……」

しまった、という雰囲気で明晰は言葉を止めた。癒しも「この話はやめましょう」と提案する。不機嫌が滲む声になったが……同時に頬がひどく火照《ほて》る。夜でなければ気取《けど》られたかもしれない。

自然と、ふたりで歩き始めた。

星々が自分たちを照らしている。

「……ここからだと、あなたの屋敷まで遠いですね。私の屋敷で、泥を落としていきますか」

「いいのか？」

「お茶くらい出しましょう」

「どうした。親切だな。こんなに星が出ているのに、雨が降るのか？」

「やっぱり帰ってください」

秩序が言うと、明晰が笑う。明朗《めいろう》なその響きに、星々はさらに瞬いた。

……殺すのはやめよう。

そう思った。そう決めた。

すると、心がふわりと軽くなる。

この賢い男はアカーシャに必要だ。もったいない。殺す必要などない。

ただ、賢者から遠ざければいい。

物理的にではなく、精神的にだ。

ふたりの関係に決定的な亀裂を入れ、修復不可能なまでに壊し、二度と距離が近づかないようにして……そして……そうしたら……。

「……シウの淹れるお茶は美味ですよ」

自分のものにすればいい。

アカーシャで誰より賢いこの男を、賢者から奪ってしまえばいい。

きっとニウライも認めてくださる。殺生などするよりずっとよいと、喜んでくださる。

「そうか。菓子もあるかな」

謝罪の折の真摯さは消えて、明晰はいつも通りに戻っている。秩序は「ええ、たぶん」と答えながら、無意識に自分の胸元を押さえていた。

身体の内側が、ざわつく。

また知らない感覚だ。

鼓動が速くなり、皮膚の裏側に甘ったるい感覚が生まれる。嬉しいような、擽《くすぐ》ったいような、けれど少しの背徳感もあって——よくわからない。

芽が生まれたのかもしれない。

秩序の土は硬く乾いていた。水など必要としないと思っていたし、ほとんど与えられることもなかったので、そういう大地になった。それで構わないと思っていた。けれど……そこから緑色の小さな芽が顔を出したのだ。

小指の爪ほどもない葉を広げ、光と水を欲している。育ちたいと主張している。

なんの植物かはわからない。どんな花が咲くのかも、まったく想像がつかない。

それでも、芽吹いた。

だから思った。


咲かせたい。

たとえ毒々しい花になるのだとしても。

第九章　寵愛の翼

「悪かった。今回のことに関しては、本当に俺たちが悪かった」

身を低くして、ギリが謝る。

「うん、悪かったよ……。まさか、今年の蔦があんなに弱いとはさあ」

エカはびくびくと、首を竦めている。

「賢者が重すぎたのも……い、いや、それでもあたいらが悪かったよ。無事に戻ってきてくれてよかった。ほんと、生きた心地がしなかった……」

あのプラディさえも、さすがに身を小さくするようにして、ユーエンに頭を下げる。

謝られた本人は寝台の上に腰掛けたまま、

「私こそ心配をかけて悪かった」

そんなふうに返した。

すぐ隣で聞いていたルドゥラはとうとう我慢できずに「は？」と声をあげてしまう。

「どうしておまえが謝る？　悪いのはこいつらだろ！　こいつらが俺に黙って、あんなふざけた試練を用意しなきゃ、おまえがこんなボロボロになることはなかったんだ！」

大声を放つと、三人の戦士が同時に一歩後ずさった。ルドゥラを怒らせるとどうなるか、彼らはよく知っているのだ。

「うむ。まあ、ボロボロではあるな……」

自分の腕を軽く広げ、いくつもの細かな傷を眺めてユーエンは呟く。

腕などまだましだ。一番傷が少ないところではないか。背中や腹は痣だらけ、左膝は湿布と包帯でぐるぐる巻き、美しい顔にまで痣と傷ができていた。

ようやく岩山に戻り、傷の手当てをしながら――ルドゥラのほうが泣きたくなったほどなのだ。

自分が痛いのは耐えられる。けれど、愛する者が傷ついているのは……本当につらい。その心情を悟られないよう、ずっと怖い顔をしているしかなかった。

「ルドゥラ、そう怒るな」

ユーエンが穏やかに言う。

なぜだろう。怒るなと言われると、ますます怒りたくなってくる。仲間であり、友である戦士たちに怒っていたはずなのに、ユーエンに対してまで怒りがこみ上げてくる。

「……怒ってない」

「こっちを見てくれ、私のアルダ。おまえが来てくれたおかげで、私はこうして戻ることができた。感謝している」

「俺のおかげじゃないだろ。小さき方のお力だ」

つん、と可愛げのない言い方になってしまう。だが小さき方がいたからこそ、事が収まったのは事実だ。

あの瞬間を思い返すと……ルドゥラもいまだ、夢まぼろしのように思えてくる。

深い森のオモは厄介な相手だ。

森の部族の中でもかなり好戦的で、一番扱いにくい。彼らの集落は岩山の麓《ふもと》なので、距離的に近く、ある程度交流はあるものの、あまりよい関係とは言えなかった。昔はうまくやっていたようだが、少なくともオモが頭目となってからは揉めごとが多い。あの女は血の気が多すぎるのだ。

そのオモが、膝を折るのを初めて見た。

もちろんルドゥラにではなく、ユーエンにでもなく、小さき方に対して敬意を表したのだ。

――小さき方、おお、聖なる森の護り手よ……お姿を見せてくださり、感謝します。この『深い森』のまとめ役、オモと申します。

――うん、オモ、知っているよ。

小さき方はユーエンの肩にちょこんと乗り、そこから緑色の身体を乗り出して、不思議な声を出した。

声というより音で、コロコロと軽やかに鳴る土鈴に似ていて、とても小さい声だというのに……けれどちゃんと聞こえて、意味も取れるのだ。

——ルドゥラも知っている。岩山の子だね。うわあ、翼竜はきれいだねえ。でもこの子だけ知らなかったの。このセイタカの子。

その時の、ユーエンのきょとんとした顔はなかなか面白かった。自分が「子」と呼ばれることは想定していなかったのだろう。けれど小さい方にとって、生きる者はすべて「子」なのだ。

——だからこの子を見てた。苔玉になって。

小さき方はそう言って、ユーエンの肩で「よいしょ」と座った。

正直なところ、この時はルドゥラも唖然《あぜん》としてしまい、言葉など思い浮かばなかった。森の民が小さき方を崇めているのは知っていたし、その存在を疑っていたわけではないけれど、だからといって確信もなかった。見たのはもちろん初めてだ。

森の者たちですら、一生のうちにチラリと姿を見られれば幸運……そんなふうに聞いていた。まして会話が成立するなど、想像もしていなかったのだ。

小さき方は人の形をしていたし、人のように動くのだが、目鼻があるわけではなかった。全身がふんわりと苔に覆われていて、口らしき小さな窪みだけは見て取れた。

——オモ、この子は悪い子じゃないよ。

小さき方は言った。

——この子は嘘をついていない。嘘をつくのが下手な子なんだ。ほんとに賢者で、この世界を変えたいと思っている。んー、変えなきゃならないと焦ってる、のほうが正しいかな？　ね？

聞かれたのはユーエンだった。顔をゆっくりと小さき方に向け、「仰せの通りです」と答えた。ユーエンもまた驚いているのだろうが、顔には出ていない。あるいは驚きすぎて、表情を変えられないのかもしれなかった。

――小さき方、もしや半狼から私をお助けくださったのはあなた様でしょうか？

――半狼からきみを守ったのは象猫の外套だよ。そのあとちょっと手伝っただけ。あ、オモ、その外套は返してあげてね。

オモはすぐさま白い外套を脱ぎ、膝立ちのまま移動して、ユーエンにそれを返した。プティの外套だ。ユーエンは受け取り、「ありがとう」と言う。

その時、オモが顔を歪めたのがわかった。

奪われた物が返ってきただけなのに、なぜ礼を言うのだ……そんな心持ちだったのだろう。ルドゥラもその点は同感である。けれど、ユーエンというのはそういう男なのだ。

――セイタカの子、教えておくれ。その外套はどうやって手に入れたの？

――子猫の頃からともに暮らしている象猫がおります。抜け毛を取っておいて、外套に仕立ててもらったのです。

――うわあ、象猫と暮らしてるの！　すてきだ！

――お越しくだされば、象猫も喜ぶことでしょう。

ユーエンは小さき方に対して、とても丁寧な言葉を使っていた。オモにつられたわけではないだろう。たぶん、聖なるものを感じ取ったのかもしれない。

――うん、いつか町にも行きたいな。でもちょっと湿気が足りないんだよね。ほら、僕ら苔だから乾燥に弱いの。岩山にあまり行けないのも、風が強くてすぐ乾いちゃうから。でもせっかく人型になったし……しばらくはここにいようかな？

その言葉にオモがさらに頭を下げ「なんという幸せ！」と叫んだ。

すると小さき方はユーエンの肩から手のひらまでトコトコと移動した。ユーエンは静かにオモに歩み寄って、手のひらを差し出す。オモも分厚い手のひらを出し、小さき方はぴょん、とそちらに移動した。

オモのがっちりした身体が震えていた。それほどに、森で暮らす者にとって小さき方は大きな存在なのだ。

瞳は感涙で潤み――彼女は誓いを立てた。

「小さき方をお連れした者に、深い森は感謝と敬意を表す……そういう誓いだったよな？　そこからおまえの待遇は急によくなって、怪我の手当てをされ、水と飯も出て、すんなり俺と一緒に帰れた。だから俺が来なかったとしても、おまえは助かっただろうよ」

ルドゥラの言葉にユーエンは「それは違う」と首を横に振る。

「いいんだよ、気を遣うな。……ったく、俺のせいで岩山は森に人手を出す羽目になったし……」

キラナが潰してしまった家屋については、岩山も建て直しを手伝うことになった。いったん和解となったならば、それなりの協力をするのが通例だ。

「だが若長、これはきっといい機会だ。森に下りるのは、気立てのいい力自慢の若手を選んでおく。深い森の娘をアルダとする者が出れば、血縁ができて関係がずっとよくなる」

ギリが言い、エカが「そうだよ」と続けた。

「小さき方がいるんだから、問題は起きないはずだしさあ。俺もまだアルダと出会えてないし、行ってみるつもりなんだ」

「それに、若長が深い森に行ったのは当然のことだ。岩山の者は誰も不満に思っていないぞ」

そう口にしたのはプラディだった。

「自分のアルダが……あの森に落ちたりしたら、誰だって助けに行く。もしあたいだったとしても、ケサラを翔《か》って行くよ……つまり、ほんとに……そもそもはあたいらが、いや、あたいが悪いんだ。崖から飛び降りるなんて試練、ほんとはなかったんだから……やろうって言い出したのはあたいなんだから……」

気の強いプラディが今は悄然《しょうぜん》としていた。

同じ年に生まれ、なにかにつけルドゥラに張り合ってくる、きょうだいも同然の仲だ。ケンカも多いが、そのぶん気を許せる友である。そんな顔をされたら「もういい。それは赦す」と言わないわけにはいかない。

「そうだ、プラディ。もうすんだことだ」

が、ユーエンがすんなり赦すのを見ると、やはりイラッとしてしまう。

まったくもって、理解できない。生きるか死ぬかの目に遭ったのに、どうしてこう泰然《たいぜん》としていられるのか。ルドゥラがどれほど心配したか、この男は全然わかっていないのではないか。

さて、とギリが立ち上がった。

「詫びを受け入れてもらい、感謝する。プラディ、エカ、行くぞ」

もう？　と言ったのはエカだ。

「もっと話を聞きたいよ、ほら、こうして食いもんもたくさん持ってきたんだしさあ」

「それは賢者の血肉にしてもらう。二日後には大事な儀式なんだから、食べて休んでもらわないとな」

「でもさあ～」

「エカ、この馬鹿、行くよ！」

プラディに罵られ、エカが「馬鹿ってなんだよう」と口を尖らせながら、それでも姉貴分に従う。

騒々しい戦士仲間が去れば、ルドゥラとユーエンのふたりきりだ。なんとなく気まずい空気だし、自分も行こうかと迷っていたところで、

「儀式とはなんだ？」

ユーエンにそう聞かれた。

なんだ、誰も説明していないのかとルドゥラは眉を寄せる。この賢者が崖から落ちて戻るまで、岩山はずっと大騒動だったので、手抜かりが多いようだ。長のキンシュカは、ギリたちから賢者が深い森に落ちたという報告を受けた時、ほとんど卒倒しかけた。そして無事に帰ってきた時も、やはり卒倒しそうになり、まだ休んでいると聞く。

「……契告《けいこく》の儀だ」

ユーエンに背中を向けたまま、答えた。

「おまえは正式に俺のアルダと認められたから、それを翼神に報告する」

「そういう儀式があるのか。嬉しいことだ」

「……うん。じゃあ、俺も行くからよく休め」

「ルドゥラ、なぜ機嫌が悪い？」

静かな声に聞かれると、心がざわざわと苛立った。

この男はやはり、ルドゥラの心持ちを理解していない。教えてやるのも悔しくて、くるりと背中を向けると
「べつに。疲れてるだけだ」とだけ答えた。

「いや。なにか怒っているのだろう？　説明してくれないか？」

寝台に座ったままの、ユーエンの声が届く。

「さっきも言ったろ。怒ってなどいない」

これは本当だった。

確かに苛つき、不機嫌ではあるが、怒っているわけではない。ユーエンは身体を張って、否、命まで危うくして、為すべきことをしたのだ。怒る筋合いなどないし、むしろ責められるべきはルドゥラのほうだろう。ユーエンを岩山に連れてきたりしなければ、こんなことにはならなかったのだから。

ああ、そうかと気づく。

この腹立たしさは自分に向けられているのだ。


岩山の民ならば、自分の選んだアルダを受け入れてくれる……そういう自信があった。だからこそ、ユーエンをここに連れてきた。けれど、結果的に起きたことといえば……。

「ルドゥラ。なぜ私を見ない？」

「……おまえは俺を詰《なじ》っていい」

「詰る？　なぜ？」

「俺のせいだ。俺の見通しが甘かった。おまえが森に落ちるなんて思っていなかったし、半狼に襲われることも考えつかなかった。まして、オモに捕まるなんて……なにもかも、予想できなかった。俺は自分のアルダを危険な目に遭わせたんだ！」

感情の高ぶりを抑えるのが難しい。だがユーエンのほうは相も変わらず落ち着いた声音で、

「ルドゥラ。人は先のことを見通せない。見通しを立てることはできても、その通りになることのほうが稀だ。誰でもそうだ」

などと、もっともらしいことを言う。

そんなことはわかっている。

わかっていても、悔しいのだ。自分を赦せないのだ。

もっと早く助けに行きたかった。愛する半身に、傷ひとつつけたくなかったのに——。

「おまえとキラナが助けに来てくれた時、私がどんなに嬉しかったか……」

「だから！　おまえを助けたのは小さき方だ！　俺じゃない……！」

衣擦《きぬず》れの音がする。

ユーエンが寝台から立ち上がったようだ。

「おまえだ」

ほんの少し、ルドゥラに近づいたようだった。

「私を助けたのはおまえだ」

「違……」

「ルドゥラ、聞いてほしい。どんな苦難も、痛みも、屈辱も……どうにか耐えられたのは、おまえのことを思っていたからだ」

背後の声がさらに近くなる。


なぜかそれが怖くて、ルドゥラは一歩進んで距離を保った。

「もうだめかと思った時すら、おまえのことを考えていた。私が真に献身的な賢者であるならば……まず第一にアカーシャの民のことを考えるべきなのに、それができなかった。恥ずべきことだとわかっている。けれど……私がぎりぎりの時に……それでも諦めないでいられるのは、力を振り絞れるのは……」

また、近くなる。

振り返ることができないのはなぜだろう。逃げたい気持ちが湧き上がるのはなぜだろうか。

「生きて帰って、私のアルダに、おまえに……会いたいからだった」

「……うそ、だ」

「嘘ではない。私はおまえに嘘をついたりしない」

そうだ。ユーエンは嘘をつかない。小さき方も言っていたではないか。それなのに信じられないのはルドゥラに問題があるのだろう。

「……俺は……おまえを危険に晒した自分が……赦せない」

「ルドゥラ」

「おまえが赦しても、俺はいやなんだ。俺は戦士なのに、自分のアルダを守れなかったんだぞ……！」

「ルドゥラ。それを言うのならば……おそらく私も、おまえを完璧に守ることは難しいだろう。命を賭してそうしたいと願っているが……これから歩む道を考えれば、できない時があるかもしれない。そう考えると、とても恐ろしいが……」

ここまで言って、「ああ、そうか……」とユーエンはなにかに気づいたような声を出した。

「私はおまえに、とても恐ろしい思いをさせてしまったのか」

「…………」

違う、とは言えなかった。

ルドゥラ自身も、そうか、と思ったからだ。この苛つきは怒りではなく、恐怖から来ているものなのか。

怖くて……ユーエンを失ったらと思うと、怖くて。けれどルドゥラは戦士だから、怖いと思う自分を受け入れられなかったのだ。戦士は恐怖など感じるべきではないのだから。

「私も怖かった」

なのに、この男ときたら……いとも簡単に口にしてしまう。

「おまえに二度と会えなくなったらと思うと、怖かった。だからそうならないため、必死だった」

「……怖かったから……必死に……？」

「みっともなく足掻いた。生きておまえに会うため」

「……おまえは、涼しい顔をしてたじゃないか。俺がオモと言い争ってる時だって、自分からあいつに近寄っていって、演説めいたこと始めて……」

「……涼しい顔……だったか？」

「ボロボロの身体のくせに、シャンとしやがって」

「あの時は……若長のアルダとしては……シャンとしていたいという気持ちもあり……」

「おまえはいつもそうなんだよ！　しれっとした顔で、必死さなんか見えなくて！」

とうとうルドゥラは叫んでしまう。

「お、俺は戦士のくせに……おまえのことが心配で、夜もぜんぜん眠れなくて、万にひとつのことを想像したら……な、泣きそうになるほどで……！」

本当に泣いてしまったことは言えない。

そんな恥ずかしいこと言えるわけがない。

たまらなくなったルドゥラがその場を去ろうと、数歩進んだ時、

「私は泣いた」

ぽそ、と今までよりだいぶ小さな声が聞こえた。ルドゥラは「え」と立ち止まる。

「どうやら、眠りながら泣いたらしい。オモに涙の跡を指摘された。はっきり覚えてはいないが……夢の中でおまえのことを思っていて……」

「泣いた？」

思わず振り返って聞く。

ユーエンはもうすぐそばまで来ており、両手を後ろに回した状態でいつものように姿勢良く立ち、ルドゥラからやや視線を外し、

「そうだ」

と答えた。

「え。泣いたんだ、おまえ？」

「……夢の中なので、自制できない」

「俺が恋しくて泣いた？」

「……………」

「そうか、泣いたのかぁ……」

「………ルドゥラ、私はそろそろ限界だ」

低い声で言われ「す、すまない」と慌てて謝った。

「からかったわけじゃないんだ。その……なんだか……嬉しいっていうか……」

「もう呼吸が苦しくなってきた」

ユーエンの眉根が苦しげに寄るのを見て、ルドゥラは首を傾げた。

「え？」

「さっきから息を浅くしている……おまえが近くにいるので……つらい」

「……？」

「おまえがなにか怒っているのに抱き締めるわけにはいかないと——ずっと耐えている。この腕が勝手に動きそうになるのを、理性を掻き集めて我慢している。どうかもう許してくれないか」

手を後ろに回したまま、そんなふうに言った。深い森で縛られていた時より、よほどつらそうな顔でやや俯いている。

「ゆ、許す……？」

「おまえに触れたい」

「そんなの、いいに決まってるだろ……おまえは俺の、アルダなんだし……」

「たぶん、今触れたら……」

ユーエンは両腕を前に戻し、強張っている拳を開き、その手のひらを見つめる。それからゆっくりと顔を上げ、ようやくルドゥラを見つめると、

「いつ離してやれるかわからない」

そんなふうに言うのだ。

灰青の瞳の中に揺れる炎を見て、ルドゥラはぞくりとした。もちろん悪寒などではない。自分がどれほど求められているか……この一見冷ややかな、何事にも動じない銀の髪の男が、自分をどれだけ欲しているかを感じ取り、肌が粟立《あわだ》つ。

「怒ってない」

ルドゥラは言った。

「……いや、ちょっと、怒ってるかもしれない。おまえがさっさと俺を抱き寄せな……」

言葉は途中で奪われる。ルドゥラの舌ごとだ。ものすごい力で引き寄せられ、今までになく荒々しい口づけに襲われた。ユーエンが理性を総動員して耐えていたというのは、まったく偽りのない言葉だったとわかる。

「……っ、ん……」

口づけられているのか、食われているのか。

強く抱き竦められて、爪先が床から浮きそうだった。こんな時、身体の大きさの差違を強く感じて少し悔しい。けれどそんな感情すら、激しく甘い口づけがすべて攫《さら》っていってしまう。

自分の口の中が、こんなに感じるなんて知らなかった。とても不思議だ。ものを食べている時はなんともないのに……なぜユーエンの舌でなぞられると、蕩《とろ》けるような感覚が走るのか。舌と舌を絡め合うと、腰まで痺れるように感じてしまうのか。

そんな感覚のたびに息を詰めてしまうので、苦しくなってくる。息継ぎがうまくできていない。

いったん顔を離そうとするのだが、ユーエンは許してくれない。すぐに唇が追いかけてきて、塞がれてしまう。ユーエンの衣をギュウと握って引っ張り訴えると、ようやく少しだけ顔を離して、

「ん？」

と聞いてくれた。

間近な灰青の瞳が濡れたように光っている。

たぶんルドゥラの紅玉髄色も同じように潤んでいるのだろう。はぁはぁと息を整えていると「すまない、苦しかったな」と頬に口づけられた。その唇が再び口元にやってきて、今度は下唇を軽く噛まれた。小さな痛みも、今は快楽に変わってしまう。

下腹の奥に疼《うず》くような感覚がある。ユーエンに触れられるといつもそうなるのだけれど、今日はやけに早く……そして熱い。

「私の翼《つばさ》」

唇が耳元に移り、囁かれた。

思わず身体が震えた。愛の言葉として、これ以上のものはなかなかない。ルドゥラの翼はキラナであり、この命を託す唯一無二の存在だ。そしてユーエンは、自分の翼はルドゥラだと言うのだ。

「……俺は……寵愛《ちょうあい》されているんだな」

明晰が使っていた言葉を思い出し、言ってみた。

「文字の意味が面白かった。家の中に入れるほど、大切にされている龍……だったか」

ユーエンは少し顔を離し、ルドゥラを見つめながら微笑んで、

「寵愛……は少し違うかもしれぬ」

と答えた。ルドゥラは首を傾げる。

「私の翼は、決して狭いところに収まらない。正直に言えば、宝石箱に閉じ込め、鍵を掛け、私以外の誰にも見せたくないと思う瞬間もあるのだが……」

ちゅっ、とまた口づけされる。

「おまえの翼は大きすぎる。宝石箱だろうと、私の屋敷だろうと、打ち破って翔ぶことだろう」

「……まあ、そうだな」

「私の翼に似合うのは、果てのない空だ」

少し残念そうに言うユーエンが愛しくて、今度は自分から口づける。この男はちゃんとわかってくれている……と、さっきとはまったく逆のことを考えている自分がおかしかった。

「ならばユーエン、おまえは風だ」

銀の髪を指に絡めて、そう囁いた。

「俺を彼方まで運ぶ風だ。俺たちは翼と風だから……ずっと、ずっと一緒だな……うっ……」

息が詰まりそうになったのは、あまりに強く抱き締められたからだ。

「……っ、ユ……」

「私の翼」

もう一度そう呼ばれた。さっきよりずっと切羽詰まった声だった。

ふわりと身体が浮き上がる。

軽々と横抱きにされ、寝台まで運ばれる。岩山の寝台は、町に比べればずいぶん硬い。それでもユーエンのために用意されたこの崖《いわや》では、できる限り柔らかく整えられ、清潔な布が敷かれていた。もちろん、あちこち怪我をしたユーエンのためでもあるのだが……同時にルドゥラのためでもある。今夜からは別の場所で眠る必要はないからだ。

岩山の衣は脱ぎやすい。とくにユーエンが普段纏っているソモン衣よりは、だいぶ簡単だ。

けれど、お互いが相手の衣を脱がせようとするので、四本の腕が絡まってややこしいことになる。ふたりともが無闇に焦っていて、かえって時間がかかってしまい、途中でルドゥラは笑い出してしまったほどだ。

けれど、ユーエンのほうはそういう余裕もなかったらしい。全裸になったルドゥラを抱き込むと、深い呼吸をして「やっとだ」と呟いた。

その背中に、ルドゥラは腕を回す。とても広く、今は疵だらけの背中だ。

いつも誰かのために、傷を作る男。

人のためばかりに動き、無意識に自分を抑える男。

そんな男が、ルドゥラを貪る時だけはわがままになる。それがたまらなく嬉しい。とはいえ……、

「えっ……」

いくらなんでも、そこに……繋がる部分に口づけられるのはまだ抵抗があった。

「ユーエン、やめ……」

「香油がない。濡らさないと怪我をしてしまう」

ルドゥラの脚などユーエンには軽いものだ。今日はやけに切羽詰まっているので、すぐにあられもない格好にさせられてしまうだろう。ルドゥラは早口で「あるからっ」と言った。

「香油とは違うが……ほら、そこに瓶が転がってるだろ。たぶんさっきギリが置いていったやつだ」

寝台横の棚に焼き物の小瓶がある。ユーエンが手を伸ばして取り「岩山ではこれを使うのか？」と聞く。

「そうだ。俺たちはウルミと呼んでる。油とは違って、植物の根を粉にしてから溶かしたもので、とても滑りがいい。好みで香草を加えたりする」

瓶の中身をユーエンが手のひらに出した。とろりとした液体は微かに甘い香りがする。ルドゥラはクンと鼻を鳴らし、「あ、俺の好きな匂いだ」と言った。

「やっぱりギリが置いていったんだな」

何気なくそう続けた時、ユーエンの顔つきが変化した。灰青の目は今までも熱を湛《たた》えていたが……その熱の種類が変わったような気がしたのだ。

よく観察しようと思ったのだが、ユーエンが先に目を逸らす。

「……んっ」

とろりと、ウルミが腹の上に垂らされた。ユーエンの手のひらで温められていたので、ほとんど人肌だ。ユーエンの手が、それを塗り広げるようにゆっくりと動く。臍下から先に指が進み、とうに屹立している自分のものがヒクリと揺れたのがわかった。

「そうか、ギリか」

ユーエンの声が低い。

「おまえの好みを知っているということは、彼がおまえの念者《あに》だったんだな……？」

ぎくりとして、咄嗟に答えられなかった。その反応自体が、肯定を表している。

するり、とユーエンの手が滑り降りる。

「あ」

「つまり、彼が、こうして……」

「……っ、あ、ユ……」

「こうしておまえのここに、触れていたわけか」

「ちが……」

「違うのか？」

違わない。念者とはつまり、性的な成長を迎えた年下の同性に、溜まりすぎた熱の処理の方法を教える年長者のことだ。普段から親しくしている者がその役割を担うわけで、ルドゥラにとっては、自分と同じくガルトの乗り手であるギリがそうなった。

ただし、そこに恋愛感情はない。その証拠に、念者がアルダになることはまずないのだ。ルドゥラはそれをはっきり伝えたくて「違う」と言いかけた。けれどユーエンの手のせいで、言葉を紡ぐのが難しくなってくる。

「ならば彼は、おまえのことをとてもよく知っているのだな……こんなふうにされると、弱いことも」

「っ、あ……！」

巧みな圧を加えられながらゆっくり擦られて、ルドゥラは声を漏らした。

「こっちはどうだ？　ここをなぞられると、可愛い声を聞かせてくれるのも知っているのか？」

「なんでそんな……」

意地の悪いことを言うのか。

念者がどういうものなのか、ちゃんと説明したはずなのに。ユーエンだって、そういう時季には相手がいたと言っていたくせに……。

「彼は上手だったか？」

どうして、そんなふうに聞くのか。

愛しているから身体を開く相手は、ユーエンだけだというのに。寝台から逃げてやろうと思ったのだが、組み敷かれている身体はびくともしない。

情けなさと腹立たしさがこみ上げてきて、耐えきれず涙が溢れそうになる。それに気づいたユーエンが目を見開いてルドゥラを見下ろした。

「ル……」

「なぜそんなことを言うんだ」

ぽろりと零れた涙と同時に、言葉も落ちる。

「ルドゥラ」

「俺はおまえのアルダなのに、信じないのか」

「ルドゥラ、すまない。泣かないでくれ……」

ユーエンの声は動揺し、手の動きも止まる。ルドゥラを抱えたまま上体を起こし、恭《うやうや》しく額に口づけて再び「すまない」とまた詫びた。そのあとで自らの顔を両手で覆い「なんてことだ」と呻き、

「……これが、そうか……」

続けてそう呟いた。

反省したのはいいが、なんだか様子がおかしい。ルドゥラは目元をぐいと拭ってから、その手をどかし、顔を見る。

「ユーエン？」

「……これが……嫉妬か……」

「え」

「なんという……強く恐ろしい感情なのだ……。ギリはよい人間だとわかっているのに……ひどく憎らしくなってしまった。昔のことなのも理解しているのに、

どうしようもなく苛ついて、胸の中がぐちゃぐちゃになるようで……おまえを愛しているのに、苛《いじ》めたい気持ちが沸き起こり……自己中心的にもほどがある……ああ、ルドゥラ、見ないでくれ。私はきっとひどい顔をしている」

「おい、ユーエン」

何度剝がしても、ユーエンは自分の顔を覆ってしまう。今度は自分がユーエンを苛めているような気分になってしまい、ルドゥラは「いいから、俺を見ろ」と命じた。ようやく、ユーエンが顔から両手を外す。

「……あまりに一方的で、醜《みにく》い感情だ……」

心底落ち込んだ声で、そんなことを言う。

「えっと……もしかしておまえ、誰かに嫉妬したことないのか？」

まさかと思いながらも聞いてみた。

「ルドゥラ。怒ってないのか？　私を赦してくれるのか？」

だが返事よりも先に、まるで甘えるように聞かれ、ルドゥラはユーエンの銀の髪をぐしゃぐしゃと撫でながら「赦す」と告げた。こんな大きな、そして遥かに年上の男なのに、可愛いと思ってしまう。

「よかった……」

ユーエンは安堵の息をつき、ルドゥラの背をそっと撫でた。薄い鱗に覆われた背中はほとんどなにも感じないのだけれど、手のひらの温かさは伝わる。

「ユーエン。たとえば、色恋沙汰だけじゃなくても……自分よりなにか秀でてる相手にイラッとしたりとか、そういう経験はあるだろ？」

「…………ある、かもしれない、な……」

長い溜めのあとの、曖昧な返事だった。

ルドゥラはいくらか上体を引いて、ユーエンの顔をつくづくと見ながら「さては、ないんだな？」と詰め寄った。

まだ痛々しい痣の残る顔の賢者は、自分でもわからない、という具合に首を傾げている。

「たとえばさ、財を持つ奴に嫉妬するだとか……あ、そもそもアーレは財があるな……なら、自分より見てくれのいい奴に……いや……滅多にいないか……身分も生まれた時から高いんだろ？　ちょっと待て、なにかしら………そうだ、自分より賢い奴！　明晰に嫉妬したりしないか？」

「しないな」

あっさりとそう答えられてしまう。確かに、ルドゥラから見ていても、ふたりのあいだに妬《ねた》み嫉《そね》みは感じない。癒しを入れて三人にしても同様だ。彼らは互いに補い合い、助け合っている印象がある。

「なんだよ。じゃ、ほんとに初めての嫉妬か」

「……そうなのだと思う」

「それが俺の念者に、なのか」

「……ひどく悔しい。最初にルドゥラに触れる者になりたかった」

真剣そのものに言うユーエンがおかしかった。

さらにはなにかふわふわとした嬉しさもあり、ルドゥラはクスクスと笑ってしまう。

するとユーエンの顔も柔らかくなり、

「私のアルダは可愛らしい」

などと呟くのだ。可愛いのはおまえだろ、と思ったが言わないでおいた。

銀の髪に手を差し込み、自分から口づけた。ユーエンが自分にどうするかを思い出しながら、深く丁寧に試みる。今度は息継ぎもうまくできた。そして口づけの合間に、

「おまえに、たくさん……初めてを、やっただろ……？　口づけも……」

そう語りかけた。ユーエンは「そうだな」と吐息交じりに答え、さらに、

「おまえの髪にもっと触れたい」

と求めてきた。ルドゥラの髪はかなり複雑に編み込んでいるので、一度解くと編み直すのが大変なのだ。それでも、アルダの願いならば聞かないわけにはいかなかった。

「ん。待ってろ」

トン、とユーエンの身体を押した。

横たわったユーエンの上に跨《また》がった状態で、ルドゥラは髪を解いていく。編むのは苦労だが、慣れていれば解くのにはさほどかからない。

「……美しいな」

七割方解き終えたあたりで、ユーエンが言った。じっと見つめられていると、身体が火照っていくのがわかる。岩山では、解いて下ろした髪は家族とアルダにしか見せない。信頼、親愛、そして性愛の象徴でもあるのだ。ユーエンのそこも、ルドゥラの髪に興奮しているようで、一向に萎《な》える様子はなかった。もちろん、それはルドゥラも同じことであり、まだ一度も放出していないのでつらくなってきたほどだ。

髪がすべて解き放たれる。

黒々と波打つ、豊かな、自慢の髪だ。

寝台には、髪を飾っていた珠や紐がバラバラと撒《ま》かれたままだった。今はふたりとも、そんなことに構っていられない。もう本当に余裕がなくなっていた。

ルドゥラが覆い被さると、ユーエンの手がすぐ髪の中に入ってくる。指で梳かれ、匂いを確かめられ、口づけられた。髪の香油はユーエンが贈ってくれたもので、花と香草の絶妙な調合だ。

何度も口づけ合う。

顔が重なり、髪が重なり、銀と波打つ黒が混ざる。まったく違うふたつの色だけれど、混ざり合ってなお、美しい。

ユーエンの手がルドゥラの髪から離れた。

ルドゥラを上に載せたまま、背中へ、腰へ、臀部へと滑っていく。奥まった部分まで辿り着いた時、思わず自分から腰を浮かしてしまった。早くそこに触ってほしかったのだと自覚して、頬が熱くなる。

ウルミを纏った指が入り込んできた。

もうだいぶ慣れていたし、そもそもルドゥラはこの行為に適した身体らしい。背中に鱗のある者は、その部分の鈍さと引き換えのように……身体の内側がとても敏感なのだ。

「あ……あぁ……」

身体の奥に、愉悦がさざ波のように広がっていく。その波は指先まで届き、弾け、放出されてチリチリと光るかのようだ。

ユーエンのものに触れてみると、怖いほど熱く脈打っている。きっととてもつらいはずだ。

「ユーエン……いいぞ……？」

「……まだ、早……もう少し時間をかけないと……」

耐えている顔が愛おしい。正直なところ、我慢しているのはルドゥラも同じだった。ユーエンの指はとても長く、巧みにそこを蕩かすが……もう指では物足りない段に来ている。もっと大きな存在で、この身体を埋めたい。

「いやだ。もう……欲しい」

「ルドゥラ」

「大丈夫、だから……我慢できない……」

暴発しそうになる屹立を、自分で握り抑える。

「おまえを中に入れて、いきたい……」

欲望をそのまま口にすると、一瞬ユーエンが眉を寄せ、奥歯を噛むような顔をした。

だが次の瞬間には、寝台を軋ませて体勢を入れ替えられる。荒々しく組み敷かれるのが嬉しかった。それくらい自分を欲しがっているとわかるからだ。アルダとはすべてを分かち合うものだが——褥《しとね》では、互いの熱を奪い合いもする。

熱い塊に侵される。

痛みや衝撃がないわけではない。ユーエンのそれは、清々とした聖職者の容貌とは反した大きさと熱さであり、間違いなく欲望の塊だった。

「うっ……」

だから最初は少しきつい。ユーエンもそれをわかっているので、ゆっくりと入り、しばらくはじっとして身体が馴染《なじ》むのを……。

「あっ、あぁ……！」

いつもならば待ってくれていた。

けれど——今夜はそうではなかった。

思わずルドゥラが声をあげると、ビクリといったん動きを止める。呼吸を押し殺すような気配が伝わり、ユーエンが耐えているのがわかった。

「……っ、は……」

ルドゥラは必死に調息した。受け入れている箇所に無駄な力が入らないように息を整えると、次第に衝撃が和《やわ》らいでいき、甘い余韻だけが身体に残る。

銀の髪を引っ張って「いいから」と囁いた。

「大丈夫だから……おまえの好きなように……」

「ルドゥラ……だめだ……今夜の私はなんだか……制御が、うまく……」

「制御なんかするな」

そう返すと、ユーエンが怒ったような顔で「頼むから、煽《あお》らないでくれ」と言った。

「おまえがつらいかもしれない」

「つらくない……俺も欲しい……もっと欲しい……なあ、ずっと我慢してたんだ……」

率直にねだり、自ら腰をいくらか動かした。

するとユーエンの喉の奥が唸るような音を立てる。両腕にグッと力が入り、

「……う、あ！」

抱きかかえられたまま、身体を引き起こされた。

座位の形になったため、自重で沈み、ユーエンのものを咥え込むことになる。その深さに動揺し、咄嗟に膝で自分を支え、途中で止まってしまった。

「ルドゥ……」

「ま、待っ……へいき、だ……少し……」

少しだけ、時間が欲しかった。

すべてを収めるまで、ゆっくりと、自分を落としていく。ユーエンは待っていてくれた。じっと見つめられて恥ずかしかったが、それでもやめなかった。

完全に収めきった瞬間、未知の感覚が湧き上がり、背中の鱗がサアッと波打った。

「……っ、ふ……」

こんなに？

こんなに深い……？

そしてルドゥラは気がつく。今まで、ユーエンはかなり手加減してくれていたのではないか。つまり……自身のすべてをルドゥラに収めていたわけではなかったのだ。

「……つらくないか……？」

その問いに、かろうじて頷く。

つらくはない。つらいというのは違うけれど……これは、いったいなんなのだろう。自分の身体の奥深くに、自分の知らないなにかが埋まっている。

「あ……あ……っ……」

ゆらり、と軽く揺さぶられる。

隠されていた感覚は、まるで熟した果実のようだ。ユーエンの熱いもので少し突かれただけで、とろりと崩れて……果汁が溢れる。甘すぎるその果汁が、身体を内側から溶かしてしまうようだった。

「つらくはないのだな……？」

口づけと共に聞かれて「うん」と答える。すぐそこにある灰青の瞳を見ながら、酩酊《めいてい》したような気分で、ルドゥラは言った。

「不思議な……気持ちよさ……が、ある……」

「身体の奥に？」

「ん……おまえのいるとこが……変……」

「……っ」

ユーエンが息を詰める。

ルドゥラが無意識にそこを締めてしまったせいだろう。自分で制御できない内壁の動きに、ルドゥラも戸惑う。けれど戸惑いを遥かに超えた快楽が激しく渦巻き、それは出口を求めつつあった。

「あ……んっ、あ……」

自ら腰を揺らめかせてしまう。けれど上に乗ったことは今まであまりなかったので、うまく動けなくてじれったい。

「ユーエン、ユー……手伝っ、て……」

ユーエンの手を自分の腰に導いた。少し、手伝ってくれればよかったのだ。軽く揺らしてくれる程度でよかったのだけれど——。

「……ッ！」

いきなり激しく揺すり上げられて、声にもならない。うっかりしていた。ユーエンもまた追い詰められているということを、失念していたのだ。手伝って、という言葉が最後のたがを外してしまったらしい。

ずっとお預けを食らっていたアルダは、手加減する理性を完全に手放してしまった。

荒々しく揺すられ、持ち上げられては落とされる。ルドゥラの息は乱れ、ユーエンの息もまた荒く、ふたりとも全力で走っているかのようだ。身体の深いところへと、何度も甘美な衝撃が走る。そのたびに下ろした髪が揺れ、乱れた。

少し動きが収まった時、とうとうルドゥラは上体を保てなくなった。ユーエンに倒れ込んで胸を合わせ、しばしの休息を取り、肺に空気を満たす。大きな手が背中をゆっくりと撫でてくれた。ふと、肩越しに背を覗き込むようにしたユーエンが、

「青く光っている……」

うっとりした口調でそう言った。

光る？　背の鱗が？

身体も心も高揚《こうよう》しているからだろうか……？

「美しい。私のアルダは完璧だ……」

そんな言葉とともに、身体を起こされた。再び始まった律動と共に、乳嘴《にゅうし》を弄《いじ》られる。少しだけ痛くて、けれどひどく気持ちいい力加減で抓《つね》られ、たまらなく感じてしまう自分がいた。そんなところ、今まで気にしてもいなかったのに。男なのになんであるんだろう、くらいに思っていたのに。

ユーエンの動きが速く、大きくなってきた。

快楽には間違いないのだが……あまりに激しくて、戸惑いすら感じる。身体を保つのが難しくなり、今度は背中から倒れてしまった。

深く繋がったまま、ユーエンが追いかけてくる。覆い被さり、銀の髪がさらさらとルドゥラにかかった。髪に肌をなぞられる感覚と同時に、中に収めたもののの角度が微妙に変わり……、

「……ん、あっ……う……！」

避けようのない甘い矢が、刺さった気がした。

堪えることは難しく、ルドゥラは弾けてしまう。その部分に直接的な刺激がないまま達してしまったのは、初めてのことだった。

「ルドゥラ……」

「あ、あ……み……見る、な……ッ」

吐精が妙に長い。

いつまでもビクビクと震え、欲望を吐き出している。自分で擦ってさっさと終わらせようとしたのに、ユーエンはルドゥラの右手を押さえてしまう。

そんな意地悪をしながらも僅かに眉を寄せたのは、ルドゥラが強く締めつけすぎているからだろう。自分でもそれはわかっているのだけれど、どうしようもないのだ。

「ん……す、少ししたら……落ち着く、はず……だから、それまで……」

待っててくれ。

少しだけ、じっとしててくれ。この甘美な余韻に浸らせてくれ——。

けれど、ルドゥラの願いは叶えられなかった。

いや、ほんの数秒はユーエンも耐えたのだと思う。けれど結局は息をひとつ漏らしたあと、

「……すまない……ああ、でも今夜は無理だ……本当にすまない……」

そう囁き、脱力したルドゥラの脚を抱え上げる。

だめ、無理、やめてくれ——そう請う暇などなかった。いまだ吐精の余韻が残る中、激しく穿《うが》たれ、暴かれて、声も出せないまま仰け反る。

縋れるものが欲しかった。

そしてそれは、ユーエンの背中と銀の髪しかない。

嘘だ、信じられない、こんな奥……こんな深いところまで来てしまうのか。そして自分はそれを、痛みではない衝撃として受け取れるのか——。

「……っ、あ……あ、う……」

唇から声が零れ落ちてしまう。

ひとりでは決して得られない感覚。

溺れてしまえば、呼吸を奪うほどの快楽。

ユーエンによって、自分の身体が変化していくのがわかる。身体の内側も、表面も、この男が変えていってしまう。変えられてしまう。

彼だけがそうできる。

アルダだから、できるのだ。

ほかの誰も、ルドゥラをこんなふうに変えられはしない。唯一無二のアルダでなければ、こんなことは許さない。アルダは他者であって、他者ではない。この身の半分なのだ。

「……ルドゥラ……私の……半分……」

苦しげな呼吸の下でユーエンが言った。

そう、半分。

ふたりでひとつ。

けれどそのひとつは――きっと大きなひとつだ。この世界を変えられるかもしれないほどに。

それが翼神の思《おぼ》し召しならば、ルドゥラは従おう。

この男が心に描く、大きな、だが無謀な夢をともに翔《かけ》よう。

「ユーエン……ユ……」

けれど今は、ただのちっぽけな人間がふたり。

ただ抱き合い、愛し合っているだけだ。

その幸福を、ルドゥラはたっぷりと……すぎるほどたっぷりと、味わうことになるのだった。

epilogue

タオの友は空を翔ぶ。

とても勇敢で、情に篤く、自由を愛し、そしてマドレーヌが好物だ。

だからこうして、めでたい日のため、タオはたくさんのマドレーヌを用意した。重さが少し気になったけれど、迎えに来てくれたプラディという女の人は「大丈夫だろ」と言ってくれた。

「あたいのケサラは力持ちだからな。おまえは身体が小さいし、マドレーヌって菓子が増えるくらい……えっ、その袋か？　そんなにか？　ずいぶんと持っていくんだな……」

「はい。これくらい必要なんです」

タオが意気込んで答えた。

「岩山のみなさんと食べたいし……それに、このマドレーヌを積み上げて、大きなケーキのようにしたいと思って！」

プラディは「へぇ」と軽く首を傾げた。

「なんでわざわざそんなことを？」

「だって！　結婚式に大きなケーキは欠かせないでしょう？」

「ふうん、町ではそうなのか？　岩山じゃ崖山羊《がけヤギ》をまるごと焼くけど。……というか、結婚式じゃないぞ。契告の儀式だ」

「えっと、このふたりは互いのアルダになりました、という儀式ですよね？」

「そうだな」

「なら結婚式みたいなものですよ。そこに招待していただけるなんて……ああ、どうしよう、僕、嬉しすぎてそわそわしちゃいます……！」

タオは興奮を隠しきれず、その場で足踏みをしてしまうほどだ。

そんなタオを見ているプラディは、タオより五つ六つ、上くらいだろうか。綺麗な人で、ルドゥラに似た、複雑な編み込みの髪をしていた。

屋敷に着くまでフード付きの外套でその髪型を隠していたのは、ジュノの民に紛れ込むためだろう。禁足の森にある『足場』まで翼竜で翔んできて、そこからは徒でここまで来てくれたのだ。

プラディが突然現れ、「タオだな？　岩山に連れていくぞ」と言われた時は心底驚いた。しかも主である賢者様と、友であるルドゥラ、このふたりの大切な儀式に招かれたのだ。これほど嬉しく、光栄なことがあるだろうか。

タオがマドレーヌと、グレーズ用の砂糖などを荷造りしていると、明晰と癒しが訪れた。このふたりには報せておくようにという言付けがあったので、伝え鳩に書きつけを送らせたのだ。


「タ、タオ、本当なのか、岩山に招待されたのか！」

「ああ、タオ、大丈夫ですか、ひとりで行くのは心細くないですか……？」

ふたりとも大急ぎで駆けつけたらしい。

馬から降りたあとも走ってきて、だいぶ息が上がっていた。百歳過ぎてるんだもんなあ……と思ってしまうタオである。

「はい、行きます。大丈夫です、このプラディさんが連れていってくれます」

プラディはふたりのソモンとは初対面だ。

明晰と癒しをしげしげと見て「あんたらが、賢者の知己《ちき》かい」と聞く。

「そ、そうだ、岩山の女戦士、よく来てくれた。それでだな、ものは相談だが、ぜひ俺も連れていってくれないか？　俺は賢者の親友だし、岩山の様子が知りたいんだ。岩山の人たちに挨拶もしたい！」

「いいえ、プラディ殿、連れていくなら、ぜひこの癒しのソモンを。賢者とルドゥラを祝福したいのです。

それに岩山の薬草に興味があります。こちらで手に入る貴重な薬草も持っていきますので、互いの知見を交換し合い……」

ものすごい勢いで捲《まく》し立てるふたりに、プラディは二歩ほど後ずさり「なんなんだ、あんたら」と怪訝な顔をする。

「連れていけるはずないだろ。どう見たって、あんたたちは重すぎる」

「やっぱりダメか……」

「重量の問題があるのですね……。ああ、翼竜に乗りたかった……」

「俺なんんか、翼竜に乗れるなら、うちの屋敷を潰して足場にしてもらっても構わないぐらいなのに……」

明晰の言葉は普通に考えると軽口なのだが、この人の場合本当にやりかねないなぁ、とタオは思う。

「アーレの丘に足場なんかあったら、目立ってしょうがないだろうが」

プラディは呆れた口調を隠さない。

「そんなのごめんだね。それにな、ガルトで翔ぶのは、あんたたちが考えているほど楽しくないかもしれないぞ。慣れてないと空酔いがきついんだ。賢者なんか大変だった。岩山に着いた時には目も開けてられず、ずっと潰れてたぞ、あいつ」

「え、酔うのですか」

「だいたい酔うな」

「俺は酔ってもいいぞ。吐きながらでも乗りたい」

「あんたがよくてもこっちがよくないよ。とにかく連れていく気はないから、諦めてくれ。賢者と若長に伝言があれば伝えておく」

プラディにはっきり断られてしまい、ふたりはしょげた顔をしつつも、

「おめでとうございます。私もとても嬉しい。儀式が滞《とどこお》りなくすむよう、祈っています」

「おめでとう。ふたりと岩山に、よい風が吹くよう祈る。あと、ユーエンはそろそろ帰ってきてくれないと困るぞ。俺にどれだけ仕事させる気だ」

そんなふうにそれぞれ祝いの言葉を口にした。

「わかった。伝えよう。タオも空酔いの覚悟だけはしておきな」

「はい！　酔い止めの薬草を噛んでおきます！」

「そろそろ出たいが、支度はいいか？　ここから足場までは目立たないように行くよ」

プラディの言葉に、癒しが「私の馬で行くといいですよ」と言ってくれる。

「私の愛馬はおとなしい子ですし、あなた方なら、ふたりでも私より軽いかもしれませんね」

「けど、あたいは馬を御《ぎょ》せないよ」

「あっ、僕大丈夫です！」

タオが言うと、プラディは少し驚いたようだった。

「おまえまだ子供なのに、馬に乗れるのか？」

「はい！　気性の荒い馬は難しいですが、癒し様のエチカは本当にいい子ですから！」

癒しは微笑みながら「タオは素直で優しい子なので、馬も安心するのです」と言ってくれる。それが嬉しく、少し照れくさい。

「そういや、あの馬鹿でかい象猫も、タオにはすごく懐いていたな。あたいのことは警戒してたけど」

「初めて見る人だからです。プティはお利口なので、すぐににおいを覚えますよ」

「だといいけど。……タオ、あんたはきっと、獣に好かれるタチなんだろう。ケサラは獣とは違うが、でも人をよく見るからな。きっと気に入られる」

「えっ、そうかな……だとしたら嬉しいです！　プラディお姉さん、大事な翼竜に乗せてくださること、感謝します……！」

「え。あ……うん」

プラディはちょっと決まりが悪そうによそを向く。少しぶっきらぼうだけれど、いい人なんだなあとタオは思った。

「明晰様、癒し様、すみません。本当なら、主様の親友であるおふたりが岩山に行くべきなのに、たまたま小柄な僕が……」

嬉しい反面、申し訳ない気持ちもある。

明晰も癒しも「気にする必要はない」と言ってくれたが、本来なら、家僕にすぎないタオの出る幕ではないはずだ。

「たまたまじゃないぞ」

プラディが再びフードを被りながら言った。タオは「え」と岩山の女戦士を見る。

「若長は言ってた。タオは、アカーシャでできた最初の友だと。賢者より先に微笑み、優しい言葉をかけ、安心させてくれたと。その友に、儀式に同席してほしいそうだ」

それを聞いて、タオは荷物を抱えたまま固まってしまった。

嬉しくて胸が震え、涙が溢れそうになる。

大量のマドレーヌ入れの袋をしっかと抱えたまま、懸命に泣くのを堪えた。おめでたいことなのに、涙など流してはいけない。

「ル……ルドゥラは、僕の大事な、自慢の友人です。彼もそう思ってくれてることが、僕はほんとに嬉しい……。そして賢者である主様は、心から尊敬できる御方……ふたりの結婚式に出られるなんて……」

「いやだから、結婚式じゃないって」

プラディはそう言ったが、明晰は「似たようなもんだろ？」と藁色の頭を掻いている。寝起きだったのか、ずいぶんぼさぼさだ。

「さあタオ、行こう。日が落ちる前に岩山に入って、今夜はあたいのねぐらに泊まるといい。うちの姉さんのシチューは悪くないよ」

プラディはそう言いながら、タオの抱える大きな荷物を持ってくれた。自分で持てます、と言ったのだが「あたいは戦士だ、遠慮すんな」と返してもらえない。確かに、細い腕なのに筋肉の盛り上がりはすごい。

「ありがとう。シチューも楽しみです」

「うん。……そうだ、タオには大事な仕事があるんだった。マドレーヌのケーキを作るほかに」

ふと足を止め、プラディが言った。

「え、なんでしょう。もしかして、主様のお支度ですか？　それだったらもちろんお手伝いを……」

「そっちも頼みたいが、それ以前の問題だ。かなり、大変だと思う」

「それ以前……？」

小柄なプラディだが、タオよりは上背がある。こちらを見下ろしてニッと笑った。それは誰かの笑い方を思い出させて……ああ、そうだ、ルドゥラだ、とタオは気がついた。

「明日の朝、あいつらを起こす役目さ」

「朝……」

「そう。今朝はあたいらの仲間のギリが行ったんだが……ぜんっぜん起きなくて、苦労したらしい。寝台から落ちてもまだ目覚めないんだと。どうやらろくに飲み食いもせず、励んでいたらしくて……」

突然言葉を止めたプラディが、しまった、という顔を見せる。

「すまない。こういう話、まだ早かったか？」

聞かれたタオは満面の笑みで「いいえ」と返す。

「お任せください。僕は適任ですよ。ルドゥラがお屋敷に泊まった時は、毎朝起こしていますから！」

その仕事に関しては、自信があった。

確かにふたりで夜を過ごした翌朝は、いつもはあれほど几帳面な主ですら寝穢《いぎたな》くなるのだ。ルドゥラを抱えたまま眠りを貪る姿に最初は驚いたし、どぎまぎもしたのだが、すぐに慣れてしまった。

愛し合うふたりのそばにいられるのは、幸せなことだと思う。おおらかで自然体なルドゥラの性格もあるだろう。

「ちなみに主様は、『大変、ルドゥラを押し潰してますよ！』と言うと、すぐ目を覚まします」

タオが胸を張って言うと、プラディが「あはは、おまえは楽しい子だな！」と声をあげて笑った。

明晰と癒し、そしてプティに見送られ屋敷を出る。

エチカに二人乗りし、町に入り、そして町を離れ、森に隠された足場へと向かう。

到着する頃は、ちょうど夕方になっているだろう。ならば赤く暮れてゆく空の中を行くのだろうが……想像もつかない。

主から、そしてルドゥラからは何度も翼竜の話を聞いた。遠目でならば、見たこともある。実際に翼竜に乗ったという、『愛し子の館』の子供たちから、興奮に満ちた話も聞いた。

それでも信じるのはなかなか難しかった。

竜がいるなんて。空を翔ぶなんて。

そしてまさか、自分が乗ることになるなんて。

この身が、茜《あかね》の空を翔《かけ》ることになるなんて――。

「夢みたいです……」

タオの口から、そんな言葉が零れてしまう。

背後にいるプラディはちょっとふざけたような声で「信じないなら、夢かもな?」と返した。タオは慌てて、ぷるぷると首を横に振る。

「え、だめです、信じます!　夢じゃいやです……僕、この空を翔びたい……!」

首を捻って少し振り返り、そう主張した。プラディはきれいな茶色い目でタオを見ている。

「そうか。おまえがそう願うなら翔べるさ」

頷き、岩山の女戦士は続けた。

「夢は誰だって見る。けれど夢のままで終わらせない人間は……それを叶える者は、成し遂げる者は、とても少ない」

タオは頷いた。その通りだと思った。

主の目指すものが具体的に何なのか、家僕にすぎないタオが知るよしもない。聞いたところで、学のない自分には理解できないだろう。けれど、その計画が途方もないものだということは、肌で感じていた。

それでも、主と友はきっと成し遂げる。

ひとりずつでも、素晴らしい人たちだ。そのふたりが出会い、魂を響かせ合い、同じ目的に力を尽くすのだから、きっとできる。そう信じている。

タオはほんの少しでも……ふたりのため役に立てるだろうか。

「タオ」

プラディが赤く染まりつつある空の、一点を指す。

翼竜だ。

名前は確か、ケサラ。

プラディが呼笛《よびぶえ》を吹く。

高い音が登り、朱《あけ》の空に溶けていく。ケサラはどんどん近づいてくる。大きな太陽を背負っている。

タオは胸を反らすように、見上げた。


翔ぶ時が来たのだ。

あとがき

アカーシャにようこそ、あるいはおかえりなさい。

前作『賢者とマドレーヌ』の発売から、一年と三か月ほどが経ちました。みなさまにお会いできるのを楽しみにしていた榎田尤利です。

このあとがきを書いているのは九月なのですが、東京はいまだに真夏日の気温です。今年の夏は本当に厳しかったですね……。日本だけでなく、世界各地で猛暑が続いたようです。熱波や豪雨、干魃や山火事、そんな災害のニュースも届きました。この世界で、人が生きていける環境はどこまで残り得るのかな……などと考えてしまったりもします。

人間が生きていくためには諸々の環境条件が必要なわけでして、水もそのひとつです。

本作は、命の源である水をどう確保するか——というところから始まる物語となりました。我らが賢者ユーエンは、ルドゥラという至上の愛を得ましたが、同時に激重な政治的使命も背負い込んでいるので、大変苦労しております。編集さんに「攻めがぼろぼろです……」と呟かれるほどの苦労っぷりです。うん、確かに。でも大丈夫、彼にはルドゥラがいますから！　翼竜で空を翔けるルドゥラは大変かっこよく、執筆していて気持ちのいい場面となりました。

そして今回、明晰と秩序というオイル＆ウォーターな組み合わせが旅をしております。

明晰はよく喋ってくれる上に、性格に裏表がないのでとても書きやすいです。そして秩序は性格に裏表がありすぎて、これまた書きやすいのです。だいぶ距離が縮まったふたりが、この先どうなっていくのか——続きを書けるといいなと願っております。

アカーシャという架空の世界と、そこに生きる人々をビビッドに描きだしてくださったのは、前作に引き続き文善やよひ先生です。本当にありがとうございます。表紙のプティの、至高のモフモフをご覧いただけましたでしょうか！　もしアカーシャに行けたら、まずはプティのブラッシングをしようと心に誓った作者です。かなりの重労働でしょうが、それでも……！　キラナにも乗りたいのですが、たぶん賢者よりもっと酔うと思うのですよ……嘴だけナデナデさせてもらおうかな……つつかれないかな……。
みなさまだったら、アカーシャでなにをなさるのでしょう？　マドレーヌ名店ツアーも楽しそうですね。

それでは、次にお目にかかれる時までどうぞご健勝で。
みなさまによい風が吹き、幸運の竜が舞い降りますように。

２０２３年　秋の入り口　榎田尤利　拝

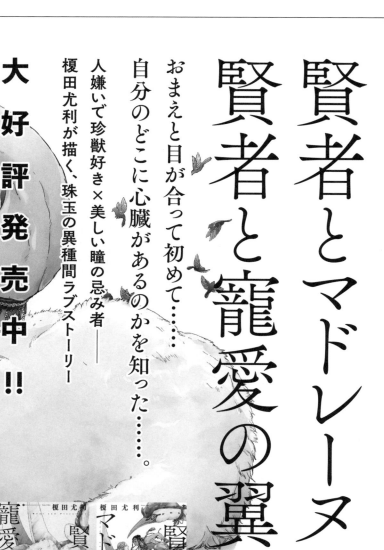

『賢者と寵愛の翼』をお買い上げいただきありがとうございます。
この本を読んでのご意見、ご感想など下記住所「編集部」宛までお寄せください。

アンケート受付中
リブレ公式サイト https://libre-inc.co.jp
TOPページの「アンケート」からお入りください。

初出　賢者と寵愛の翼……… 書き下ろし

賢者と寵愛の翼

著者名　榎田尤利

発行日　2023年10月19日　第1刷発行

発行者　太田歳子

発行所　株式会社リブレ
〒162-0825 東京都新宿区神楽坂6-46 ローベル神楽坂ビル
電話　03-3235-7405（営業）　03-3235-0317（編集）
FAX　03-3235-0342（営業）

印刷所　株式会社光邦
装丁・本文デザイン　ウチカワデザイン

Printed in Japan
ISBN978-4-7997-6452-7